剃刀的旅行哲学

剃刀行者 著

中国社会出版社
国家一级出版社 · 全国百佳图书出版单位

图书在版编目（CIP）数据

剃刀的旅行哲学 / 剃刀行者著．—北京：中国社会出版社，2015.10

ISBN 978－7－5087－5159－7

Ⅰ．①剃…　Ⅱ．①剃…　Ⅲ．①游记—作品集—中国—当代
Ⅳ．①I267.4

中国版本图书馆 CIP 数据核字（2015）第 227711 号

书　　名：剃刀的旅行哲学
著　　者：剃刀行者

出 版 人：浦善新
终 审 人：王　前
责任编辑：杜　康　　**责任校对**：王银霞

出版发行：中国社会出版社　邮政编码：100032
通联方法：北京市西城区二龙路甲 33 号
电　　话：编辑室：（010）58124864
邮购部：（010）58124848
销售部：（010）58124845
传　真：（010）58124856
网　　址：www.shcbs.com.cn
shcbs.mca.gov.cn
经　　销：各地新华书店

中国社会出版社天猫旗舰店

印刷装订：中国电影出版社印刷厂
开　　本：170mm×240mm　1/16
印　　张：15
字　　数：250 千字
版　　次：2016 年 1 月第 1 版
印　　次：2016 年 1 月第 1 次印刷
定　　价：45.00 元

中国社会出版社微信公众号

推荐序

人在旅途：如何让旅行愉悦身心

杨继刚

在旅行越来越成为“必需品”的今天，国人早已认同“读万卷书、行万里路”的价值理念，而走出国门也成为大势所趋，这种“眼见为实”的旅行体验，不仅能让旅行者“见多识广”，更重要的是，在行走与见闻之间，更是在不断叩问灵魂深处那句“我是谁，我应该是谁”的终极疑问。

但旅行又往往是“理想与现实”落差最大的体验。在国外旅行，行者往往因语言、历史、文化、知识储备、价值观的不同，带来认知和理解的碰撞，甚至可能成为一场久久不能忘怀的糟糕体验。如何既能享受愉悦的旅行，还能减少各种“糟糕”和“意外”，进而让旅行成为难忘的体验？

老黄的这本书恰逢其时。作为一名资深行者，老黄是圈里的旅行达人，足迹遍布全球，绝对称得上是一本“活的”旅行百科全书，他对旅行的理解，早已从景色与古迹的感官体验升级到习俗与价值观的深度认知，他的建议往往能帮助同行者获得最佳的旅行体验。现如今，这些原本让小圈子受益的精华，终于可以分享给更多的旅行者，全都是老黄“压箱底”的内容，不可不读。

跟上老黄，让灵魂跟上脚步，让旅途愉悦身心。

推荐人简介

杨继刚　旅者一枚，国内著名管理咨询与培训专家、财经专栏作家、创业公司合伙人。文章曾发表在哈佛《商业评论》《清华管理评论》《企业管理》《中国经营报》等业内顶级期刊，管理畅销书《好员工为什么离开你》《企业转型那点事》作者，工信部《中国工业评论》（原名为《中国经济与信息化》）专栏作家。长期服务于多家世界500强与国内优秀企业，在业内广受好评。

推荐序

行走的领航员

安　琪

生活在城市里很容易乏味，如果你也和我一样喜欢山谷空幽、小镇冷暖，那就去旅行吧。行走的力量总是能够刷洗掉城市的灰尘和浮躁，每当走出去，心中的激荡久久不能平复。

如果你也和我一样，能走的路不坐车，能自驾的目的地不乘公共交通，哪怕没有假期，周五飞周日回，也要去呼吸新的空气，那就一定要看老黄的这本书。

如果你也和我一样热爱自由，那你会在老黄的书中看到一个行者的深邃和情怀。有些路不一定要亲自踏上，有些路当你走过却有别样的回味，老黄就像是你旅途中那个“领航员”，带你看山踏路，带你体味生活。老黄有时又像个“当地人”，告诉你随团绝对体验不到的经历，有的“刺激”，有的“危险”。旅行，不就是想要人生有更多别样的回忆吗?

翻开这本书，你会看到一个老朋友的身影，他行走多年，周游世界；他乐观深沉，感悟良多；他，在向你娓娓道来……

推荐人简介

安琪　旅行小友，外资银行投资顾问，多年从事银行投资理财工作，喜欢自由行。善于“周末游”，比如周末游西塘，周末游西安，周末游日照，周末游青海湖。也曾自由行美国、泰国等地，是个旅行小痴。

推荐序

青山行不尽　绿水去何长

迟晨浩

黄必峰（Jeffrey Huang）和我在甲骨文中国公司曾共事多年，为人热情，勤于学习，善于交友，助人为乐，曾经是公司网球俱乐部的负责人，也是我们真武桥牌俱乐部多年的牌友。他和我一样都有多年在北美的生活经历。当他请我为他写书评推荐时，我一开始颇为犹豫，原因有几条，也都很简单：在互联网资讯如此发达方便的今天，谁会去看书了解你的旅游体验呢？你究竟能提供给读者什么特殊的内容？现如今出国旅游如此普遍，各种攻略、贴士、游记是否太泛滥了？还有我们身边这种有着多年海外生活经验的人太多了，你真确信有人要了解你的故事吗？

不过当你读到它的时候，你还是为 Jeffrey 的热情和执着所感动。大家都说“读万卷书，行万里路”。也有人说“读万卷书不如行万里路”。后一种说法是说读万卷书之后，只有行万里路，走出去亲临其境体验一下书中描述的情景，才会发现书中所说的，或许不及亲身体验之万一，甚至有些体验是永远无法从任何书本上读到的。夸张一点的说法是“旅行是真正知识的伟大源泉”。其实读书与旅行本身并不矛盾，它们同样可以带给人不同的愉悦。只是行万里路，从某种意义上讲，更加契合今天倡导的以个人体验为主体的体验式旅游。

其实即便同样是体验式的行万里路，究竟是走马观花，还是下马观花，也是仁者见仁、智者见智。毫无疑问，即便是下马观花式的旅行，也注定和在当地生活一段时间的心态和收获是大不相同的。也可以讲，真的选择去生活一段时间，才是真正意义上的下马观花。所以以 Jeffrey 的这种下马观花者的姿态来分享他个人的旅行体验还是很有意义的。Jeffrey 在他的介绍美国汽车文化部分，花费相当篇幅介绍了美国或者说大部分的所谓发达国家的交通文明是如何形成的，有哪些特别的文明习惯，交通规则，值得国家交通管理部门、教育部门去特别关注学习。他的这些分享对国人增长见识，提高素质应该有所裨益。拳拳之心，难能可贵。

当今中国经济繁荣，步入中产阶级的人口在不断增加，参加境外各种旅游的人数不断在刷新纪录。旅游的方式也是五花八门，种类繁多：海岛游，邮轮游，房车游，徒步穿越游，博物馆游，不一而足。但是中国旅行团文明程度不断被诟病的报道还是不绝于耳，实在令国人痛心。

青山行不尽，绿水去何长。做一个文明的旅行者最重要的是使自己的身心健康愉悦，同时不以牺牲他人的愉悦为代价。己所不欲勿施于人！

可以说，如果我们大家都能以自己有限的知识和能力为国人作出一些积极的贡献，国人文明程度的提高就值得期待了。

推荐人简介

迟晨浩　Howard Chi 早年留学加拿大，研究生毕业于蒙特利尔的麦基尔大学。在 IT 领域从业多年，先后服务于 IBM 和甲骨文公司。现为甲骨文中国区市场部负责人。

推荐序

智性与诗意的联想

袁　俊

多年挚友杰夫（作者英文名）捧着他将要出版的书稿递到我眼前时，着实让我吃了一惊，从未想过他会是一个时尚的游记作家，在我眼里，他始终是一个至情至性，至真至简的实在人。

深夜，于暖暖的灯下，轻轻翻阅这本名为《剃刀的旅行哲学》，沉心思虑，感触良多。

初识，你会以为这是一本纲要化了的旅行攻略，细读，你方可品味到其中独一无二的旅行留存。

那些潜藏在字里行间，意象交融中的故事是作者长期行走的收获，是作者感情的寄托与知性的探索。当你跟随他的脚步去解读陌生的土地，风情与文化串联起来的故事时，仿佛是对命运的认识，若明若暗，悲喜旖旎，经历着，体会着，亦是接纳着，沉淀着。

我发现，人越是走得遥远，越是难以割舍已有的一切。走过百转千回的天涯路，终要回到初心的原点。原来幸福与不幸福之间，只是有无节制的欲望之隔。

行游即是心游，在不断远离与接近的过程里，愿我们与自然共老。

推荐人简介

袁俊　2005年毕业于美国耶鲁大学，修政治经济学Master学位，现任时代博纳控股集团董事长。

·致读者·

一、为什么要写这本书

20 世纪 90 年代初，我第一次到国外出差，那时候能出趟国绝对是国人中的凤毛麟角。而随着全球经济一体化和中国市场、国民心态日益开放，离岸资产成为中国高端商务人士的热门选择，近 20% 的富豪拥有离岸资产，房地产和海外股票是其海外资产的主要投资对象。与此相对应的是中国人的出国热潮。根据美国商务部最新统计，2014 年赴美的中国大陆游客有 218. 8 万，同比增长 21%，为进入美国游客来源中增长幅度最大的国家。而前往东南亚、欧洲等地的中国游客更达到每年上千万人次。世界旅游组织统计，中国是出境游增长最快的国家。2012 年有 8200 万人次前往境外旅游，消费总额达到 850 亿美元。中国旅游研究院 2013 年发布的报告显示，中国 2012 年出国旅游达 8300 多万人次，境外消费总额为 1020 亿美元，已成为世界第一大出境旅游市场及第一大出境旅游消费国。但是由于旅行计划不周、语言不通和对当地的风土人情不了解，国人频频受害于车祸、医疗事故，与当地的黑帮和民众发生的冲突造成的伤亡与日俱增，为成千上万的家庭带来了巨大的痛苦。本书以详尽的分析、清楚的逻辑和众多充实的案例帮助读者设计一个安全和周密的旅行，从而有更多的时间享受异国风光。

二、安全旅行的重要

我们最重要的资产其实是我们家人的健康和安全。安全旅行的重要性再怎么强调都不过分，而我们在实际生活中却经常会忽略它。记得自己第一次去日本出差的时候曾经紧张得不得了，唯恐自己丢了哪样宝贝最后可能连飞机都上不了。现在回想起来都觉得十分好笑，没有经验的结果经常是庸人自扰。可是在海外旅行多了却发现安全旅行的重要性，如果没有详尽的计划，出门在外难免要走很多弯路，不仅浪费了宝贵的时间，有时候还要破财免灾，更倒霉的可能还要把身家性命搭进去。我的一个同事在2010年国庆前夕突然决定偕妻去西藏旅行，两人以闪电的速度在一天之内采购所需的食品、药品、旅行装备，然后乘飞机到西宁再坐火车进入西藏。虽然两人遍访林芝、拉萨和藏南地区，但他们事后感慨如果手上有一本旅游安全事项手册，会省去很多车马劳顿之苦。因此本书的部分目的就是为旅行者提供一名有经验的旅行向导，让旅行者少走弯路，少花冤枉钱，安全愉快地前往世界各地，而最后一点尤其重要。2010年8月，一群香港游客在菲律宾首都马尼拉的遭遇更是让人触目惊心，由于一名疯子警官为了挣回属于自己的荣誉和工作岗位，竟然在光天化日之下劫持这些香港游客的大巴。在与政府谈判破裂之后，使用自动步枪疯狂扫射，造成8死10伤的重大伤亡。类似的伤亡事件常常发生。每一个悲剧的背后是多少家庭和亲人的眼泪和失去至爱的伤痛。我们有责任防止悲剧的重演。

三、为读者建立第六信息维度——旅行者维度

当我们拿上机票，持着护照经过海关和边防检查，准备乘坐飞机前往异国他乡时，很多人都抑制不住走出国门的激动和兴奋，但是却忽略了前往海外要面对比在国内旅行的更大安全困境。首先是语言，由于很多国人语言不通，无法与当地警察、医院甚至律师沟通，一旦遇上重大突发事故，由于无法及时和有效了解事件真相，不了解当地的法规，从而会面临事态进一步的恶化甚至失控。而面对紧急和突发事件，我们中的大多数人都会由于缺乏经验、情绪冲动而采取一些可能十分愚蠢的举动。许多读者在走出国门之前也意识到这些风险，也通过自己的渠道了解目的地国家的有关信息，但终究有许多局限性。笔者把读者的信息搜索渠道作了一个分类分析，大部分读者在赴国外旅行、留学或者工作之前一般会通过以下六个信息维度收集信息。

第一维度——报纸。尽管互联网和手机的普及对于纸质报纸的发行构成了严重的威胁，但是对于大多数国人来说，了解外部世界的主要窗口还是报纸。报纸的优势是其信息发布一般准确，而且实时性也比较强。

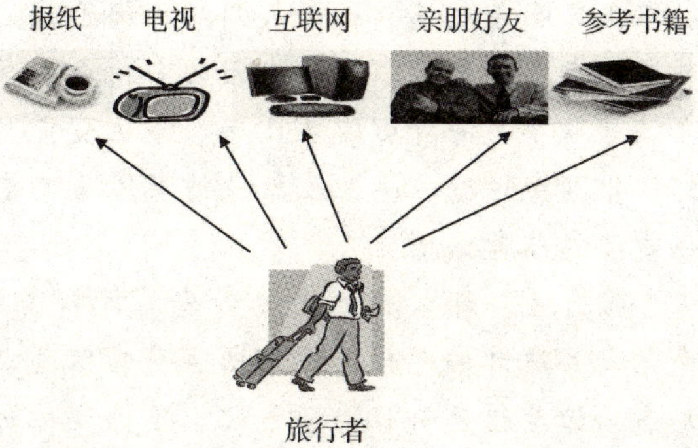

细心的读者还有收集报纸的习惯，针对特定题目进行分类收集和历史信息保留。

第二维度——互联网。当前我们已是如此严重地依赖互联网，互联网极大地降低了人们获得信息的成本，从而使得人们在足不出户的情况下通过互联网就可以了解前往旅游地的人文、地理、旅游攻略等。很多旅游者在出游之前还利用 QQ、微信的群发功能自发地组织信息交流、旅游团队搭建等群体互动活动，一起分担成本、充分交流信息来降低出游风险。

第三维度——电视。虽然互联网在人们获取信息上发挥了越来越重要的角色，但是电视的大屏幕和实时性还是给了读者一个有益的信息渠道选择。人们通过电视旅游频道了解了一些国家的风土人情，以及观看有选择的旅游访谈节目了解一些特定的旅游情报。

第四维度——亲朋好友。对于中国这样一个注重人际关系的大国，亲朋好友的信息、建议对于人们出游选择有着重大的影响。许多人的第一次出国都是在和亲友的饭局、聊天后才成行的。亲戚、同学、同事、生意场上的伙伴维持着一个人的紧密交际圈，这个交际圈的任何互动都会可能导致一个出游的行为，例如全家和朋友的家人一起利用春节、国庆长假去海外度假。与生意伙伴在海外谈完一笔生意后，去当地打一场高尔夫球或者旅游放松一下，等等。人们对于交际圈中获得的信息可能要比报纸、电视和互联网信息更加重视，部分原因是第一手信息比较真实可信，另外通过旅游也有结交朋友和生意伙伴的目的。

第五维度——书籍。互联网时代，人们可以通过手机随时随地获取需要的信息，查看书籍的必要性逐渐减弱。但由于海外旅游、留学，甚至定居投资的长期性、风险性以及出行计划安排的复杂性，单独依靠互联网、电视和交际圈的信息就面临信息量不足和信息碎片化的危险。因此查看有关书籍不失为明智之选。一个最明显的例子就是希望出国留学的年轻学子在选定报考学校之前，通过专门的书籍查看有关留学目的地国家学校的简介、录取率、海外留学生比率、学生受资助比率、入学外语考试平均成绩、报名申请费、毕业生就业情况等重要指标，从而为自己申请学校提供重要的参考信息。

第六维度——旅行者。那么我们的读者又为什么需要第六维度呢。我们生活在一个信息大爆炸的时代，人们所拥有的信息太多了，信息获得的渠道也在增多，但是信息却日益碎片化、不连贯，而且最让我们困惑的是某些信息还相互矛盾。举一个例子，笔者在2012年春节前曾计划去马来西亚槟城旅游，在和朋友以及旅行社沟通以后，得到的信息是春节期间去有关目的地的航班很难订到票，而且由于出境游团队很多，航班的票价也会大幅上涨。笔者抱着试一试的心态在一些流行订票网站，例如expedia. com，cheapflights. com等网站上搜了一下，发现通过香港出发去槟城的航班很多，而票价并不高，如果仔细淘一下还是可以买到便宜机票的。在获取旅游信息方面，笔者也发现依靠现有的五大信息维度收集信息也存有重大缺陷，尽管我们买很多书，像孤独星球，某些旅游玩家写的旅游攻略等，却还有遗漏某些重要的信息，例如孤独星球，由于为欧美人士所写，对中国人非常感兴趣的地方，例如美食、购物、历史典故的人文描述涉及甚少。对于中国人在海外经常遇到的麻烦，例如语言不通，如何换汇，走失后如何寻人和找回目的地，如何避免上当受骗和成为抢劫目标都没有明确的章节提供帮助。因此笔者感觉很有必要为国人准备一个第一手资料的第六维度，也就是作为一个旅游者亲身考察过的信息维度，以第一手的信息，亲身的观察和体验为读者建立海外旅游所需要的关键信息链条，如何注意安全、如何去重要景点旅行、如何经济安全利用交通工具、如何选择美食和时尚购物中心等。从而为读者节省大量信息收集、整理、筛选和核实的时间，为读者建立一个合理的旅游规划提供坚实的信息基础。为了帮助读者一目了然地了解核心信息，例如所计划的目的地有哪些可能遇到安全风险，如何规避、如何在旅行前就可以把这些风险和麻烦考虑进去，每一个独立的目的地介绍章节都拥有自己的安全贴士，供读者思考和评估。

下面聊聊笔者的笔名。许多读者问我为什么要取“剃刀行者”这个笔名？我想在我们游走世界的时候，我们绝不是生命、历史和生活的旁观者，我们也在用自己的脚步、理想和信念改造和引导我们的世界，哪怕是一件不足挂齿的小事。

笔者有一次去成都出差，由于是旅游旺季，机场外排队等待出租车的乘客很多，队伍足足排出了一百多米。尽管我非常想快点进入市区去赶一个饭局，但还是老老实实地跟在人群之后排队。就在这时，后边一个小姑娘拉着行李箱径直走到了队伍的前面想往里插。面对这样不文明的行为，我实在是看不下去了，大声地批评小姑娘的插队。面对我的指责，小姑娘却不以为然并对我嚷道："你管得着吗!"我没有退缩，大声地回击道："你这样加塞，对得起那些在你身后排队的人吗!"小姑娘不说话了，但是排队的秩序没有散乱，也没有人跟随她。小姑娘也许感受到了身后人群冷落和鄙视的目光，坚持了几分钟后就默默地拉着行李箱离开了队伍。虽然我们是行者，许多时候都是看客，但这绝不是我们可以袖手旁观的借口。在世界的任何角落，面对损人利己、破坏社会公德和道德底线的品行，我们不能视若无睹，我们没有权利保持沉默。尽管笔者不鼓励我们的读者去做一个以卵击石的殉道者，但我们也应该有勇气适时站出来，道德和良知需要人类的守护。如果可以的话，我希望可以用我微薄的力量来消灭人世之间所有的自私、不公和不道德以及阻止那些以大欺小、仗势欺人的恶行。在道德的力量上，我愿意自己是一把心灵的剃刀，剃去黑暗，守护光明。这就是我起"剃刀行者"这个笔名的初衷。

最后，要感谢我的家人、同事、朋友和中国社会出版社对于本书的支持和厚爱。感谢严荣、黄达威、黄杰峰、陈梅英、杨继刚、安琪、迟晨浩、袁俊、宋国安。正是因为有你们的鼓励，这本书才得以与读者见面。

目　录

第一部分：游在美国

美国每年都吸引着世界各地的游人、学子前往旅游、求学。随着中国的富足和强大，美国也越来越重视来自中国的游客和学子。据不完全统计，2014 年前往美国的中国留学生人数超过了 27 万。美国国务卿克里在其 2014 年对华访问期间宣布，美国政府将开放对于中国公民的旅游签证，将授予符合条件的中国公民长达 10 年有效期的多次往返签证。该项签证制度的优惠，将极大地刺激中国公民和企业前往美国旅游、学习及投资的热情。

美国安全旅游贴士

一个详细和完备的旅游计划是保证安全旅行的关键。一般长途旅游，例如去海外一周到一个月的话，旅游计划在半年前就应该开始准备。在安排你的出行之前，应该至少了解以下信息。

1. 目的地国家的风俗人情，犯罪率情况，当地的消费情况，主要民族的宗教信仰，最近是否发生过针对中国人或者海外游客的重大暴力袭击和抢劫事件。

2. 目的地国家中国大使馆的地址、联系方式、热线电话。

3. 交通情况的详细资料，例如当地火车站、公共汽车站的分布、购票方式，如何打出租车，如何结账。

4. 航空公司的选择，例如可选航空公司的安全飞行记录，购买机票的折扣，是否对托运的行李征收附加费用，等等。

5. 旅行期间的天气情况，如果需要在森林、野外公园和山区进行徒步和登山活动，最好避开雷雨季节。

6. 如果你需要去人口稠密的大城市，例如美国纽约、洛杉矶、迈阿密这样好玩的地方，应该详细了解这些城市的地铁网络，夜间乘车的安全性如何，如何购买地铁票，如何使用自动售票机，在著名的旅游地点附近有哪些地铁和公交车站，大型购物中心的地点和开放时间，有哪些免费的旅游资源可以使用，例如在著名的旅游城市的飞机场一般都会设有由当地旅游部门开设的问讯处，为游客免费解答问题和提供当地景点的参观资料，要善于利用这些免费资源。笔者当年带团去日本访问的时候，由于准备工作做得不够充分，在带着一队中国客户去东京中央车站买地铁票的时候就犯了难。由于不懂日语，无法去人工售票柜台咨询就只能硬着头皮去自动售票机前买票。在选择购买界面的时候，由于操作步骤不对，而无法让购票机进入钞票识别状态，看着后面排着长队等待购票的人流和人们脸上写满焦急和不解的面孔，我真是急得满头大汗。幸亏旁边有懂英语的好心日本人指点，自己才完成任务。

7. 对于机场、火车站和汽车站的信息搜索。如果你将安排一个连续的空中旅行，或者有可能坐火车穿越几个国家，在欧洲旅行这是家常便饭，那么最好提前将你会经过的机场、车站了解一下，请相信笔者的建议，这绝对不是浪费时间。你如果飞往美国，第一站在旧金山国际机场，第二站飞往芝加哥奥黑尔国际机场，那么详细了解这些机场的布局，航站楼之间的通勤工具对你如何计划在机场的时间安排极有帮助，甚至可能极大地降低你迷路的风险。而女士们对于机场专卖店和免税商场的研究将直接帮助她们在机场完成一个物有所值的购物。即便你和朋友通过参团的方式旅行，对于机场和火车站的研究也不会浪费你的时间。因为你会在不需要导游的帮助下，自己完成一个愉快的购物，甚至在精确研究的背景下，完成对于一个伟大历史建筑的参观。例如我们都知道俄罗斯莫斯科中央车站的美丽，新加坡樟宜机场美轮美奂的设计。去研究他们，欣赏它们，将是国际旅行妙不可言的经历。

8. 美国的多民族特性和全民持枪的文化需要中国游客特别注意。中国人在美国旅游生活要多加留意当地的族裔情况。一般来讲，白人生活的地方治安普遍较好，而黑人聚集的地方治安普遍较差。一些著名的区域，例如纽约的哈莱姆区、加州洛杉矶市郊的某些区域都是黑人的聚集区，中国人要慎入这些区域，免得给自己招来大麻烦。另外，美国是允许公民持枪的国家，误入民宅或者对美国人做出侵犯性的举动，都有可能招致对方拿起武器反击。因此中国人要注意与美国人的相处，特别是在与警察打交道的时候，不要将手不经意地伸进自己裤兜里，以免引起警察的怀疑，他可能认为你在掏枪，为了防止潜在的危险，美国警察可能立刻将你打倒在地然后铐起来再说。尽管事后大部分警察会向你诚挚地道歉，但你除了上法庭控诉警察滥用暴力以外，几乎没有什么手段来保护自己的尊严。

9. 在美国出席社交聚会，有许多沟通的细节需要特别注意，否则不仅让人啼笑皆非，而且会引起不必要的纷争。例如询问美国人如何去洗手间，洗手间里的马桶叫 toilet，家里的洗手间叫 bathroom，外面的洗手间叫 restroom，而中国人很容易张冠李戴。在进入商场购物，如果在一件展示商品前停留过长，美国的服务员可能会问："Hows is everything going on?"（需要帮助吗?）我们一般回答："Fine,thank you."（不需要，谢谢。）而不少国人可能误以为对方在怀疑自己可能偷东西甚至嫌弃自己只看不买，这都是不必要的担心。在学校和社交场合要注意对身边黑人的称谓，如果用词不当很可能被人痛揍一顿，正式叫法都用 African American，但一般都叫他们 black（当然是认识以后），negro 是绝对禁止的。与美国人在一起，如果需要麻烦人让道，或者临时去洗手间，或者不小心当众打了个喷嚏，甚至是狼狈地在众目睽睽之下滑了一跤，最好的方式是说，“I am sorry”。对于别人的服务和帮助，一定要大声致谢，而不是使用中国式的注目礼来答谢对方，例如有美国人帮助你开门，在你滑倒之前迅速搀扶了一下，或者是礼貌地让你先走，你都要大声地说“Thank you”。美国人是热情开朗的民族，他们一般也会向你致礼，回复“You are welcome。”（不客气）。一般的社交礼节是谦虚礼让，对于残疾人、妇女和孩童要给予特别照顾。我在美国工作的时候，有一次去佛罗里达州的奥兰多去参加公司的一个内部培训，发现一个有趣的细节。到了午餐休息时间，由于是自助餐，所以大家都需要到餐桌的尽头去取食物盘和刀叉，但是我身边的男同事都站在一边打电话聊天并不着急去排队吃饭，我觉得有些不解，后来发觉他们都是在等身边的年长者和女同事先排队，然后自己再过去。

美国的汽车文化

提起美国的旅游就不能不说美国的汽车文化。由于福特发明了流水线生产汽车，从而有效地降低了汽车的制造成本，汽车终于可以成为大众消费的商品，汽车文化终于在美国诞生了。另外还要归因于美国国土的辽阔和由政府资助建设的横跨各州的高速公路网，而美国民族的不拘一格和不喜欢受约束的风格也是其独特的汽车文化形成的重要原因。很多中国人会好奇，为什么会这样呢？我们要从美国的建国历史来探寻问题的答案。1620 年五月花号在北美殖民地东海岸靠近马萨诸塞州靠岸后，大部分登陆的移民都是英国的清教徒，因此美国民族祖先的血液中充满了追求自由生活和独立创业的基因。美国民族拥有天生喜爱冒险和创建新事业的激情，所以在这片广阔的土地上培育了发明大师爱迪生、苹果公司创建人史蒂夫·乔布斯就不足为怪了。

一、致命的诱惑，美国的高速

1. 建设背景

美国汽车行业的发展极大地促进其公路建设，1929 年美国经济大萧条前美国已经初步建成了横跨全国的公路网。罗斯福推行新政后，全国铁路和公路网络的建设得到了进一步的提升。第二次世界大战后，由于大批军人复员和长期稳定的国际政治环境，美国又进入了大规模的建设时期。在20世纪80年代以后，美国经常谈论婴儿潮（baby boomer）对美国社会经济和退休保险的影响，所谓的婴儿潮就是美国在第二次世界大战后所经历的黄金发展时代。据统计，从1946年到1964年，美国有6000万婴儿呱呱坠地，从而极大地促进了美国经济的繁荣，其中受益最大的行业就是汽车、住房和教育。美国驻欧洲部队前总司令艾森豪威尔在竞选美国总统之前曾单独驾车横穿美国，用了他大约2周的时间，开了大约5000公里。他深感美国道路情况的改善将极大释放制造业生产力的潜能，因此在他任职总统期间进一步建设和完善了美国跨州的公路网络。据美国官方统计，在不到10年的时间里，美国的高速公路总里程达到7.5万公里，几乎可以环绕地球两圈，横跨美国东西海岸的时间缩短到4天。

2. 横穿美国

善于利用美国的高速公路网将会极大地节省你的交通成本。理论上讲，如果你在美国的任何地方驱车前进，你可以开到美洲大陆的任何地方，而且路上你将不会碰到收费站。为了验证这一理论的正确，笔者在2003年9月特地请假一个月横穿美国。远征的起点为美国南部的南卡罗来纳州FLORENCE市，远征的终点为美国的西海岸华盛顿州的西雅图市，沿途经过南卡罗来纳州、佐治亚州、田纳西州、密苏里州、堪萨斯州、怀俄明州、俄勒冈州、华盛顿州，此次远征使用的车辆为FORD 2002年出厂的多功能越野车SUV ESCAPE。

此次远征驾驶的行程达到8000公里，在近三天的路程上，笔者在田纳西州、犹他州、蒙大拿州住了三晚，路上惊险趣事多多，也算是一趟冒险之旅。在蒙大拿州内的高速公路上，笔者前面的一辆车自燃，幸亏司机逃脱及时，否则可能葬身火海，汽车前部升腾的火焰和烟柱直上云霄，让人时刻感觉车辆即将爆炸。在蒙大拿州的高速公路上，笔者和太太遇到了一个庞大的嬉皮士摩托车队，近200多辆重型哈雷在高速上呈一字纵队展开，绵延10公里，那场面如果不是亲眼所见，你绝对不敢相信自己的眼睛。我一边开车，一边看着这奇妙的团队，心里琢磨着，这帮爷们儿都是从哪些庙里冒出来的，这是去哪呀？为了一探究竟，笔者索性就在高速旁的汽车旅馆住下，与身穿黑色夹克、身

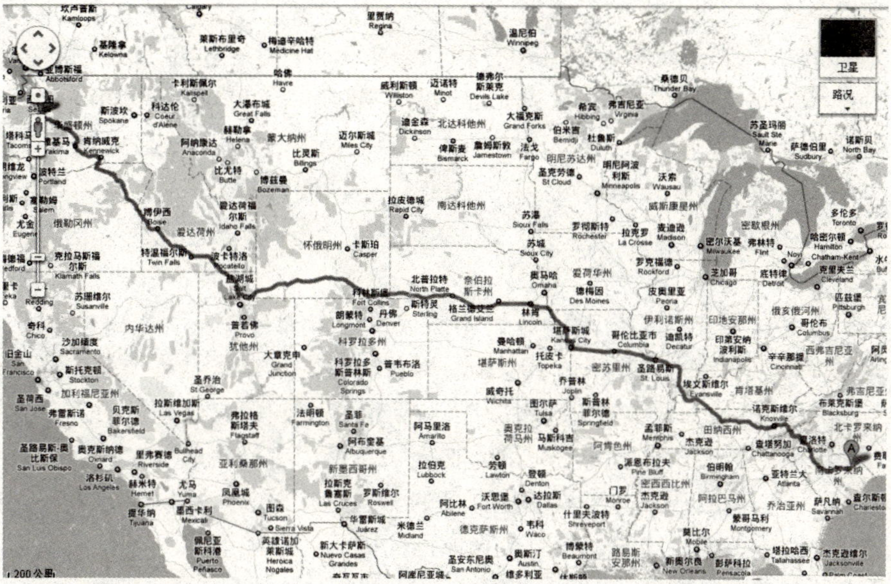

远征路线图

边带着金发女郎的嬉皮士们住在了一起。在酒吧喝啤酒一聊天才知道，原来大批人马是通过互联网电子邮件召集，前往哈雷的美国总部密尔沃基市进行年度狂欢巡游活动。为了参加此次活动，许多哈雷的粉丝都在公司请了两周的假，尽情狂欢的同时，也来享受机车在大地飞驰的惬意和快乐。在华盛顿州，由于笔者的车辆负重太多，车辆的变速箱发生过热警告，竟然必须在修理店进行更换，代价就是高昂的修车账单，我的钱包呜呼不已，但也得掏银子付费，不给钱走不了呀。为了节省住宿开销，笔者曾经一天开车行程达到 900 多英里，相当于近 1500 公里的路程。

二、必须识别的危险

由于美国路宽车少，很多人认为在美国开车比在中国安全。但实际情况并非如此，根据美国汽车事故追踪网站统计，在 2005 年美国共发生 642 万起交通事故，直接经济损失达到 2300 亿美元，290 万人受伤，42636 人死亡，平均每 13 分钟就会发生一起致命车祸，平均每天有 115 人丧生车轮下。随着经济好转，更多人驾车上路，交通事故死亡人数也随之增加。联邦公路局（Federal Highway Administration）的初步数据显示，2012 年的总行车里程增加了 91 亿公里，增幅 0.3%。而衡量每 100 公里行车里程的事故死亡人数，预计会从 1.10 人增加到 1.16 人。自 2005 年以来，公路交通死亡人数每年稳定递减，自 2005 年到 2011 年下降了约 26%，2011 年共有 3.2 万人在公路交通事故中死亡。公路交通死亡人数比例增幅最大的地区是东北地区，包括缅因、佛蒙特、新罕布什尔州、麻省、罗德岛、康州。东北地区的交通事故死亡率增加了逾 15%。

再看看中国，截至 2011 年，中国人的汽车拥有率不到美国的 1/5，而每年死于车祸的人数超过 10 万人，我们汽车事故的死亡率要大大高于美国的水平。美国严格的交通法律有效降低了美国的交通事故，但是这不能说明中国人在美国开车可以安枕无忧，以笔者的观察和实践，实际上中国人在美国开车的事故率是很高的。这里有很多的原因，有驾车习惯的，有不熟悉路线的，也有车技方面的因素，可能麻痹大意是最致命的危险。首先我们从驾车习惯来洞察一下那些致命的危险。

1. 不爱系安全带

国内很多司机都不爱系安全带，后座乘客就更别说了，就这个问题笔者曾经与很多国内的出租车司机探讨过，他们的回答可以归纳成以下几类：第一，怕麻烦，不方便，认为绑上这么一个玩意儿多余，能不用就不用；第二，完全没用，真有事故来了还影响开门逃生。

尽管中国的交通法规日趋完善，而且各地的交警都很较真儿，如果逮着营运车辆的司机不按规定系安全带都会开出罚单，有的城市例如北京、深圳等地还有摄像头追踪，可很多司机就是知法犯法。在美国，民众的守法程度都比较高。我的第一个驾车教练就是一个美国研究生，他教我开车第一堂课所说的第一句话就是开车一定要系安全带，对自己负责，对他人负责。

2. 长途驾车

长途开车的安全秘诀：

第一，出发前，一定要通过地图熟悉自己的开车路线，以免错过主要路口，从而慌张转向并线发生事故。

第二，有条件的话，在车上配置 GPS，通过语音导航来保持正确的行驶方向。在夜间开车 GPS 的作用更加明显，因为夜晚的视界不好，看不清路标。

第三，开车前快速检查发动机、轮胎和车辆的灯光状况，特别是前车灯和转向信号灯，确认正常后再上路，轮胎最好使用胎压计逐一检查，千万不要抱侥幸心理，你的生命终究要靠自己负责。我想向读者特别强调一下轮胎对于长途及高速行驶的重要。俗话说得好，好马配好鞍。那就是说一辆好车它的附属装备也很重要，而发动机、变速器、轮胎是长途行驶最重要的三件套。长途出发前应认真检查胎纹，要注意看是否有明显的刮伤，如果轮胎磨损严重，建议换胎后再上路，否则你就有可能会和死神相伴。如何确定是否要换胎呢？可以使用一个一元的硬币插入轮胎的胎纹中来观察，如果胎纹足够厚，那么你应该看不见那枚硬币。如果轮胎磨损严重，你会轻易地发现硬币的部分露在外边，那么建议你谨慎考虑需要换胎了。如果真要换了，为了节省成本，最好去汽车修理店一起四个都换了，换好后强烈建议重新再做一次四轮定位。

第四，如果开车犯困，千万别抱着侥幸心理，为了省钱和省时间赶路，如果疲倦了就把车停在高速公路的加油站休息一下再走。为自己冲一杯浓烈的咖啡或者来上一杯热茶会是一个很好的提神选择，但千万不要嗑药，否则在美国会有入狱的危险。笔者有一个避免犯困的经验，就是车上带两罐红牛，一边开，一边喝，很快你就会兴奋得不想睡觉了。笔者今年夏天带领一帮亲友粉丝团从四川阿坝州九寨沟驱车回成都，一路高山峻岭，险峰弯道，我雇了个成都司机来开车。由于长途驾驶，司机又不爱说话，又不好意思抽烟。如何让司机在长时间驾驶中不犯困，这可是人命关天的大事，万一这老兄一打盹，我们可就直接到沟里去见阎王了。抓耳挠腮想了半天，就买两罐红牛吧，没想到效果非常好。司机一路精神抖擞，弯道，上坡，转弯，超车一气呵成，没有任何闪失地将我们带回了成都。

第五，一旦开车迷路，千万不要慌张，可以去就近的加油站问路，或者使用手机致电朋友寻求帮助。找警察救援也是一种选择，拨打 911 以后，巡警一般都会很快赶到为你解困。

第六，晚上开车，最好带上手电、紧急情况发光警示板，这样如果车出现故障，其他司机在远处就可以看到你在求救。在放置警示板的时候，注意夜间的放置距离要比白天多出一倍，最好放置在 100 米以外。在放置警示板甚至当你站在路边求救的时候，一定要给自己和同车的朋友穿上带有荧光标志的马甲，这可不是闹着玩的，否则你很可能有丧命的危险。笔者在美国开车的时候，有一次需要夜间开车穿越北卡罗来纳州。由于希望在晚上10点前赶到计划的汽车旅馆，我的车时速一直保持在120公里左右。由于是夜间开车，路上的车辆很少，因此我开启了定速巡航功能。我在两条车道的靠右车道匀速前进，在经过一个小山岗的时候，依稀看见路边停着一部车，由于太黑，没有看清车牌号和车型，但是我本能地减速了。就在这时，路边突然窜出了两个黑影，我吓了一跳，以为是狗熊、野鹿之类的动物，把车立刻开到了左侧车道避让。在风驰电掣般驰过之后，我突然意识到那可能是两个人，因为好像有一道亮光闪过，那可能是他们通过挥动手电筒或者手机打出的求救信号。可是当我意识到有人在求救已经太晚了，无法停车施救。后来再仔细回想当时的情景，不禁倒吸一口冷气，如果不是下意识地进行了紧急避让，那两位仁兄很可能会被我送上西天了。因此各位朋友，如果可以的话，尽量避免夜间长时间在陌生的地段开车，除非你对地形和自己的驾车技术有足够的了解，如果需要停车求救，一定不要站在马路当中。遇到雨天、大雾、小雪或者天气情况恶劣，最好停下来休息，等待天气好转再继续上路前行。如果由于时间安排或者没有可以歇息的加油站、汽车旅馆，有条件的话也可以把车停在休息区等待天气的转好。如果一定要与老天竞赛，那么也要采取一些特别措施来保护自己和车辆的安全。措施一，要拉大与前车的车距。由于雨雪天气路面湿滑，刹车制动距离增加，为了防止躲闪不及，要比平时多拉大一倍距离，从而可以为自己争取面临意外的反应时间。措施二，要打开前灯和雾灯，从而可以让附近的车辆容易看到自己的车，方便大家相互避让。措施三，如果遇到雨雪天气，前车窗容易模糊视线，除了打开雨刷器以外，还要打开空调或者加热器，让前窗玻璃保持明亮，从而让自己有一片良好的前视视野，为车辆安全驾驶提供保证。措施四，谨慎超车和变线。由于雨雪天气，大家的视界可能都受影响，因此在超车和变线的时候，一定要为自己和他人的车辆留有余地，避免抵近超车或者变线，与人方便与己方便。最保险的做法是减少超车频率，如果一定要超车，最好通过连续发出转向灯信号，以便提前告诉别人，自己要超车了，请注意避让。在恶劣天气下，一定要多利用灯光信号与他人沟通，如果需要的话，可以打开双闪让后车及时发现自己，避免倒霉的亲密接触。

第七，如果在高速公路或者快速路上发生爆胎等严重事故，建议立刻减速，但不要猛踩刹车，将车辆开进服务区或者路边的紧急停车带，记得下车后，在车后100米左右放置警示板，雨雪天气，距离还要延长。换胎的时候，先使用千斤顶将车辆顶高，然后使用改锥按照对角的方向将车轮从车轴取出，再换上备胎，同样以对角方向旋入螺丝。强烈建议戴上手套操作，以免手被轮胎中的铁丝扎伤。换上备胎后，不要长途行驶，要按照厂家的建议，驰往最近的汽车修理店再换上好的轮胎。

3. 对于交通标志的理解

中国人来到美国，都对美国湛蓝的天空，四通八达的公路网和方便的路边加油站，24 小时便利店，大型购物中心，便宜的商品赞不绝口。都希望可以找部车开开，从而可以自由地欣赏这一地大物博的国度。但是有个问题就是美国的交通标志与中国的交通标志在设计和式样上有很多不同，因此你会觉得美国的交通法规和交警会非常坑爹，总是到处找你麻烦。更要命的是，中国游客由于不熟悉交规，可能会惹上严重交通事故，赔一大笔钱财不说还有可能吃上官司。因此清楚地了解美国的交通安全标志，对在美国开车甚至在路上行走都会有直接的帮助。

笔者在美国有一次由于不理会交通标志而差点出大事的亲身经历。笔者在美国大学读书期间，有一次和友人合开一部二手车去东海岸旅游。我们来到了美国著名的港口城市波士顿。由于美丽的夕阳和晚霞映照在城市的港湾之中，海鸥、白色的游艇和岸边金光闪闪的摩天大楼构成了一幅美丽的城市印象画，我们都被这平静、祥和的美景所感染了，徘徊在港口边的林荫大道上。由于适逢夏季的傍晚，许多波士顿的市民也走出家门在海边的公园长廊和露天广场聊天、散步和享受夏日夕阳下的恬静时光。波士顿市民为了展现他们的音乐天赋和好客，就在港湾的广场上举行了一个露天音乐会。也许是太喜欢欣赏音乐了，以至于我们都忘记了时间的流逝，准备去吃晚饭时已经是一片漆黑的夜晚了。由于我们的车停在了小巷里，没有注意路标，就直接开上了海滨大道。这时，友人的太太突然大叫一声："不对呀，我们前面没路了，怎么都是老美的车和我们对在一起了！"一句话惊醒梦中人，这才发现大事不好。原来这段海滨公路是条单行道，我们正在逆行，而此时正停在一个红灯路口，如果绿灯一亮，将和迎面来车相撞！幸亏朋友反应及时，一个右转钻进了旁边的小巷，溜之大吉了！好险呀，多亏那个红灯救了我们。在转弯的时候，我可以清楚地看见对面司机惊恐和怀疑的大嘴巴。

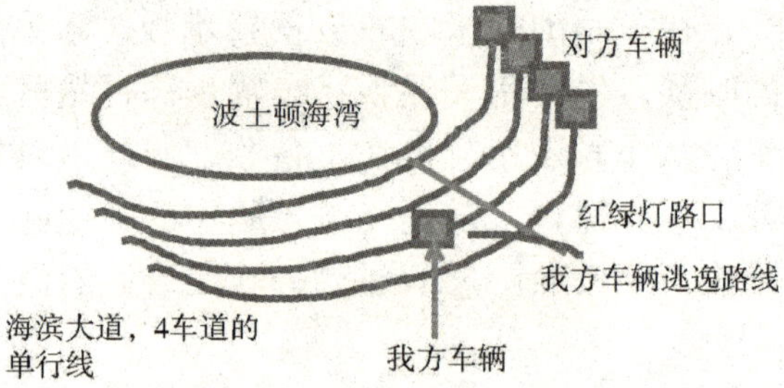

波士顿车辆对撞形势分析图

在美欧，很多道路为了安保、观光以及车流导向的需要，都设计了单行线，而单行线在国内的大城市也逐渐普及。因此有必要向读者介绍一下。

不准进入道路。一旦看到这样的红色指示牌，你就一定要小心，不要再往前开了。

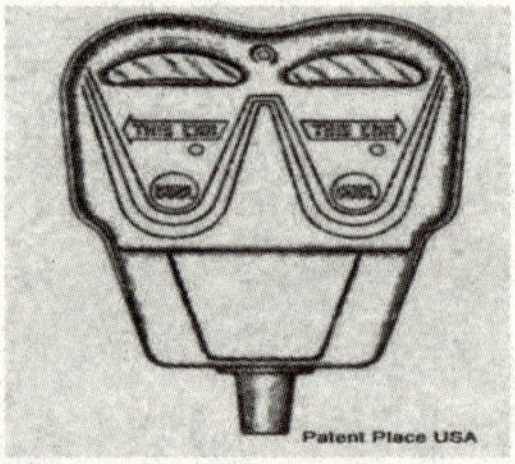

这样的计费器，在美欧等国家都很常见，一旦看到你就需要交停车费了。缴费的时候，需要投掷硬币，计费器的指针会自动弹起而开始计时。

早上8：00到下午5：00时间段都禁止停车。

单行线。严禁逆行，千万别抱侥幸心理！

错误的方向。你一看到这样的红色警告标志就知道自己麻烦大了，赶快掉头吧，顺便祈祷一下别让交警看见或者被摄像头拍到。

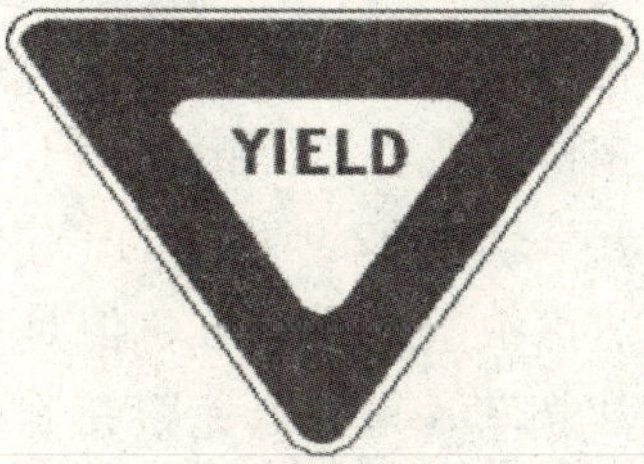

让行标志。如果看到的话，你需要礼让前方或者平行方加入你侧的车流。一般在高速转弯匝道，你都可能看到这样的警告标志。

在美国见到这个标志，你是需要停车的，而且需要完全把车辆停下来，静等至少3秒以上，才能通过。

这是给残疾人用的停车位。

三、噩梦的源头，美国警察

我们去国外旅游，很可能会遇上交警，该如何与他们交流让自己的出行顺利愉快呢？笔者的建议是，在遇到麻烦的时候，主动沟通将会是一个好的处理方案。大多数情况下，如果警察主动找你的话，很可能都不是什么好事，与其坐以待毙，被人拿下，不如主动出击取得对方的理解和帮助。但是任何事情也有例外，例如你在美国开车被交警逮着，那么最好的办法是坐在座位上不动，等待警察前来询问。我用两个真实经历与大家分享：第一个案例是我在美国南部南卡罗来纳州开车上下班时候发生的。那时候，我开一辆1992年生产的道奇牌轿车上下班。大约在晚上6：30，天色已晚，我希望快点到家，但是前面是一个弯道还有3辆车在我前面，由于无法超车，只好减速跟在后面。就在这时，后面忽然闪起了警灯，我意识到有麻烦了，从后视镜往后看去，一辆黄色警车跟在我后边。什么也别说了，靠边停车吧。我把车开到路边，回想着美国教练的提醒，开车遇到警察拦截，千万不要出来，因为美国持枪的人很多，警方很担心便做了随时开枪的准备，谁知道你屁股后边是否藏着一把左轮呢。警察在车内会先检查你的车号在州内注册的情况，如果在系统内发现你可能是一名逃犯，那你就倒大霉了，有时候甚至会把直升机也叫过来助战。我在车里坐着，顺手拿出了我的驾照和保险单。果然如教练所说，警察并没有从车里直接出来，而是等了一会儿，估计是在查我车的违章记录。后来终于出来了，一个英俊的白人小伙子，慢慢走到我的车前。“晚上好，先生！”他首先给我打招呼，我也赶紧回礼“晚上好，警官！”但还是坐着没动。警官看了我的驾照和保险单问道：“你没发现你的车有什么问题吗？”我一下愣住了。看到我惊讶的表情，警官笑了笑，说道："你的右后尾灯不亮了。"哦，明白了，但是这算违章吗，我心里嘀咕。警官拿出了他的违章通知书，我的心一下子就抽搐了，上帝呀，这也要给罚单呀，我冤呀，可能就是一个线路短路或者灯泡烧坏的问题。警官的罚单递过来了，我就像斗败的公鸡一样无精打采地接受处罚。警官开口了："你这部车有点老了，有时间去修理一下，我只给你一个警告，下次开车注意呀。"我连呼谢天谢地，警告既不计点也不产生罚款，因此没产生什么损失，整个事情处理不到10分钟，自始至终我都没有下车。遇到类似的情况，大家首先要镇静，与警察交谈要彬彬有礼，但也不要无理搅三分，如果觉得自己受到交警不公正的对待，可以寻求法院解决，美国的法官一般会给你一个申诉的机会，但是不能无理取闹，美国是一个法治国家，很讲究诉讼的证据和事实陈述。

第二个案例是如何寻求帮助。笔者有一次去美国出差，由于时间有点紧，在国内通过旅行社订了一个旧金山市区的小酒店。飞到旧金山国际机场后，带上同机的同事到机场租车公司提车后就直接沿着101高速直奔旧金山市区了。开了一阵进入市区后突然傻眼了，由于事前在网上做了功课，通过Google地图打印了详细的路线图，但是由于并线不及时，错过了出口，开往了前往奥克兰的高速。眼看自己距离酒店越来越远，我心一横，掉头吧。然后就在桥下转弯，一进入弯道就连连叫苦，前方好像出了事故，几十辆车挤在一起像蜗牛一样往前爬。这时候我看到一辆警车停在路边，警官站在车前指挥交通。我灵机一动，反正是开错了，正好找警官咨询一下。我就赶紧把车停在路边，向警官打了一个招呼，警官诧异地看着我。我首先表明来意，由于不熟悉路线开错了，希望能得到帮助开到酒店。在询问了我酒店的位置后，警官很快就给了我一个想要的答案。我向他致谢后迅速走回车内，很快我们就回到了正确的方向上。这个案例告诉我们，在异国他乡，如果迷路，最好不要自己人争吵一番或者一通乱找，寻求当地人特别是警方的帮助会是聪明的办法。寻求帮助的时候，问题要简明扼要，态度要热情和镇静。

四、租车的艺术

自驾游是北美重要的旅行方式，这样可以省去很多麻烦，例如忍受导游的硬性导购安排，早上6点就要起床，和一堆素不相识的陌生人挤在一起吃团餐的尴尬，等等。以租车方式的自驾游将逐渐成为中国游客在海外旅游的一个重要方式，人们不光享受了自由安排时间的乐趣，而且可以获得旅游急需的机动能力，可以随时去自己想玩的地方。要想在旅游旺季低价租到一部好车可不是件容易的事。因此在北美以及海外租车的经验就是要长期计划、提前调查。在国外租车一般需要有一张国际银行系统认可的信用卡和有效的驾照。如果你只有中国驾照的话一般需要做一个翻译和公证，但这并不能保证你可以租到车。为了给大家提供一个参照，下面笔者与大家分享国内外租车自驾游的不同。

2012 年的春节假期比较靠近公历的新年，1 月 22 日就是除夕，再三平衡之后，决定偕家人去海南三亚自助游。笔者决定尝试一下自己租车出游的乐趣。在与自己的保险公司联系后，选择了一家国内知名的租车公司，该公司提供网上租车服务和报价。在与客服代表通了几个电话，问明了如何取车和换车的注意事项以后，笔者基本了解了有关租车的流程。在随家人到达三亚机场以后，笔者很快就与租车公司取得了联系，对方表示由于客人较多，需要我们在机场等待一下才会有车来接我们去办理租车手续。这一等就等了半个多小时，终于有一辆带有租车公司标记的商务车开来把我们接走了。到了机场附近租车公司的办事处后，我们又花了 30 多分钟的时间签署租车合同，了解合同和保险条款细节。由于孩子嚷嚷着要去酒店休息，我直截了当地问，可以提车吗，不料服务代表提出，我们还要再等会儿，由公司的车把我们送到公司的停车场。我们又等了 15 分钟，终于有还车的客人来了，我们坐上车来到附近的一个大停车场。让我们惊讶的是，一路上尘土飞扬，尽是坑坑洼洼的路障，而停车场也好不到哪去，紧挨着一个垃圾站，偌大的停车场没有一个挡风避雨的地方，客人就站在三亚的骄阳下办理退车、取车事项。不愉快的事情还在后面，我被告知，我希望租的车型没有了，如果急着要走的话，可以让我开一辆现代车走。我立刻傻眼了，合同上不是说好是一辆通用的凯越吗，两者的耗油量也不一样呀。租车公司的工作人员随手在合同上做了一个修改，然后说这就行了。我无奈地摇摇头，虽然从内心里不喜欢韩国车，觉得不够安全，但也只能凑合了。测试车辆的时候，发现车很脏，而且车门上有撞痕，我把问题指出给租车公司的接待人员，他们表示这很正常，在合同上做了注释以后，表示你可以走了，如果要洗车的话，还要等上半小时。站在三亚明媚的阳光下闻着附近垃圾站传来的气味，我已经接近崩溃了。我干脆地回答不用洗了，装上自带的导航仪绝尘而去。上了高速后，看了下手表，为了租部车，我一共耗费了 1 小时 45 分钟，如果是打出租车的话，可能早到酒店了。没有租到满意的车，客户体验也不好，国内的租车行业在迅猛扩张的同时却损失了客户忠诚和服务质量。

再来对比一下在美国租车的情形。笔者2011年去美国旧金山开会，由于要待一个星期，在出发前一个月就在租车公司的网站上把车订好了，是一辆安飞士的福特探索者SUV。一般网上租车比柜台租要便宜，机场取，机场还，同一个地点租还的报价也比较划算。到了机场以后，经过移民和海关检查，旧金山机场就有明显的指示标志来告诉乘客如何去租车公司，你可以看到例如赫兹、安飞士等著名租车公司的标志。旧金山机场的租车公司位于航站楼的外面，需要乘坐机场的轻轨火车前往。在坐了两站后，耗时7分钟就到了租车公司的大楼，非常方便。进入租车公司的服务楼层后，大部分时间都不需要排队，会在柜台边等来一个客户服务代表，在询问了你的租车订单号，查验了你的驾照、信用卡等信息后，有一个打印好的租车合同供你签署。中国游客需要仔细审核某些合同条款，例如保险条款，车辆发生故障的求救电话和告知条款，租车人和租车公司就车辆使用和理赔发生冲突的诉讼条款，车辆是否需要单独购买保险等。在你对全部的条款阅读并同意签署后，服务代表会告诉你一个车库的车辆识别代号。你坐电梯直接去车库，根据地面和墙壁的代号找到自己的车子，一般车辆已经按照你的要求清洗如新，没有擦痕，也没有服务代表站在你身边回答问题，这让顾客更有一种放松的感觉，车钥匙就插在钥匙孔里，如果你愿意多付费，可以配置一部车用GPS导航仪（笔者建议带上），发动汽车，你就可以开上美国的高速公路了。整个过程大约30分钟，一切都是那么自然、简单，管理得井井有条。还车的时候，如果还是回到机场，你就按照机场的指示牌将车开到租车公司的车库，一般有一个服务工程师会快速扫描车辆的油耗，对后备箱、外表是否有撞痕等进行例行检查，如果你在合同上写明需要自己加满油，那么还车的时候也要把油箱加满，否则租车公司会收一笔燃油附加惩罚金，非常不划算，因此一定要在还车之前把油箱加满。把你的行李从后备箱中拖出，如果没有什么车辆故障问题或者投诉需要申告的话，你就可以直接走人了。租车的流程非常简便，自由而且人性化。

如何租到便宜的车呢？笔者建议大家租车前在网站上货比三家，这样可以看到多种选择和相应的成本，如果是三口之家旅游，那么多数情况下租一辆两厢的小汽车就足够了。在租车的时候有几种情况可以帮助读者节省租金。

1. 如果可以的话，排量小的车租金会比较便宜。

2. 如果选择在同一地点还车，那么租车公司的费率也有优惠，因为你节省了租车公司在不同区域内调配车辆的成本。

3. 如果有条件的话，能够自购车辆意外险和剐蹭险的就下手买吧，一旦发生事故，可以节省不少钱财，车辆租金也会比较优惠。通过租车公司购买保险是最不划算的，其费率一般是保险市场的最高费率。

4. 如果有条件的话，早点确定自己的旅行计划而去租车，享受的费率也会比较优惠，因为你节省了租车公司为了应付节假日高峰出游的临时调车成本，这一点对于读者在国内租车尤其重要，因为国内春节、国庆等黄金周和小长假，游客们都集中出行订车，租车公司一般都会趁此机会大赚一笔。越晚订车，租金随行情上涨的可能性就越大。

5. 租车的天数对于你平均每天的租车成本也会有影响，租车公司一般都欢迎租客能带来稳定持续的现金流，因此如果租车时间超过一定天数，租金也有大幅优惠，例如租一整周的车与仅租一两天的费率就会有很大的不同，前者将便宜得多。

6. 为了节省租车成本，你甚至不需要租车公司提供的 GPS 导航仪，可以提前在你的手机上下载一个拥有目的地国家和城市交通网的导航软件，租车的时候，开启自己的手机导航，进行语音导航。

五、享受汽车旅游的快乐

汽车旅行所带来的快乐和享受是无与伦比的。你会有一种海阔凭鱼跃，天高任鸟飞的感觉。如果你在欧洲，会驶过那些最美丽的国家，例如瑞士，看着马路边一望无际的绿色田野，远处婀娜的群山峻岭，近在咫尺的鸟语花香，你会觉得生活的美好以及收获田园牧歌的浪漫。你就会感觉自己就像一名游子在车轮的飞驰之下，感受上天所创造的这个世界的奇妙。你会在加油站小憩，在休息区的躺椅上远望阿尔卑斯山的云朵，而在匆匆驶过欧洲的小镇的时候，你会摇下挡风玻璃，用自己的相机捕捉具有异国风情的教堂尖顶，路边冲你的车跳跃奔跑的牧羊犬。如果你在美国的州际高速公路飞驰，那么你会看到一望无际的平原，一纵队开着哈雷戴维森摩托车的嬉皮士车手，奔腾不息的密西西比河，高耸入云的落基山脉。为了体会在美国汽车旅游的快乐，笔者曾在 20 世纪的 90 年代与妻子趁着读书的假期空当，驾驶一辆克莱斯勒公司生产的老式白色三厢车纵游美国。我们与友人沿着美东的 95

号高速，从南部的夏洛特北上，一路经过宾夕法尼亚、马里兰，来到华盛顿特区，游览了首都以后，立刻马不停蹄来到美东的第一大都市纽约，在鉴赏了百老汇的浮华，时代广场的喧闹和中央公园的宁静后，我们又开车游览了美丽的海滨之城巴尔地摩，美国西部著名的赌城大西洋城。然后再向北进发，游览了美国东部著名的城市波士顿，参观了常春藤盟校哈佛大学，与其比邻而居的理工科的重镇麻省理工，然后再一路向南来到美东另一所常春藤名校杜克大学。

沿途风光绮丽，一路欢笑，其中的奇闻趣事不胜枚举。在前往波士顿的高速公路休息区，由于急着要上厕所，竟然忘了拔掉车钥匙。结果回来之后，才发现悲催的结局在等着我们去品尝。我们的车门已经锁死了，眼看着钥匙就插在钥匙孔里但就是打不开车门。我们几个同行的朋友站在停车场里急得直跳脚，像顽皮的猴子一样抓耳挠腮，上蹿下跳，无计可施。大家甚至想到了报警，或找人借锤子把车窗砸开，然后再取钥匙。可要是真走到这一步，不光破坏了我们的旅行计划，还可能把有限的旅行预算尽数交给汽车修理厂。最后一名同行的同学想出了一个妙计，不知道他从哪找了一个小铁丝，长度大约10厘米，然后让我们中的女同学用她那纤细的手指将铁丝从窗户的夹缝中伸进去，然后触碰车玻璃的自动上锁开关，就可以把车门打开了。由于正值夏季，为了缓解炎热的天气，坐车的人往往不把窗户关死，车窗与车顶之间就留有一个小缝隙，刚刚可以伸进一个小手的手指。幸亏女同学非常有毅力，几经失败和磨炼，终于把车门给打开了。我们欢呼雀跃之时，我随口问了一下想出这个主意的同学，他的灵感是从何得来。他腼腆地笑笑说，他也是通过美国有关的电视节目中看到的，其中讲到职业窃贼如何偷车，其中就有我们刚才使用的招数。我们恍然大悟，原来偷技也能帮我们解困啊。

美国的名胜

消失的双子座，华尔街的力量

位于纽约曼哈顿区的华尔街是美国繁荣和金融力量的标志。美国的纽约证券交易所，美国主要投资银行、证券、保险和私募基金管理公司的总部都位于曼哈顿。这里高楼大厦的密集程度堪称美国第一。漫步在曼哈顿街头，人们行色匆匆，马路上的车辆奔流不息，这里的金融、投资触角伸向全世界。

很久以来，作为世界的金融中心，华尔街就是美国力量的象征和源泉。美国通过华尔街的金融触角控制了全世界主要经济体的融资、债券、资产管理、上市和股票发行等金融交易。那里的金融机构，例如高盛集团、摩根士丹利公司、美林证券、雷曼集团、瑞银、美国银行、摩根大通银行一直是世界各国商学院和大学院校毕业生的偶像。那些每年动辄几十万美元的年薪，丰厚的分红和奖金吸引着全世界最优秀的人才。他们对于华尔街的大鳄趋之若鹜，拼命想钻到这些金融之巅大显身手。笔者在 1999 年从美国商学院毕业后，曾与家人驱车 500 多公里来到曼哈顿感受华尔街的气息。正值炎炎的夏季，曼哈顿的街头人来人往，车水马龙。人们匆忙的脚步和熙熙攘攘的购物中心代表了曼哈顿那永不停息的心跳。由于正值美国克林顿执政的黄金经济发展时期，笔者毕业后很快在南卡罗来纳州找到了一份系统咨询师的职位，因此也心情大好，与妻子在曼哈顿、长岛、华尔街流连忘返，感受美国经济强劲发展的动力。我们造访了纽约大都汇博物馆、中央公园、哥伦比亚大学、百老汇、纽约股票交易所、自由女神等经典建筑。但给笔者印象最深刻的是站在美国世界贸易中心旁的人行天桥上仰望哈德逊海湾以及从世贸中心旋转门涌出的下班人流。在金色的夕阳映衬下，哈德逊的海水被染成了金黄色，发射的金色光芒与曼哈顿的那些摩天大楼玻璃墙的反光交相辉映，把曼哈顿打扮成了一个金色帝国。世贸中心的双塔从金属丛林中拔地而起，直冲云霄，就像两把刺向长空的利剑。看着那涌出世贸大楼的人流以及他们手中的报纸和公文包，笔者心里悄然涌起一股崇拜之情，能在这里上班的人真走运，它们所服务的公司和政府机构非富即贵，否则根本就没银子能在世界办公室租金最贵的曼哈顿拥有一席之地。笔者母亲的一个同学在中化美国分公司上班，负责石油制品的进出口业务，他当时的办公地点就在世贸大楼，本来希望有机会亲自去拜访一下，顺便看看有没有好的工作机会，由于他适逢出差，因此笔者就没有机会在世贸大厦内部参观浏览。两年后，世贸大厦遭到恐怖袭击，两架商用客机分别撞向世贸双塔，造成了 3000 多人死亡。我母亲的同学由于已经回国述职而幸运地逃过一劫。我清楚地记得，2001 年 9 月 11 日，是美国东海岸一个充满阳光和鲜花的早晨。我来到位于南卡罗来纳州的公司办公室上班，而就在我喝咖啡看工作记录表的时刻，早上 8 点 45 分，我的美国同事突然大叫："我的天哪，世贸大厦被飞机撞上了！"我们转向电视的CNN直播，果然雄伟高耸的世贸大厦顶部一片浓烟，而曼哈顿大街上满是惊慌的人群和救护车。就在大家狐疑地注视这一切的忙乱时刻，人们看到又一架飞机撞向了另一座世贸大厦的顶部，而引起了巨大的爆炸和黑烟。那一刻，我身边的美国人全部面如死灰，被吓得目瞪口呆。从那以后，一切都改变了。外国人进入美国要按指纹，每架飞往美国的国际航班都需要向美国国土安全部提交访客名单。机场安检的队列被拉得老长，你需要脱鞋接受安全检查。美国失去了民主国家最宝贵的资产——安全感。

站在华尔街，面对周边鳞次栉比的高楼大厦，你觉得这一切都是那样的神奇而不可思议。远眺哈德逊湾，望着自由女神像的身影，回想着JP摩根的传奇，以及那一个个让人仰慕，希望挤破头也要为其工作的大公司，摩根大通、高盛、美国银行……你就会觉得人生如梦，在金钱、物质的欲望驱使下，那些坐在亮丽大楼办公室，玻璃幕墙环绕下的高智商人类，为我们的人生和金融领域创造了一系列令人头晕眼花的金融证券产品：点心债、违期信用违约、组合住房抵押贷款债券……由于华尔街的贪婪，全世界的投资人和美国的普通民众在2008年席卷全球的金融风暴后，蒙受巨大证券、股票投资损失，有无数的美国家庭由于无力偿还银行的抵押贷款，而眼睁睁地看着自己人生的最大投资对象房子被强迫收回后拍卖。在华尔街那光鲜的外表和纸醉金迷生活的背后是多少民众的辛酸泪呀。

旧金山湾美景

来到美丽的旧金山湾，有什么美丽或者充满历史怀旧的地方值得大家去观赏的呢？

1. 金门大桥

推荐理由：世界上最美丽的大桥之一，可以将车停在大桥边的草坪公园停车场，游人步行或者骑车游览大桥。由于其海天一色的盛景，金门大桥是美国自杀率最高的地区之一，因此大桥装了防护格栅。

2. 渔人码头

推荐理由：一个适合慵懒、休闲旅游的完美港湾，你会看到成群的海鸥在海湾飞翔，还有趴着晒太阳的海狮。在这里你可以尽情散步，欣赏海景，旁边还有一个美国第二次世界大战潜水艇博物馆。如果逛累了，岸边有许多海鲜餐馆，可以饱尝一顿旧金山湾的海蟹和海鲜。一般半份海蟹的价格加上服务费和饮料在15美元左右。

3. 旧金山市区的有轨电车

推荐理由：可以有机会尽情领略旧金山市区的魅力，也可以很方便地花时间好好逛逛联合广场。广场中央有一座高耸的纪念碑，附近汇集着大量商店，是购物者的天堂。广场四周有 4 条街道，分别为 Powell、Post、Stockton、Geary，你可以悠闲地逛逛。随便走入市区的一个酒吧，你可能有惊人的发现，例如墙上挂的照片，可能是美国前总统克林顿光顾酒吧的合影。

4. 斯坦福大学

推荐理由：美国西海岸最著名的私立研究型大学，校园非常美丽恬静，教堂一样的学校建筑散落在绿地和花园之中，如果周末前往，会遇到当地的情侣在校园拍婚纱照。这里孕育了美国总统、国务卿以及硅谷一些顶级高科技公司的领导人。

5. 加州一号公路

推荐理由：号称是美国最美丽的风景公路，一边临海，一边靠近山峦和丘陵，沿途还有许多海边的度假村、别墅和急转弯供你体验赛道竞速的刺激，非常值得一去。你可以从旧金山一路开到洛杉矶来体验海岸旅游的乐趣。

6. 旧金山九曲花街

推荐理由：非常值得去游览的一个市区景观，让你对旧金山的地形、地貌有一个非常好的体验，那就是一会儿下坡，一会儿上坡。九曲花街则完全是下坡，在 Hyde 街与 Leavenworth 街之间的一个很短的街区，却有八个急转弯，因为有40 度的斜坡，且弯曲像“Z”字形，所以车子只能往下单行。街道上遍植花木，春天的绣球，夏天的玫瑰，秋天的菊花，把它点缀得花团锦簇。还可远眺海湾大桥和科伊特塔，如不开车，可顺着花街两旁的人行步道，欣赏美丽景色。

许多中国游客来到湾区，除了购物、游览以外还喜欢去参观高科技公司的总部，例如惠普、谷歌、脸书等，拍了很多照片，在微信、微博或博客上进行分享，还有的游客在当地的朋友甚至有关公司的帮助下，潜入目标公司的食堂吃饭、拍照。笔者不是很认同这样的做法，原因有二：第一，美国高科技公司的核心竞争力并不是其硬件，而是其软件、管理制度及员工的敬业精神，因此参观其公司大楼等硬件设施其实学不到什么东西。第二，安全管理问题。俗话说，入乡随俗，美国公司的办公地点一般都很开放，你可以自由地在公司周边的公众绿地、草坪、人工湖，甚至外建的公园跑步、游览，但是要进入公司的办公区域就是另一回事了。公司都有门卫及门禁卡制度，某些研发的敏感区域都有摄像头进行监控。一般外来的访客都会被禁止进入公司的办公区域，以防泄密和公司财产丢失等麻烦事件的发生。

甲骨文公司的那些事

谈到旧金山湾，我非常有兴趣向大家介绍一下甲骨文公司的一些亲身经历和趣事逸闻，从而让读者对于硅谷的高科技公司文化有一个身临其境的了解。大家都知道，甲骨文公司是世界最大的数据库软件公司之一，其2015年6月在NASDAQ的市值为1898亿美元，创始人拉里埃里森是硅谷的传奇人物，根据美国福布斯杂志统计，其身家位列美国富豪榜前列，个人总资产超过360亿美元。不过随着美国经济的减速以及2008年美国金融危机对于企业盈利的巨大打击，巨型软件公司类似甲骨文、微软、IBM都在采取措施裁员，将部分研发工作持续搬迁到了海外，例如印度等低收入英语国家。我在甲骨文总部上班的时候，就感觉到了这样的寒意。办公区域许多隔段都是空无一人，难得见到的几位程序员都是在埋头处理公务。而我熟识的几位在总部上班的中国同事则大多不在办公室。打电话一问，才知道由于内部裁员，部门的美国老板都走人了，新任的老板为印度人，还在印度上班呢。既然老板都不在身边，再加上湾区上下班都比较塞车，房子买的又离公司比较远，因此就申请在家上班了。虽然听上去挺惨的境遇，但是硅谷高科技公司人性化的管理风格还是让我们这些挣扎在国内一线城市朝九晚五的打工族羡慕得直流口水。

有一次我去总部开会，由于参会的代表很多，我早上8：20来到公司会议中心旁边的停车大楼时发现自己陷入一个窘局，在停车楼里转了三层也没找到停车位。我急得满头大汗，就在我在楼层中到处瞎转悠的时候，我后面的一辆雪佛兰汽车忽然向我鸣笛示意。我下车走向那部汽车，一个美国老太太笑着问我：“你是新来的，找不到车位了吗?”我不好意思地点头回答：“是，我是从中国分部来的，到总部来开会，没想到车位这么紧张!”她马上回答我：“你再等2分钟好吗，我这边有个同事去买咖啡了，我们马上去见客户，我们的车位就空出来了。”我立刻大喜：“非常感谢!”很快她的那位买咖啡的同事回来了，我停好车，在会议开始之前到达。这就是硅谷，人们对你都很友善，你不会因为小事儿而大发雷霆，或者失去理智，从而可以将主要精力聚焦在重要的技术创新活动上。

甲骨文公司总部

许多人认为在硅谷最著名的高科技公司工作，肯定有写不完的程序，没日没夜的加班，才能配得上几十万美元年薪加上上百万美元的股票期权。某种程度上，这样理解没错，工作多年的程序员确实可以挣这么多，而且工作也非常辛苦，晚上加班到凌晨以后都是常事，因此加州的大麻消费量也居于美国前列。工作这么累，程序编得这样麻烦，存储过程老是不能执行，不点上根大麻活跃一下神经，给自己来些灵感，实在是有点对不住自己那躁动的青春。由于了解程序员的辛苦，硅谷的大公司往往提供优厚的待遇帮助员工找到程序，算法的“神圣灵感”，那可是各家高科技公司的核心竞争力。因此，有些公司例如谷歌，会给员工提供上班时间的免费餐饮服务，帮助员工免费照顾爱犬，免费按摩及健身。而美国一家著名的数据挖掘公司做得更为过分，不光为有小孩的员工提供免费的幼儿园服务，还为喜爱大自然和田园生活的员工免费配备奶牛，下班之余，可以自己尝试挤奶玩。在甲骨文等老牌 IT 公司，大家早已失去了企业初创时拼命三郎的奋斗精神，因此上班期间，边喝咖啡，自己找事情做的大有人在。我呢，因为是在总部培训，没有人待见的时候自然就给自己放松了。听人说，总部的健身房和游泳池值得一去，我就在上班时间溜达过去了。果然，巨大的健身中心修得非常气派，我出具了员工卡就堂而皇之地走了进去，开始健身了。各种健身器材应有尽有。巨大的落地窗使人觉得空间非常明亮舒适，在跑步机上跑了一会儿，我就出了一身大汗。来到室外的草地上，发现有一个人造游泳池，乳白色的人工沙滩配上碧蓝的池水，在加州的阳光照耀下让人心驰神往。我赶快过去了解是否也可下去游一圈，安全员回答我，完全没问题，有免费的毛毯和淋浴室供员工使用，但是要自备泳裤，泳镜可以借给我。这下轮到我傻眼了，都是带着笔记本电脑和手机来上班的，谁会带泳裤呀，再说这玩意儿也不好意思开口相借呀。于是我洗了个澡，又溜回了公司。觉得上班时间可以去健身真是一个不错的体验。而且对于工作效率也没什么影响，回来后我神清气爽，连续开了两个越洋电话会议。我觉得以后自己开公司，要记得为员工们争取福利，虽然免费大麻有些惊世骇俗，但是一个免费健身房还是可以期许的。

火山灰下的逃命

2006 年 1 月末，笔者有幸在美国旧金山参加了一个行业会议。会议结束后不久，我就踏上了飞往夏威夷檀香山的航班，开始了一段令人难忘的海岛春节之旅。夏威夷群岛是位于北太平洋的明珠，主要的岛屿由瓦胡岛、茂易岛和火山岛组成。在西方殖民者到来之前，岛上的土著居民一直过着原始的农耕和渔业生活。1778 年，英国冒险家詹姆斯·库克船长首先发现了夏威夷群岛，从此开始了白人对夏威夷的殖民统治。美国建国以后，日益强大的美国海军发现夏威夷群岛对于他们进入太平洋的战略价值，在夏威夷的瓦胡岛逐渐建立了港口、军舰维修基地、机场等军事设施。夏威夷终于成为美国太平洋舰队的主要基地。

在到达檀香山机场之后，游客下机后都要接受严格的动植物和毒品检查，如果有一条小狗在你的行李上流连忘返，那可绝对不是好兆头，你很有可能要接受开包检查，因此最好的办法是在飞机上把自己带的食物都处理掉，免得引起不必要的麻烦。出了机场，我就马不停蹄地赶往珍珠港的亚利桑那号纪念馆去参观珍珠港事件遗迹，去凭吊那些素不相识的美国水兵。清晨的太阳照耀着军港，白色的信鸽在港湾中展翅翱翔。抬眼远眺，到处都是银灰色的美国军舰排列在各个锚地上。由于是要到军舰的泊位，在经受了安全检查之后，两名面无表情的美国水兵让游客们排成两队上了一艘运输艇。我们开始驶向远处那白色的纪念馆。亚利桑那号纪念馆可能是世界上最奇特的纪念馆。整个建筑以巨大的金属支撑架建立在一个沉没的军舰废墟上。白色肃穆的纪念馆和它脚下那艘曾经傲视群雄的战舰向参观者们无声地诉说着半个多世纪前那血与火的悲壮。

望着眼前蔚蓝的海水，回忆着当年战场上的刀光剑影，思绪久久不能平静。1941 年，战争的乌云笼罩着亚洲。为了实现日本南进的策略，日本海军司令官山本五十六在取得了天皇和御前会议的支持下，率领当时最强大的联合舰队偷偷地前往夏威夷水域，准备偷袭珍珠港。12 月 7 日清晨，攻击舰队指挥官南云忠一中将果断地下达了攻击的命令。180 多架由鱼雷攻击机、俯冲轰炸机和战斗机组成的庞大攻击机群从 6 艘航空母舰腾空而起，迎着黎明的朝阳向珍珠港飞去。由于防守上的懈怠，尽管美国海岸的雷达兵在雷达上发现了这不祥的闯入者，并立刻报告了夏威夷基地的防空司令部，但是值班的军官却认为这是训练返航的美国轰炸机群，认为雷达兵的反应是大惊小怪。就这样，可以挽救千百人生命的机会在最后关头被浪费了。在金色的太阳刚刚俯视美丽的港湾，年轻的美国水兵头枕着大海的波涛，还在睡梦中回忆着酒吧姑娘们那青春的气息和草裙舞的节奏。温暖和平静的周日早上，和平和安宁笼罩着檀香山，而巨大的灾难正在破空而来。由于突袭的安排是如此完美，日军飞行员开始进行俯冲的时候，美军没有起飞一架飞机进行拦截，军港周围的防空炮火也没有作出反应。第一波攻击就重创了美国太平洋舰队全部8艘战列舰中的5艘。受创最重的亚利桑那号由于一枚重磅炸弹引爆了舰上炮塔的弹药库而引发了巨大的爆炸，舰体沉没。1177名水兵葬身鱼腹。日军的袭击给美军造成了巨大的生命和财产损失，美国太平洋舰队损失了除航空母舰以外的全部主力战舰，近3500多名美军和平民伤亡。美国丧失了对太平洋的控制权。日军迅速占领了菲律宾，在马来半岛登陆，侵入了缅甸，切断了中国的滇缅公路，盟军由于日军珍珠港的偷袭成功蒙受了巨大的损失。

我知道在我们所站立的亚利桑那号的舰桥下埋葬了无数美国青年的梦想。他们其中很多人都期待着去上大学，和自己漂亮的女朋友结婚旅行，甚至和家人一起在纽约时代广场倾听新年钟声的敲响。而无情的战争把他们沉入了海底，埋葬在远离家乡的战场。和我同行的游客们开始向海中抛撒玫瑰花瓣和花圈，向葬身波涛的水兵们致敬。我注意到海面上突然浮起了朵朵油污，据当地人说，那是死去的海军官兵们的眼泪。珍珠港事件改变了美国，影响了全世界，随后展开的太平洋战争使无数美国家庭遭受了战争的煎熬。

入夜的夏威夷灯火通明，美丽的夜色使人流连忘返。来到闻名遐迩的威基基海滩，到处都是欢声笑语的游人。信步走入著名的夏威夷购物中心，抬眼望去，琳琅满目的商品使人目不暇接。我随意走到一家礼品店，想买一盒夏威夷本地出产的咖啡。为了砍价，我竟和店主攀谈起来，没想到店主是一名台湾移民，来夏威夷生活已经10年了。他的父亲当年是一名国民党军官，因此他们全家都对内地怀有一份浓烈的乡情。我们谈起祖国的锦绣河山，海阔天空地胡侃。他告诉我说，最近来夏威夷游玩的大陆客越来越多，大有超过日本游客之势，而且有很强的购买力。我告诉他祖国的发展日新月异，经济实力的提升也非常迅速。也许不久的将来会看到大陆客坐包机到夏威夷享受这人间天堂。店主听到这利好消息，笑得合不拢嘴，为此还特意拿出台湾的米酒和我干了几杯。

聊完夏威夷的军港和海上军舰博物馆，我们再聊聊毛伊岛、火山岛。1778 年欧洲航海家詹姆斯・库克首次发现夏威夷群岛。然后夏威夷土著酋长、英国人、法国人，最后是美国人先后统治和经营夏威夷群岛。1959 年 8 月 21 日夏威夷正式成为美国第 50 个州。笔者有感于夏威夷的海滩美丽，曾在高三的时候申请过檀香山的夏威夷夏曼纳德大学，没想到还被录取了。由于没有奖学金还曾经与父母大吵了一架，最后由于无法筹集上学的学费而只得饮恨作罢。夏威夷最值得中国游客去游览的有瓦胡岛、毛伊岛、大火山岛。瓦胡岛是州府檀香山的所在地，美国海军太平洋舰队的母港。夏威夷构成了美国在太平洋最坚强的海空堡垒。毛伊岛需要从檀香山坐飞机过去。由于毛伊岛较小，因此许多美国当地政府的雇员都是坐飞机去上班，然后下午下班后再搭乘飞机回来，单程飞行大约 40 分钟，这真是名副其实的飞行的士。如果说瓦胡岛的盛名是其充满历史情怀的珍珠港，那么毛伊岛的魅力则来自其宁静的沙滩，碧蓝的海水，偶尔可以看到的海上鲸鱼游行，被美国高尔夫球杂志列为全美最美丽的高尔夫球球场以及天体营。而大火山岛绝对值得我们游客去冒险。该岛面积巨大，有 1 万多平方公里，拥有一个巨大的休眠火山。游客可以在白天乘车来到火山口，从远处的山峦眺望，巨大的火山口就像是在岛上刚引爆一颗中型原子弹，一个巨大的弹坑浮现在人们面前。由于岩浆的活动，缕缕白烟从洞口升腾。站在山峦上，你将被大自然的鬼斧神工所折服，浓烈的硫黄味，灼热的火山灰以及火热的骄阳和不时变化的风向，会让你有一种被窒息的感觉。因此参观火山口要穿上带有加厚鞋底的登山靴，这样踩到岩石和火山灰上才不会觉得烫脚。

也许是觉得玩得不过瘾，笔者又联合了旅行团的伙伴们，偷偷地租了一辆出租车，晚上溜出酒店来到了火山口公园附近的树林中。我们都穿上了厚衣服，高帮蹬山靴，脸上戴着口罩，以免被火山灰呛到。我们一行五人行走在密林中，追随着远处火山熔浆的亮点向前慢慢移动。渐渐炙热的岩浆和空气中的灰尘呛得大家都喘不过气，我们忙将带来的湿毛巾堵住鼻子和嘴，这才挣扎着继续前行。远处的岩浆在快速地移动，就像一个舞动的火龙在夜空中飞舞，一会儿前行，一会儿后退，忽而左，忽而右，就像一个大器天成的画家，以天地为纸，岩浆为墨，在崇山峻岭之间挥毫。我们被眼前红色岩浆的灿烂而惊呆了，没有意识到危险正在向我们逼近。我们中最勇敢的那位曹先生，要去取一些岩浆样品带回去炫耀。我心中不禁吓得肝胆俱裂，去取样品，万一被岩浆包围了怎么办，我们就要成烤火鸡了。想到这些，腿肚子就开始哆嗦，然后就从脖子后面冒虚汗。这时眼尖的同伴终于发现了问题：“不好，我们身后也有岩浆，大家快跑!”这下好了，不用惦记样品了，还是惦记一下自己的小命吧。我们开始连滚带爬地往回跑。我一不小心还重重地摔了一跤，脸部被地上的火山灰灼烧了一下，疼的我龇牙乱叫，爬起来还是继续跑路吧，再不走，我们就都变成烤乳猪了！我们用手扒开眼前的树枝，在岩石上蹦跳，在烟雾中奔跑。由于有手电的帮助，大家都没有迷路。等我们跑到路边的车边，才脱离了险境。检查了一下冒险的战绩，除了屁滚尿流的狼狈以外，我们都不同程度地受了伤，有扭伤脚踝的，有被山石割伤的，有手流血的。我们面面相觑，哈哈大笑，都觉得这是大自然给我们大家最好的纪念礼物。神奇的夏威夷火山在今晚显示了其神秘而伟大的力量，差点把我们几个胆大冒险的行者给踢进了地狱。

黄石惊魂

黄石公园无疑是外国游客到美国最喜欢去的地方。为什么呢？笔者根据自己的访问体验以及在中国的游览经验，认为主要原因为两点：第一，老忠实喷泉的盛名。由于老忠实喷泉的定时喷发，每隔 93 分钟喷出一次，每次历时约 4 分钟，喷得最高最美之时是前 20 秒，每次共喷出热水约 1 万加仑（1 加仑约合 3. 785 升），高度达 40—50 米，水温 93 摄氏度，因此引得全世界的游客慕名而来。第二，黄石公园的壮美，以及人与自然和谐相处的魅力深深地吸引了世界各地的游客。由于黄石公园巨大的面积，横跨美国的三个州，怀俄明州、蒙大拿州和爱达荷州，占地面积达到惊人的 8983 平方公里，在其中畅游，你会经常有机会与黑熊、北美驼鹿、松鼠、野猪、野马等做伴，这样的体验也非常奇妙。

笔者 2000 年曾驱车在黄石公园游览了一个星期。下面就当时经历的许多趣事和野外探险经验来和大家一起分享。首先和读者们分享的体验就是黄石公园真是太大了，其一望无际的绿色森林和秀丽山川会让你淡忘尘世的压力和烦闷，而进入一种休闲和探秘的意境。为了使心灵和肉体压力得到最佳释放，最好是自驾游，有条件的话也可以把自行车带上，或者干脆任性一把，租美国的房车来黄石体验野外生活的乐趣。在某种意义上，我觉得黄石公园就是一座成人的精神休假病院。人们来到这里，亲近大自然，亲近野生动物，亲近壮美的山川和湖泊，在宁静的夜晚与璀璨的星空对话，你会感觉到什么呢？你很可能会感觉到有一种磁力在拉扯着你，希望你不要走，不要成为过客。这就是许多游客会再次来到黄石游览的原因，他们似乎在人迹罕至的山林之中找到了生命的力量。黄石最好的旅游季节是夏季到秋季，7 月到 10 月份都是不错的旅游档期。

笔者在进入黄石公园大门的时候给我大学的英语教练大卫打了个电话。大卫是一个十分腼腆的美国男孩，在笔者初次来到美国的时候，大卫在当地的教会组织安排下成了我的英语口语教练。我们在学习英语的时候，也一起购物，开车和中美学生野营。由于大卫的宗教硕士学位完成，他提前离开了笔者居住的南卡罗来纳州，回到了蒙大拿的波兹曼去照看其年迈的父母。来到了黄石公园，笔者想起了自己的教练，一股纯真的思念之情油然而生。

笔者用手机拨通了大卫家中的电话，是大卫接的，笔者高兴极了，就像寒风中孤独前行的小鸟找到了温暖的巢穴一样。我兴奋地告诉大卫："哥们儿，我在黄石呀，你们好吗，我们离你已经很近了。"大卫平静地听完我的叙述，然后非常礼貌地邀请我和太太前往他们在波兹曼的家中做客。我有些犹豫，从黄石再驱车去蒙大拿又要开两个小时呀，我宁愿将这宝贵的时间与黄石的野鹿、棕熊和泉水待在一起。听出我有些犹豫，大卫及时地提醒我："我父母也想见见你们。"我忽然想起来了，大卫的父母去过中国，对于中国的传统文化有独特的热爱。去见大卫了！我们调转车头冲向了蒙大拿，来到了大卫温暖而造型别致的别墅。

大卫和父母热情地接待了我们，在听说我们要去黄石游览一周后，大卫提出愿意和我们一起去游览黄石，我们都有点奇怪，黄石公园就在大卫的家门口上，应该早就逛遍了，怎么还有心情去玩呀。大卫有些腼腆地回答说，自己虽然多次和父母和同学去黄石，但是从来没有开车野营过。这一次他打算开车去野营，如果有问题的话，他也能去我们在黄石的酒店房间会合。大卫的父母都没有问题，看来美国家庭都很尊重孩子的决定。我们当然也都举手赞成，有了大卫这样的强援，我们在黄石旅游的安全又多了一层保障。我提出来，如果要野营的话，也可以算我一个。

大卫跟随来到了我们在黄石公园订的酒店，稍事休息后，就来到了位于公园中部的露营地，在一片树林旁边的空地上升起了篝火。由于是公园推荐的宿营地，营地中有水、厕所、劈好的木柴和指定的篝火区，黄石公园还很温馨地在营地边上竖立了一个警告牌，警告游人附近可能有黑熊出没。我心里嘀咕，如果真碰上熊，哥们儿我就只能倒地装死了，跑肯定是没用的，熊一定能追上来给你一巴掌。我一边嘀咕一边和大卫找到了一块干燥的空地，为了防止风将睡袋吹走，我们使用了长铁钉来固定。大卫拥有丰富的野营经验，因此省了我很多麻烦。由于我们在酒店用了晚餐，因此夜晚的篝火时光成了我和大卫促膝畅谈的最佳时刻，我们谈到了双方未来的工作，大卫全家对于基督教的信仰和执着，以及他们在中国大学执教的经验。那真是令人难以忘怀的场面，浩瀚的星空下，黑色而一望无际的森林，月光照耀下远处银白色的山崖。黄石公园秋季那寒冷而干燥的冷风不时吹来，让人因无法拥有温暖的安全感而萌生警惕。面对秋风中摇曳不定的篝火，我看了一下手表，已经是晚上10：30了，意识到在荒野中露营需要好好地休息以便迎接那壮美的朝阳，我向大卫道了晚安，就向营地的厕所走去。厕所门口昏暗的灯光差点让我跌了一跤，借着昏暗的灯光发现厕所的门被锁住了，还附上了一张字条：由于厕所故障不能使用，由此造成不便敬请谅解。无奈只好野外解决吧，我走到营地旁边的小灌木丛中，周围空无一人，只有漫漫的黑夜和冷风。我刚站定，准备行使上帝赋予我的权利，一阵冷风吹过，我打了个冷战，觉得背后有一个黑影在移动。我大吃一惊，差点淋湿裤子，把拉链赶快收起来，定睛观察才发现，可能是一头巨大的北美驯鹿，距离我大约有50码（1码等于0.9144米），黑暗中能依稀看到其头顶上的鹿角。我这下不害怕了，只要不是黑熊就行。就在这时，远处的山林中传出一声号叫，起初就像婴儿的哭泣然后就是凄厉的哨声，在寒冷的秋风中传来使人浑身就像被冰水淋了一遍，我开始打摆子，牙床也开始碰撞，连走路也有点跌跌撞撞。我意识到自己的肉体已经陷入极度的恐惧之中，在我的脑海中已经像过电影一样在回忆野狼撕咬人体的恐怖景象，那血淋淋的胳膊和雪白的狼牙在我的眼前闪耀。我连滚带爬地冲入了营地，而大卫也从睡袋中钻出。他那蓝色的大眼睛和我一样闪烁着恐惧的光芒。我和大卫面面相觑，都感觉营地四周有野狼在活动。我甚至能看见黑暗中它们绿色的眼睛在注视着我们，但是谁也不愿意承认自己是那个胆小的怂包，也就不愿意提出来开车回到酒店温暖的房间里。我们就这样僵持着，我有点撑不住了，恐惧和担心被狼吃掉的现实考量占据了我的全部大脑。夜晚的寒风，让我在睡袋中被冻得有点哆嗦，牙齿又开始敲击在一起，我实在是不愿意再这样耗下去了，看了下手上的夜光表，凌晨4：10，还要熬两个小时才能到天亮呀。我觉得应该去方便一下了。我从睡袋中爬了起来穿上鞋，往林间的空地走去。这时我又感觉漆黑的夜晚之中，就在我的眼前大约100米远的灌木丛中，有两个黑影在闪烁，还有它们吓人的绿眼睛。这下我彻底崩溃了，我可不愿意被野狼拿去做开胃早餐。我一个箭步走到了大卫的睡袋面前，捅了捅他的睡袋，轻声嚷嚷道，哥们儿，赶快醒醒，咱们还是撤吧。不出我意料，大卫也没有睡着，他也很快从睡袋中钻了出来。他的眼神倒恢复了一丝镇定，只是嘴唇由于寒冷而被冻得发白。他故作镇静地问我，杰夫（杰夫是笔者的英语名字），有何不妥？我干脆地回答道："这里不安全，我们还是回酒店吧。"大卫爽快地答应了我的要求，我估计他也受不了，再撑下去，我们有可能就会被一群野狼包围，这些聪明的动物从来不单独行动。我们干净利落地开始收拾行李，打扫宿营地。我们开始轻声商议该如何撤退，大卫建议由他负责清除睡袋固定桩，熄灭火源，而由我去负责发动汽车引擎，虚开车门，随时等他上车，这样即便被狼发现，我们也可以迅速撤离。大卫嘱咐我千万不要打开车窗透气，他担心狼会突然从公路的两侧向我们发起攻击，撕咬我们脆弱的颈部。我一边听着，一边点头，心中涌出一丝温暖。都到了撤退的最后关头，这老兄还能想着兄弟，真是哥们儿呀。撤退行动开始了，我蹑手蹑脚地爬进车里，猫着腰开始用钥匙打火，可是怎么也打不着。也许是太紧张吧，我又尝试连续打火，但毫无反应。我趴在方向盘上，看着大卫在营地熄灭火源，由于恐惧和懊丧而浑身颤抖，我实在想不出还有什么办法来发动汽车。没有它的帮忙，我们就只能困在这等待天亮，而野狼也会抓紧时间在群狼凑齐之后对我们发出致命一击。

大卫很快就抱着睡袋钻进了汽车的后排，然后责问我："为什么还不走？"我无奈地回答："发动机好像有问题，打不着了。"他只好挪到前排，然后尝试发动，也和我一样徒劳无功。他略一思索，问我："有说明书吗？"我打开前座乘客抽屉，将说明书递给了他。我们使用手电看了汽车故障及问题的章节，大卫找到了原因，原来为了防止汽车启动的时候司机误踩油门而使得车辆突然冲出造成事故，通用汽车公司设计了一个保险环节，在发动汽车的时候，司机要轻踩一下刹车或者踩住刹车板。看清楚这一安全措施，大卫立刻就把车打着了。而这操作我也应该一直遵守的，只是到了大难临头、慌不择路之时竟然全忘了。不服不行呀！我们打开车灯，越过草地进入了公园的公路。大卫建议我们给野狼做个告别。开到一个空旷的草地边，我们让发动机空转，在黄石公园头顶繁星满天的夜空站在公路上，在银白色的月光下，我们头发蓬乱，被夜晚的寒风冻得瑟瑟发抖，就像地狱中走出的两个小鬼。我们大声地呼喊着野狼们，来抓我们呀！一片寂静的公路后方没有任何动静，看来野狼没有兴趣来追逐我们两个，也许是它们吃饱了，也许是没有等到头狼的信号。大卫就像一个小孩那样蹦跳着、喊叫着。一股感激之情油然而生，再加上逃出生天的激动，我一把搂住大卫，紧紧拥抱起来，一股暖流就像被电击一样在我们拥抱的那一刻传遍到了我全身。多年以后，当我回想起在黄石公园的月夜惊魂，令我印象最深刻的就是那次拥抱，为什么呢，我总是在问自己？也许那次遭遇让我意识到人类的渺小，生命的伟大，大自然的深不可测以及命运的不可捉摸。上帝突然把你置于极其危险的境地之中，让你可以体会到死神的召唤，然后就在你和同伴即将完蛋的那一刻又一把把你从危险中拽了出来。此次月夜逃命的一个副产品就是我和大卫结成了终生难忘的友谊。不管我们游荡到世界任何角落，每年的圣诞节我都会向大卫发出祝贺邮件来向他表达一个挚友的思念。对于别人，笔者一般都只发出电邮，而当面对大卫的时候，笔者每次都是从邮局发出带有中国特色的贺年片，而且历经岁月沧桑，从不间断。而大卫也在他的那一端，与我保持着这难得的友情。曾经有一次，在他飞往越南支教之时还途经香港来到笔者在深圳的寓所叙旧。我尽管从内心感到愤懑，在逃命的那一刻，他竟然打发我先走，但还是不得不佩服大卫的胆识。在那月夜之下，面对危险环生的营地，要知道熄灭篝火的那一刹那也就是我们摘掉了面对野狼利齿的保护罩，野狼随时有机会扑上来，而大卫将独自面对这一切，而我缩在汽车中将安全渡过危险。因此在感激大卫的安排和献身之举后，笔者也明白了挡子弹的含义。人间自有亲情在，患难之下见真情。

让子弹飞，查尔斯顿的冒险

查尔斯顿是美国南部的美丽港口城市，该城所在的南卡罗来纳州，是笔者曾经长期工作和生活的地方，是一个富有田园风光的南部州，州内遍布历史古迹和游览胜地。在美国南北战争爆发前，查尔斯顿是美国南部最富庶的港口城市。经过南北战争的洗礼，查尔斯顿的城区曾经被烧毁。在其港口的海面坐落着美国内战的爆发起点——萨姆特尔堡要塞。1861 年，南部同盟的军队就是在这里炮轰联邦军的要塞，引发了长达 4 年的内战。在战火点燃的那一个夜晚，查尔斯顿的居民载歌载舞，燃放烟花来庆祝南部同盟脱离联邦，美国南部的白人认为胜利将唾手可得，南方军队的炮声象征着白人捍卫种族优越感的胜利，但战争的结果是多达65万人死亡，南方的大部分城市包括查尔斯顿、亚特兰大被北方军队摧毁，南部同盟战败，黑奴获得了成为自由人的权利。往事已成过往云烟，当年惨烈厮杀的战场成了人们观光游览，甚至狩猎的好地方。笔者想和读者分享一段在查尔斯顿附近丛林中狩猎的体验，虽称不上惊心动魄，却也是妙趣横生，有惊无险，令人回味无穷。

美国对狩猎活动有严格的法律规定，一般需要购买有效的打猎许可证和遵守本州的动物保护规定。在南卡罗来纳州，黑熊、鹤类、处于发育期的母鹿和其他的珍稀动物都不能打，晚上也不能打猎。在报名参加打猎的时候，需要当地交通部门颁发的驾照，再到当地的超市去购买一张当季有效的打猎许可证和按照动物分类的狩猎券就可以去打猎了，如果遇到狩猎管理警察的查验，这些文件需要随时带在身边，要不然你的麻烦就大了。打猎的时候打猎俱乐部和猎场每年都要向警方登记。注册的会员每年要交纳为数不菲的会员费，其中大部分为土地租金。要成为会员，经常要排队，还需要正式会员的推荐，就像参加高尔夫俱乐部一样抢手。每年一进秋季，狩猎季节就开始了。打猎爱好者们一个个摩拳擦掌，准备到猎场上一比高低。

人们最喜欢打的就是出没于丛林中的美洲白尾鹿，这种鹿时而群集，时而独行，非常机警，有着动物世界一流的视觉和嗅觉，一般在一英里（大约1.67公里）以外就能嗅出不寻常的气味而迅速逃避，喜欢抹香水的女士或先生们恐怕会在狩猎时一无所获。鹿能察觉到非常轻微的人体移动并迅速作出反应。但奇怪得很，鹿却是色盲。鹿的警觉使猎鹿成为一种非常刺激和消耗体力的活动。狩猎时一般采取两种方法：一种是围猎，人们50—70人一伙，集体出动，配备无线电对讲机，电台和专门的探测器，在猎场内大规模搜索鹿群。一旦发现，就用无线电招呼同伴，包围鹿群。当鹿群被赶到有效的射界内，就用各种长短枪集火射击，场面颇为壮观。由于有时不能精确瞄准，猎鹿人喜欢使用霰弹枪来提高对于野鹿射击的命中率。狩猎虽然刺激但由此造成的枪击误伤事故在美国每年都会发生。由于鹿受伤后都会拼命逃跑，狩猎队伍往往放出几十只猎狗追踪受伤逃窜的猎物，猎人们开着轻型卡车尾随。狗的嘶叫声、枪声和卡车发动机的轰鸣声在田野中响成一片，奏成了壮观的田园狩猎交响曲。最好时一天可以打中六七十头，收获甚丰。而另一种打猎则是诱猎，尽管不如围猎那般热闹好看，却也是紧张刺激，非常有趣。

与笔者一同参加打猎的朋友凯文，人高马大，为人豪爽，说一口典型的南方口音英语，是一名地道的打猎专家。凯文曾在陆军服役，枪法很准，是我们公司打猎俱乐部的会长。我们在傍晚时分相约驱车进入丛林之后，很快就到了鹿群经常出入的一块玉米地。我们下车后，穿着打猎专用的迷彩服，换上高筒防水野地靴，戴上防蚊头巾，在背包中放入电筒和望远镜，在身上喷上除味剂，再检查一遍随身携带的枪弹，就向密林深处进发了。我虽是第一次参加这样的打猎，内心却充满了兴奋和好奇。我曾在国内军训靶场和射击俱乐部用实弹进行过冲锋枪和气步枪的射击，可那都是打靶，从来没有打过活家伙，更别说打机警的鹿了。我一边走，一边向上帝祈祷："主啊，保佑我旗开得胜，一枪中的。"我知道，如果第一枪走失，受惊的鹿是不会给我第二次机会的。凯文一边走着，一边轻声地向我介绍打猎的技巧。就在这时，凯文突然停住了，举手示意我停下，非常紧张地看着前方。顺着他的视线望去，我吓得差点尖叫起来，一条两尺多长的褐色毒蛇横在我们的路前，距我们有两米多远。要不是凯文一把抓着我，我早就拔腿开溜了。由于是借路，蛇很快就隐入路旁的杂草中去了。我一边摸着额头的冷汗，一边庆幸我们的运气。尽管我们有枪，但如果撞上主动攻击的蛇，也有可能要吃大亏，谁让我们在明处呢。

经过这次有惊无险的与蛇相遇，我们走路变得非常小心翼翼，靴子都是轻轻落地。经过仔细观察周围的环境，很快就发现了鹿的蹄印和黑色粪便。由于还很新鲜，估计它们最近还在此处活动。我们很快到达了凯文和他同伴搭起的一个6米高的瞭望台并且爬了上去。瞭望台由铁架搭成，隐藏在树林里，十分坚固而且不易被发现。塔顶有铁丝构建的凉棚，中间有两个椅子，我和凯文并肩坐着，利用手中的望远镜可以清楚地观察方圆1公里的地区。凯文告诉我，塔的西面有一个水潭，经常有鹿去饮水。由于我们的瞭望台紧靠玉米地，鹿也很喜欢到此做客，偷吃玉米。一个星期前，凯文和他的儿子就曾在此处射杀过一只重达140磅（1磅约合0.45公斤）的雄鹿。我们在玉米地的两侧摆放了两堆玉米等待鹿的造访。我一边调整着手中的步枪，一边听着凯文的打猎故事，心里痒痒的，真盼着鹿群立刻出现在我的眼前让我过把瘾。但是我心中明白，一个好的猎手必须学会耐心等待，机警的鹿是不会让你轻易品尝胜利的喜悦的。

紧张而难熬的等待开始了。丛林中的蚂蚁和蚊虫不时向我们发起进攻。由于怕被鹿闻出来，我身上没有抹清凉油之类的东西，只好用手轻轻地将爬在身上的蚂蚁捏死，把头龟缩在防蚊头套里，身体还必须保持不动以免被鹿发现而前功尽弃，这真是一个难熬的等待。落日的余晖懒洋洋地洒在我们的身上，阳光将大地和树林染成了一片金色，一望无际的树林在我们面前织起了绿色的地毯，春风拂过就像是新娘在众人面前掀起了她那绿色的纱巾，令人心动。我欣赏着这美丽的景色，真有点昏昏欲睡了。风吹树叶的哗哗声把我从瞌睡中惊醒，我看了一眼凯文，发现他正全神贯注地用望远镜观察着他左侧的树林，没有一丝懈怠的样子。凯文轻声提醒我，一旦鹿出现，要迅速瞄准，要用瞄准镜的十字线对准鹿的肩部稍后处射击，才能击中要害，否则在没有猎犬的帮助下，受伤的鹿很可能会落荒逃走。沉重的暮色渐渐从四周包围上来，远处的景色越来越昏暗，我焦急地看了一眼手表估摸着再过半个多小时天将完全黑下来，到时即使猎物出现也是瞎子点灯，白费蜡了。凯文也有点焦急，他低声咒骂着林中的风声，说讨厌的风会过早地向鹿的鼻子暴露我们的位置。我一边比画着射击的动作，一边想象着在我家的壁炉上悬挂着亲手猎获的鹿头，就像凯文家中那样。

打猎有时就像人生一样曲折迷离，不可捉摸，就在你接近彻底绝望和崩溃的时候，成功可能离你只有咫尺之遥了。就在此时，我的右前方200米左右，两只鹿出现在夕阳的余晖里，它们的绒毛映衬在绿色的丛林里显得格外耀眼。此时距我们进入塔内等待已有三个多小时了。我睁大眼睛惊奇地看着它们，在望远镜里，可以清晰地观察鹿的轮廓。它们的皮毛呈浅褐色，高耸的黑鼻子，黑眼睛和两只竖起的大耳朵是它们的明显特征。我迅速举枪瞄准。我手中的步枪配有9倍的瞄准镜，使用尖头的标准猎枪子弹，可以轻易杀伤500米远的猎物。很明显鹿被我们放置的玉米所吸引，警惕地向我们的藏身之处走来。我用肩托住枪托，右脸颊紧靠枪把，紧张地连大气都不敢出，生怕一个微小的动作使我们三个多小时的努力付诸东流。鹿越来越近了，我已经用十字线将大的一头牢牢套住，鹿的肩膀靠后一点是其要害之处，在没有猎犬的帮助下，我必须一枪将其撂倒。就在我即将扣动扳机的一刹那，旁边的凯文却向我发出不能射击的动作。我满脸惊讶，就像看外星人一样看着凯文，难道有让到手的猎物飞走的道理？再仔细地观察，我才明白凯文的用意，原来我瞄准的是一头鹿妈妈，母鹿都没有鹿角。按照州法规定，母鹿只有等到11月后才能打，而旁边的小鹿又太小，显然不是我们的狩猎对象。我们只好眼睁睁地看着这对母子将我们的玉米饱餐一顿，然后悠然地像国王散步一样走入密林深处不见踪迹了。

由于巨大的失望，我的肩头开始抖动起来，就在此时，凯文将我发抖的肩膀按住了，示意目标又出现了。我望着眼前有些漆黑的玉米地，使劲儿观察，终于发现又有两头雄鹿到我们的玉米堆来进食。这两位显然比较聪明，它们在四周观察，在确定那对母子没事以后才出现的。我立刻进行瞄准。由于天黑得很快，我的瞄准镜十字线压住目标花费了5分钟的时间。这下轮到凯文着急了，他可能是凭经验，预计野鹿马上会离开，因此轻声催促我赶快行动。我哪有不急呀，满手都是汗，再不射击，到手的鸭子就飞了。由于视线已经很模糊，已经无法看到野鹿的肩膀，我只好将十字压下瞄准镜中那个抖动的黑影，慢慢地扣动扳机。就听砰的一声巨响，子弹就像飞奔的流星快速射向目标。我一把就站了起来，由于狙击步枪巨大的后坐力，我的肩胛被震得生疼，我大声问凯文打中了没有？凯文用望远镜观察了一下，回答："无法判断，我们需要现场检查了。"我们端着枪，亮起手电开始寻找受伤的猎物。由于已经进入夜晚，我们前进的速度很慢，在走下瞭望台的那一刻，我找到了打出的子弹壳，我放进腰包作为狩猎的纪念。玉米地中空旷一片，我们什么也没找到。我又有点崩溃了，难道是打偏了？凯文说："别忙着下结论，看看玉米地上有没有血迹。"我们开始仔细检查，果然在搜寻地点的前方发现了鹿逃跑的血迹，血迹伴着蹄印一路向西逃窜。我想起了自己高中看的福尔摩斯探案集所讲述的血字追踪奇案，今天我们就像是两个苏格兰场的警探来追踪近在咫尺而又机警聪明的猎物。

我们的电筒灯光追随着玉米地中的血迹，又往前坑坑洼洼地走了200米，忽然听到了低沉的啜泣，就像襁褓中的婴儿在母亲怀中的哭泣声。我们终于发现了被击中的猎物，一个巨大的褐色雄鹿倒卧在地上，水汪汪的眼睛和高耸的鹿角，由于子弹贯穿了脖子而不能正常呼吸，只能喘着粗气。凯文掏出了左轮手枪，我们为鹿做了一个简单的祈祷，希望它可以安详升入天国，凯文使用手枪对准雄鹿的心脏扣动了致命的一枪，结束了它那痛苦的挣扎和令人撕心裂肺的呻吟。枪声传遍旷野就像天边响起的惊雷，我不由得一哆嗦。上帝啊，请宽恕我们的罪过，我不忍面对手电光下野鹿那混浊而逐渐光彩渐失的眼睛。

凯文兴奋地搓着手，像欣赏着一幅美丽的艺术作品。"还真不赖，杰夫，估计有120磅。"凯文使用手机呼叫了我们的另一位朋友，看来今晚我们要忙活一阵了。我们把卡车开到了野鹿尸体的旁边，凯文在卡车后面放置了塑料布以免鹿的血迹把车弄脏。我们俩合力将鹿的尸体抬上车。

这时另一辆车也到了，狩猎俱乐部的伙计约翰也来到玉米地中与我们会合。我们一起驱车来到凯文的家中。凯文家拥有一个巨大的后院和工具房。我们把车直接开进后院，凯文和约翰麻利地用房梁下的倒钩将鹿的尸体挂了起来。约翰和凯文拿出锋利的剔肉刀准备将鹿开膛破肚。忽然，约翰的眼睛狡黠地朝凯文眨了一下，两人都把目光朝我望去。我有点被看毛了，给鹿放血这事还需要我帮忙不成？约翰看明白了我的眼神，笑着对我说："杰夫，这应该是你在南卡罗来纳州的处女作了，按照本州的习俗，你应该将鹿血涂满你脸上，再和你的战利品拍一个合影，才能成为一名合格的猎鹿人，我们俱乐部今后才能有机会正式吸收你加入。"我一听，这也太不像话了，拍个照片也就罢了，这样打扮得像一个印第安战士一样，没准一出门将路人吓死，警察也会找我来欢聚一下，这两个活宝在拿我寻开心呢！看到我坚持不从，两位狩猎老手也就不再坚持了。

至于那只野鹿的命运，我们的读者应该也能猜出来了，落到了凯文和约翰手里基本上是彻底完蛋了。我驱车回家后，很快就把晚上打猎的战绩给忘了，毕竟现实的工作更能占据我们忙碌的心灵。过了一个多星期，就在下班后，我正走向停车场去开车回家，凯文叫住了我，然后给我拖过来一个移动小冰箱。我打开一看才发现原来是我们上次打猎的战利品，其中有 5 包熟鹿肉，10 个做好的鹿肉三明治。我拿回家与家人分享了狩猎的成果。老实说，鹿肉的口感与我们熟悉的牛肉、猪肉都不太一样，没有腥味，但口感的细腻和肉质的鲜嫩却感觉一般，鹿肉汤也没有那种令人垂涎欲滴的芳香，因此打猎的乐趣更多是享受其过程而不是享用其成果。读者朋友来到美国，如果有机会，可以在当地友人的陪伴下去体验一下田野射击和打猎的乐趣。

作为美国南方美丽的港口城市，查尔斯顿对外国游客有独特的魅力，人们在这里常常流连忘返。她没有佛罗里达、迈阿密的风骚和喧哗，也没有北部波士顿的盛名和历史，这里只有面对海风的宁静，充满美国南方风味的历史街道，以及远望蓝天及振翅飞翔的海鸥所带来的时光流逝的感慨，以及人们内心所非常希望享受的那种纯洁的宁静。如果你读过美国著名小说家玛格丽特·米切尔的小说《飘》，那么你就会发现查尔斯顿的市中心及海滨大道就像一幅历史画卷，在这里你仿佛来到了女主人公斯嘉丽的家乡，这里有充满南部风味的教堂，穿着黑色礼服的牧师，有风铃伴随和穿着优雅的人力车夫所驱赶的四轮马车，有砖石铺就的小街道。也有简单棚子搭建的大排档，你可以买到许多价格公道的手工艺品，例如镶有美国南部邦联国旗的T恤、玻璃樽以及许多充满热带风光的手提袋和做工精美的挂毯等，如果你有足够的时间，在众多的摊位中总能淘到你心仪的商品。然后买一杯咖啡，你就来到可以瞭望大西洋的海滨大道。你可以仔细地欣赏街道边美国富人的海滨别墅，每一个花园，每一栋房子都是历史，当然其价值也不菲，这里的海滨别墅的平均售价都在500万美元以上。像我们这样的草根访问者也只能站在外边流口水了，不过美国富豪都比较开放，这里没有中国式的高墙大院，也没有体形硕大的藏獒蹲在门边向你致意，你可以大方地走到花园的门口尽情地拍照。

逝去的流星

美丽的查尔斯顿曾发生过一个令人伤心欲绝的故事。南卡罗来纳查尔斯顿州立大学医院在2002年迎来了一批中国客人。查尔斯顿州立大学医院位于美丽的海滨市区，我们有一批在南卡罗来纳州工作的中国人，平时经常通过互联网、当地教会进行一些家庭团聚、《圣经》祷告和社会福利活动。2002年10月的一天，我们忽然接到教会牧师的电话，说是有一个中国家庭在经过州际95号高速前往佛罗里达度假的路上，由于车辆在夜间行驶视线不好，突然翻车，一个三口中国家庭不幸遭遇车祸，希望同胞施以援手，去医院给伤者提供力所能及的支持。接到牧师的通知后，我不敢怠慢，一路驱车来到了查尔斯顿医院。

到了急救病房（ICU），发现牧师及我们好几个当地的中国朋友已经到了，大家脸上的表情都十分凝重。原来伤者是一对住在北卡罗来纳州的中国夫妇，带着他们6岁的女儿与另一对夫妇前往奥兰多的迪斯尼乐园度假，在经过南卡罗来纳州佛劳伦斯市旁的95号州际高速时不幸发生车祸。先生是司机，太太坐在副驾驶，由于夜间赶路睡着了，在车失去平衡的时候，头部撞到了挡风玻璃，大腿及胳膊出现了骨折，6岁的小姑娘坐在后座只受了轻伤。先生伤势也不重，也就是胳膊出现了轻微骨折。由于三人都还在病房中，我们大家商量了一个支援方案。我负责照顾受伤的先生，牧师及赶来的一个台湾太太负责支援在ICU病房中的女伤者，我们一位在南卡罗来纳州州立大学就读的女学生负责支援受伤的小女孩。而剩下两位来自GE公司的中国雇员，由于有长期在美国工作和生活的经验，负责联系保险公司和医院的主治医生，帮助了解治疗方案及垫付暂时保险公司不能支付的手术费和住院款项。

我很快就来到了手术室外的走廊，开始以“病人家属”的身份与医院护士交涉，希望看一下受伤的司机。护士有点迷惑地看着我，你们中国人都长得差不多吧，你是他亲戚，赶过来够快的。我填写了医院家属访问探视表，在与被访问人关系那一栏，我大方地写上了兄弟。在等待了两个多小时后，一位戴着旅行帽，身材中等，穿着蓝色牛仔裤的中年人出现在我面前。虽然打着绷带，但是其坚毅的面容已经恢复了镇定，我急忙走上前去，向他问候：“哥们儿你好，我是南卡罗来纳州教会安排来探视你的兄弟，我的英文名字叫JEFF。”他有点吃惊地看着我：“不好意思，我姓张，叫我老张就好了，我太太和女儿呢?”好呀，真是不可分离的一家人。我说：“她们都还好，你女儿应该都出来了，只是你太太伤势较重，还在抢救。”老张的脸上掠过了一丝忧愁，我暗暗觉得老张会是一位非常称职的好丈夫，好父亲。

我们一会儿就在护士和前来救援的中国朋友的引导下见到了老张的女儿。小姑娘叫思思，拥有一双清澈的大眼睛，水汪汪地盯着她爸爸。小姑娘显然还没有从车祸的惊吓中恢复过来，嘴角边还挂着一丝惊恐和不安，不停地缠着她爸爸追问妈妈在哪儿。老张抚摩着女儿那秀美的长发，非常温柔而老到地安慰着：“妈妈受了一点伤，医生给她打了麻药，等妈妈醒了，我们就可以去看她了。”小姑娘非常伶俐地回答道：“爸爸等妈妈醒来了，让妈妈带我们去吃麦当劳好吗，谁让妈妈偷懒睡那么多觉!”大家都开心地笑了，觉得小姑娘非常聪明可爱。老张自豪地抱起了女儿，然后要求我们带他去ICU看望妻子，我则被安排去附近的麦当劳给惊魂初定的父女俩买点吃的。在残酷的战斗来临前，上帝为这对父女安排了一个温馨时刻来享受团聚的快乐。

等我赶回医院，已经是晚上7点多了，在致电家人我可能未来三天都不能回家后，我走到了ICU病房外的家属等候区。我找到了疲惫的老张，但是那乖巧而可爱的小姑娘却不见了踪影。老张告诉我孩子被安排到酒店休息了。这才发现我们俩都饿了，我只好把原先买给小姑娘的那份儿童套餐给“报销”了。老张看到我意犹未尽的样子，却搬出一副送客的姿态，我又蒙了。我告诉了老张我的任务。老张明白了我的职责，有一点感动，建议带我到附近的中餐馆打打牙祭。

晚上8点多，我们俩走在查尔斯顿的街道上，用自己的鼻子追踪着中餐馆那特有的香味。但是一无所获。我们只好悻悻地走到最近的一家墨西哥餐厅塔可钟，就着餐桌开始了我们之间的第一次长谈。老张的成长之路绝对是一部中国20世纪80年代的励志经典。老张1991年以优异的成绩毕业于中国科技大学计算机系，毕业分配到中科院北京计算所。在从事了两年的国家科技基金项目研究后，顺利拿到美国著名的常春藤盟校哥伦比亚大学数学系全奖，1994年就来到纽约打拼。硕士毕业后，进入华尔街最著名的投资银行摩根士丹利投资银行帮助做证券交易的数学分析模型。这样骄人的经历让我佩服得五体投地，就当我举起手边的可乐，以糖水代酒，希望敬老张一杯时，他淡淡地一笑："这都不算什么，我从小在湖北的农村长大，从小学到大学，我一直是全校的明星，基本上排名考试就没有失过手，全是第一名，还拿过全国奥数竞赛的二等奖，算是被破格录取进入科大的。"而最让老张骄傲的是，他能击败大学的众多竞争对手，抱得美人归，也就是他的现任太太。老张一提到他的太太，那话匣子就如滔滔江水一样，用沙袋都拦不住。原来，老张的太太是才貌双全的佳偶，也毕业于中国科技大学，入学时间比老张晚一年。由于容貌清秀，追求者甚众，按照老张的保守估计，一个班都不算多。老张的战术完全不合常理，在人家姑娘去食堂打饭时发动半路袭击，一路护驾，勇气可嘉。为了击败众多实力派人物，老张在春节时，借助与女方是同乡的优势，直接通过中间人介绍找到了女方的父母，通过亲情牌赢得了女方亲戚的一片好感，从而毕业后顺利地在北京喜结连理。张太太的实力也非同一般，不仅也考到了哥大，还在毕业后作为学校的荣誉毕业生接受了校长的祝贺。他们夫妻俩在纽约生活多年后，太太现任职美国最著名的制造公司英格索兰的系统DBA，而他也辞去了华尔街的工作，在北卡罗来纳的一家证券分析公司任职。夫妻俩已经成为美国公民，还拥有了一个可爱的女儿。他们计划年底再要一个孩子，这才和另一对夫妇约好一路驱车去奥兰多的迪士尼，准备在怀孕前好好玩一把，没想到闹出这么大的事情。

看到有些郁闷和悲痛不已的老张，我急忙安慰他："天有不测风云，现在太太的情况如何?"老张强忍着眼角的眼泪："主治医生下午告诉我，情况不是很好，到现在还处于昏迷状态，医院初步诊断，由于头部与硬物撞击，可能存在颅内出血，医院还在进行CT扫描，如果找到出血点，需要做开颅手术，医生还在紧密观察，如果病人在没有实施麻醉之前还不能醒来，可能还需要做插管，帮助病人进行呼吸和进食。”我心中一凉，看来严峻的战斗还是来了，但是老张不是一个人在斗争，有一群中国人和他在一起。

回到医院，我们救护团队中的两位台湾人也来到了现场。他们带来了我们急需的毛毯、折叠床和热水壶。到美国多年了，我们许多国人还是不习惯喝冰水。有了后援，老张终于有机会可以在最靠近他太太的地方睡个安稳觉了，医院虽然起初坚决反对病人家属睡在地板上，但由于我们的坚持以及病人的危重情况，最后妥协了，老张赢得了第一场胜利。但是一波未平，一波又起。在老张深夜熟睡的时候，值班大夫找到了他，我也醒了。原来医院通过 CT 扫描后确认了脑内的出血点，成功进行了开颅手术。但由于麻醉的原因以及病人的昏迷，医院希望进行插管手术，上呼吸机帮助病人进行呼吸。老张起初强烈反对，认为这是对于病人不必要的折腾，但在医生严厉的要求下，最后不得不妥协。由于老张的太太伤势过重，尽管经历了成功的开颅手术，但由于在插管后引发肺炎，在与病魔顽强抗争了 5 天以后，不幸离世。我清楚地记得在那阳光明媚的 10 月，医院外蓝天白云，海鸥在海面上迎风飞翔，我们一干国人沉痛地站在老张背后，为他的太太祈祷，老张由于巨大悲痛，肩膀在不停地抖动，而那撕心裂肺的哭声也使得周边的空气格外凝重而肃杀。

我轻轻地抚摩老张的臂膀，希望他可以节哀。对于一个步入中年的男人来讲痛失爱妻的沉重打击，使得任何言辞的安抚都显得那样苍白无力。老张突然睁开他已经哭红的双眼，瞪着我：“我怎么向思思交代呀?”我们都傻了眼，到这时候，我们都还在瞒着思思，都在哄她，妈妈只是受了轻伤，会很快好起来，带她去迪士尼乐园，为她买最好吃的冰激凌。我们一干人商量后，在征求了老张的意见后，决定由我来做女孩的开导工作。牧师也来跟我聊，让我一定放松，轻松上阵，如果实在不能控制小女孩的情绪，他已经联系了医院，可以派出心理辅导专家来做父女俩的精神辅导和安慰。好吧，让我们来一起面对这一悲剧的时刻吧，甜蜜的谎言终究要被戳穿了，而我，“剃刀行者”，将扮演谎言的刺客，生活是残酷的，许多时刻我们发现其实自己别无选择。为了和思思套近乎，我特意带她游览了美丽的查尔斯顿海滨市容。我就像一个慈祥的父亲那样特意满足小姑娘的每一个要求，希望让她享受天堂般的一天。我们一起登上了美国海军约克城号航空母舰博物馆，思思就像一个白色的小鸟一样在军舰上蹦啊、跳呀，享受着海湾的美丽和阳光的抚慰。注视着快乐而美丽的思思，我的心情非常沉重，我亲爱的小姑娘，你就要靠你自己了！面对一个没有母亲保护的世界，你准备好了吗？没有妈妈为你准备早餐，为你穿鞋，哄你睡觉，抚摩你的秀发，为你唱起你最喜欢的童谣，为你买世界上最美丽的裙子啦。我心中的剃刀心结开始发酵了。我要为思思带来快乐，我要剃去她在世上的一切烦恼和哀愁，不论付出多么大的代价，我都不准许世人来伤害我们可爱的小公主，哪怕这虚构的美好世界短暂得只剩下一天也好。

单纯的思思好像一点都没有烦恼，也许在医院待得太闷了，她非常享受这短暂的快乐，我们在一起尽情地唱啊，跳呀，去追逐绿地上的彩蝶，在海滩上与大海母亲的浪花嬉戏，去观看当地小朋友的足球友谊赛。晚上我们来到了当地一家海鲜餐厅（Red Lobster，中文翻译为大红虾），思思非常喜欢美式的大虾和冰激凌，我也很应景地向思思讲了我打猎的笑话，逗得小姑娘差点笑翻了。当我们走向停车场的时候，我觉得是需要向思思坦白妈妈的真实情况了，我虚构的快乐世界就要坍塌了，想想我就是这快乐生活的摧毁者，心里痛得如刀绞。我深吸一口气，就好像是面对毕业论文答辩的评委那样紧张，我控制着我的语调："思思，叔叔要告诉你妈妈的消息，妈妈由于受伤较重，需要去世界的尽头休息，可能你短时间见不到妈妈了。"思思睁着她那水汪汪的大眼睛，好奇地瞪着我："叔叔，什么是休息呀，世界的尽头在哪儿呀，我能去看妈妈吗，我非常想见她。"我的眼泪就像泉涌一样奔流而出。我赶快掉过头去，不希望让思思看到我这涕泪横流的尴尬。但聪明的小姑娘还是捕捉到了，她瞪着我："叔叔你怎么了，你为什么哭了，有人欺负你吗？"我赶快擦干眼泪："叔叔没哭，就是眼睛有点不舒服。"仰望星空，正好一个白色的流星快速划过。我就像抓到了救命稻草，我指给思思看："你看思思，那颗流星就好像是你妈妈，当她的身影划过之时就是在向你告别，你们会在未来的时候再相聚，那时候妈妈会非常的漂亮，她会像公主那样来迎接你。"思思疑惑地看着我，明显没有相信我的谎言。但她好像预感到了什么，突然哭了起来，大喊着要去看妈妈。我终于崩溃了，别再撒谎了，让她面对现实吧。我驱车送思思回到了医院，在爸爸那儿，思思终于得到了噩耗，美丽而温柔的妈妈再也不能陪伴在她身边了，思思大哭了一场。我也好不到哪去，在思思进入医院的那一刻，我也躲在车里哭了。有人说，男儿有泪不轻弹，但面对现实，我才发现眼泪是最廉价的安慰品。为了老张这对不幸的父女以及我们爱莫能助的困境，我抛洒了不少的眼泪。后来听说老张悲痛欲绝，在安葬了爱妻之后，卖了自己在北卡罗来纳的房子，辞了工作，带上女儿回到了中国。从那以后我就再也没见到老张。但在夜深人静之时，每当面对浩瀚的星空，我就能想起我在查尔斯顿停车场撒的那个谎以及那颗快速划过的流星。我那把道德的剃刀虽然不能永久守护，但也为我们可爱的小姑娘争得了片刻的安宁和欢乐，我也很想念思思，我希望她可以坚强地活着。

如何在美国购物

来到美国，如果不享受一下购物的体验那就有点遗憾了。在美国购物你会真正有一种作为上帝的体验。在美国购物与在日本、欧洲和东南亚有很大的不同，那就是你拥有更多的选择享受购物的乐趣。国人来到美国后最喜爱采购皮包、西装、奶粉、电子产品、汽车甚至房子等产品，笔者针对国人的爱好给大家一些指点来完成愉快的购物体验。

与在欧洲购物相比，美国的购物拥有更加舒适的购物环境和体验。笔者曾经在巴黎的老佛爷、巴黎春天和意大利米兰、佛罗伦萨等地跟团购物。发现烦人的塞车，拥挤的购物人流不时地在考验购物者的神经。据说在2012年十一黄金周期间，巴黎老佛爷一天就会涌进80个中国旅游团。笔者和太太只好一路小跑去购物，不快不行呀，只有2个小时买东西，还要去办理退税，不少时间就浪费在堵车和排队上了。而在美国，你会发现大多数情况下你将有大把时间从容购物，淡定地欣赏商场内琳琅满目的商品。因为美国地大物博，许多大型的购物中心都建立在城市郊外，拥有大型的停车场和完备的娱乐休闲设施。而这在地皮昂贵的欧洲是很难实现的。那么哪些地方最受中国游客欢迎而且有机会淘到国内买不到的价廉物美的商品呢？依据笔者的经验，最受中国游客欢迎的购物中心有以下几个地点，它们之所以受欢迎，不光是拥有庞大、舒适的购物环境，而且它们都拥有让游客心动的骄人的旅游胜地，使得前往的游客在大饱眼福的同时，还可以去领会令人心驰神荡的购物体验。

1. 佛罗里达的奥兰多

美国南部的佛罗里达州风光秀丽，气候宜人，令人羡慕的海岸线和无数美丽的城市，例如迈阿密、坦帕、奥兰多都吸引着世界各地的游客。笔者最为推崇的还是奥兰多，为什么呢？因为那里拥有世界上最美好的成人乐园，迪士尼公司的游乐场和环球影城都坐落在奥兰多。因此奥兰多是美国闻名的度假和会议胜地。为什么也是会议胜地呢，因为很多大公司和非营利性组织的会议也愿意选在奥兰多，开完会，可以带着家人去迪士尼玩，这样的会议谁不愿意积极报名呢。因此奥兰多也是美国人度假和公司会议的首选目的地。这里的游乐设施可以说是全美最大的，迪士尼公司在这建了多个主题乐园，有海洋世界、动物世界、童话城堡。每个主题公园都值得大家前往，而且绝对物有所值。奥兰多的气候温暖潮湿，一年四季都适合旅游。为了节省前往公园的通勤时间，可以选择住在主题公园旁边的酒店。由于主题乐园的庞大，建议读者在前往之前一定要做好功课。一些大型和受欢迎的旅游设施前一般都会有游客大排长龙，例如迪士尼的太空山，尽管每次笔者去体验完之后，都会被里面的快速机车旋转和满天星空搞得满头大汗，但每次都压抑不住心魔，都想再去尝试，但每次排队都是人山人海。

游玩之后，很多人都有购物的冲动。遍布奥兰多市区的大型购物中心可以让你一饱眼福，这里聚集着欧美众多的一线品牌，从女士化妆品、男士服装、儿童用品、电子和音响产品，到家具和家居、箱包、厨房用品等，应有尽有。

建议读者可以采购意大利西服，美国的厨房用品、箱包、儿童服装和玩具。玩具建议在 Toys & Rs，Lego 等品牌店购买，与国内的采购相比，性价比很高。箱包品牌建议购买新秀丽，American Tourist。

2. 加州的旧金山

旧金山位于加州的北部，是美国西海岸的一颗明珠。一年四季阳光灿烂，气候宜人。旧金山市区拥有美国西海岸最大的唐人街，值得国人一去。在接近唐人街时候，你远远地就会看到孙中山的题字牌坊“天下为公”。进入唐人街，中国用品的商店鳞次栉比，如果你逛得饥肠辘辘的话，路边有大把的广东风味餐馆供你选择。如果你此时此刻的心情足够好，转过一个街区，就有可能来到中国历史最久远的黑社会组织洪门的堂口。千万不要小看洪门的力量，据说当年的孙中山和蒋介石都是洪门的弟兄。

美国其他适合购物的城市还有加州旧金山、洛杉矶周边的奥特莱斯、纽约、得克萨斯州的休斯敦、夏威夷的檀香山、内华达的拉斯维加斯。笔者想和大家分享一下在加州洛杉矶奥特莱斯的购物体验。所谓奥特莱斯就是 Factory Outlet 的简称，直译就是工厂直销店，在美国开始兴起，一般都有大型停车场、儿童游乐园和提供游客多样选择的餐饮区域。如果中国游客来到美国希望可以淘到价格优惠的精品，建议直接驱车去奥特莱斯。奥特莱斯由于位于城市郊区，因此非常方便停车，购物的环境安静舒适，商品一般都是流行的一线品牌，因此采购的性价比也不错。笔者在奥特莱斯帮友人重点采购两个品牌，一个是著名的玩具厂商乐高的积木玩具，美国直营店的价格只有国内的 1/3，因此非常划算。还有就是帮美眉采购美国蔻驰的手提包。而进行采购的原因也非常简单，这里打折后的价格是国内专卖店的 20%。

中国游客来到美国的奥特莱斯购物，为了节省宝贵时间，淘到心仪的品牌，有以下几点需要特别注意。

（1）由于奥特莱斯位于城市郊区，为了防止路上交通拥挤，需要提前出行。特别是不要在自己航班离开的当天去奥特莱斯，否则有误机的危险。在加州洛杉矶、旧金山，得州休斯敦，佛州奥兰多等热门旅游城市，交通拥挤尤为严重。

（2）由于奥特莱斯的面积巨大，因此某些购物中心的游览可能需要花费一天的时间，游客需要安排充足的时间。

（3）由于停车场的设置都是围绕购物中心安排的，因此中国游客往往被搞得晕头转向，从一个商店的进口进来，再从另一个商店的出口出来，就会发现外边的停车场景观完全是物是人非，找不到原来的会合地点或者停车位置，不得不致电亲友紧急救援。因此建议中国游客在奥特莱斯等购物中心游览之时，先看一下中心的购物导向图，用手机拍下来，搞清楚自己所在的区域作为起始坐标，然后再开始游玩。如果迷失方向，就在起始坐标处会合。如果一群人在奥特莱斯迷路，大家都找不到对方，也可以利用商城的免费 WIFI，在微信上传递自己购物所在的位置图片或者附近的购物导向图，这样既节省国际漫游话费，又便于大家通过地图和图片来定位位置，非常方便。

（4）由于中美之间迥异的税收制度和不同的物流成本，因此中国游客会发现美国的商品非常价廉物美，荷包充实的游客往往会大手一挥，疯狂购物，其实这大可不必。因为奥特莱斯商品虽然确实性价比不错，但是聪明的买家还是会等待美国购物狂欢季到来再下手，那时商家的折扣会更加诱人。例如美国著名的感恩节、圣诞节假期。特别建议中国游客购买美国的纯棉袜子，高尔夫球杆，羊绒衫，毛衣，皮夹克，纯棉T恤，高级手提包，箱包，性价比都非常好。但注意不要购买美国的手机、电器用品。原因是商城中销售的大部分手机，例如苹果、三星手机都是与电信运营商签订有绑定合同的合约机，带到中国很可能不能解锁。而电器的问题，主要是插头制式和电压的问题。美国的电压为110V。

风雪中的加拿大灵魂

面积：9970610平方公里。英文名称：Canada。首都：渥太华。

人口总数：30337400。平均寿命：男76，女82。城镇居民比例：77%。人口增长率：1.13%。人口密度：3/平方公里。

语言：英语，法语（官方）。同北京时差：-13.00。国家电话区号：1。

货币名称：加元。电压：220V50Hz。位置：北美洲北面。

加拿大简介：提起移民，自然就想到加拿大，这个国土面积比中国还大的国家，人口却只有中国的1/40，加上它发达的经济、丰富的资源以及宽松的政策，加拿大很自然就成为移民首选的国家之一。加拿大经济对外国垄断资本，特别是美国垄断资本依赖性比较大，工业生产主要由采矿业、公用事业和制造业三大部门构成，同时是世界最大的粮食出口国，对外贸易在加拿大经济中占有重要地位，是世界第八大贸易大国，同我国保持良好的贸易交往。中国向加拿大出口的主要传统商品有纺织品、服装、粮油食品及土特产品及成套机械设备，加拿大向中国出口小麦、纸张、钾肥、机电仪器等。加拿大位于北半球，大部分国土处于较高纬度，气候比较寒冷，冬季漫长而夏季短促，但东部和西部沿海一带，以及靠近美国的哈得逊河流和五大湖地区，气候温暖湿润，是加拿大人口稠密、经济发达的区域。到加拿大旅游的最佳季节是5月到10月，在这段时间可以体会加拿大独特的清凉夏季和枫叶般艳红的秋天。

相邻：北方是波弗特海北冰洋，东北部隔巴芬湾和戴维斯海峡与格陵兰岛对望，东边是大西洋，西边是太平洋，南部接壤美国，东北部相邻阿拉斯加。

家庭：尽管离婚率很高，但家庭的关系还是很紧密的，在有孩子的双亲家庭中，一般两个大人都要出外工作。大城市以外的居民一般都有属于自已的住所。

交往：在与初识的人见面时，一般应与对方紧紧握手，挥手或点头致意也是不错的选择。在讲法语的社交场合，则使用与法国相近的礼仪，如吻颊、拥抱等。预约拜访是应遵守的礼貌；在入室前，注意观察主人家门内是否排放鞋子，如果是，就应该脱掉鞋子，以免弄脏地板；在应邀私人宴会时，不要忘记带一些小礼物，如一束花、一瓶酒等。

加拿大气候：大多数游客在夏天时观光，这时一般温度在25℃上下。然而在7—8月时，在大草原及安大略（Ontario）南部，温度计可能攀升至21℃上下。在加拿大北部，白天温度停留在15℃，夜晚则常常降到冰点左右。从沿海省份到安大略南部一带，冬季的平均温度在10—25℃（-5℃到10℃）。从魁北克（Quebec）北部到落基山（Rockies）一带，温度越来越低，风越来越强，气温从0℃到10℃。在育空（Yukon）和西北领地（NorthwestTerritories），温度计可下降到-40℃。然而，在英属哥伦比亚南部爽朗的海岸旁，温暖的太平洋暖流通常能使冬季的气温保持在冰点以上。全加拿大的下雪量总是很多，不过新斯克细亚（NovaSoctia）和安大略南部的部分地区例外。到了11月底，爱好滑雪的人士爱走到斜坡和小径上，积雪可以一直持续到4月，在山区中甚至能持续到5月。

谈到加拿大，很多人都对其秋天美丽的枫叶和壮美的山川景色赞不绝口，而笔者对其印象最深的是其美丽的滑雪胜地——威斯特尔。由于与温哥华一起主办过冬季奥运会而闻名遐迩。2005年9月笔者有幸在美国旧金山参加了甲骨文公司的行业技术大会。大会结束后不久，我就踏上了飞往加拿大的航班，开始了一个令人难忘的北美秋季之旅。

飞机在空中平稳地飞翔。银白的机翼下是北美海岸的茫茫群山，在阳光的照耀和大海的映衬下，就像一串串黑色的珍珠镶嵌在一个巨大的蓝色缎袍上。而那蓝天下飘逸的朵朵白云又为这美丽的胜景增添了梦幻的色彩。就在我陶醉的时刻，飞机开始下降了。伴随着引擎巨大的轰鸣声，飞机平安降落在温哥华国际机场的跑道上。同机的旅客们都开始收拾行李准

加拿大威斯特尔山脉远眺

备离机。而我凝视着远方天地交界处的绿色山峦，心中只有一个愿望，就是要到温哥华北部著名的威斯特尔滑雪胜地去领略一下那里宜人的风光。

威斯特尔，英语中为“Whistler”，是位于温哥华市区北部大约115公里处的一处山脉，与旁边的另一座山峰Blackcomb并肩耸立成为加拿大西部海岸群山中的明珠。追述威斯特尔的历史要从英国对北美的殖民时期开始。1860年，英国海军的地质考察队首先对威斯特尔地区进行了地质勘探，为了表示对祖国首都的敬意，英国人将威斯特尔山区命名为伦敦山。1900年，大批的采矿工人和猎人来到了伦敦山区定居从事矿石开采和捕猎活动并带动了皮毛加工产业的兴起。1914年，横贯加拿大的泛太平洋铁路通车并延伸到了伦敦山区的山谷，从此，该地区的采矿业得到了巨大的发展。1950年，伦敦山脉地区建成了第一条通往城市地区的公路，该地区首次出现了冬季的滑雪运动。1965年，伦敦山被正式改名为威斯特尔，英语“Whistler”的名称来源于当地山中出没的一种小松鼠在交流时发出的吱吱声。在这个时候，威斯特尔地区已经拥有了专为旅游和滑雪爱好者提供住宿服务的酒店。由于威斯特尔美丽的风光和冬季优良的滑雪设施，旅游业逐渐成为该地区的支柱产业，而采矿和动物皮毛业却随着时间的流逝而逐渐衰落了。2003年是威斯特尔历史性的一年，美国权威的滑雪杂志将威斯特尔滑雪场评为北美最佳滑雪胜地，威斯特尔从此名声大振。2003年的7月2日，对许多加拿大人来说是一个难以忘怀的日子，温哥华和威斯特尔赢得了2010年冬季奥运会的主办权。当听到这一消息后，很多温哥华市民都走上街头庆祝，留下了激动的热泪，而威斯特尔滑雪场承办了最具观赏性的项目，高山滑雪。

怀着对滑雪名胜的向往，我和亲友驱车驶上了旅途。在经过了2个小时的车程以后，终于来到了威斯特尔山脚下。山间的盘旋公路有点让人晕头转向，因为到处都是依山而建的酒店和度假村，初来的旅游者很容易迷失方向。由于是秋季，山下的游客并不多，旅游区为游客提供免费的观光巴士，而在车站等车的游客也很少。四周风光如画，绿色的杉树林，白云缭绕的雪峰，山上如绿宝石般清澈明亮的湖水，红色美艳的枫叶漫山遍野点缀在绿色的山地之上，使人感觉置身于仙境之中，不禁感叹，世间还有如此美丽宁静的世外桃源。徘徊在山下的度假村也是一种美不胜收的感受。欧式的别墅，体现美国建筑艺术豪华大气的酒店，例如 EMBASSY SUITE、HILTON 以及数不清的酒吧和餐馆，空气中飘散着咖啡的清香，耳边荡漾的披头士歌曲的怀旧给人一种穿越时空的梦幻情怀。

我们决定乘缆车上山。威斯特尔山峰高达 2182 米，山上可以滑雪的雪场有 7000 英亩（1 英亩约等于 6.07 亩）。在准备排队等候的时刻，忽然一阵秋风吹过，给人丝丝寒意。为了御寒，我们决定去买一杯醇香的咖啡。在选择咖啡品种的时候，我毫不犹豫地向服务员要 Capchino，Capchino 的浓香和提神一向是我的最爱。在开车长途跋涉的时候，它多次帮助我抵御疲惫和困倦的袭扰。就这样，我们一手端着咖啡，一边闲聊着，轻松地走进了观光缆车。而缆车沿着索道刚爬行不久，我们就经历了一次有惊无险。由于索道齿轮发生了卡死故障，我们的缆车悬在了半空中动弹不得。我们一边在缆车里打着哈哈，一边在紧张祈祷着，希望这难熬的时刻尽快溜走。而就在这时候，我忽然注意到旁边山坡上与我们并行的还有一条登山索道。有所不同的是这条索道是敞开式，登山客必须要坐在一个吊篮里，三个人一组沿索道通过绞盘拖动滑行上山。透过缆车舷窗，我们可以看到很多年轻人穿着赛车服，戴着头盔，有说有笑地坐着缆车上山。而每一组人身后，都有一组缆车驮着他们的自行车座驾。从自行车的轮胎和变速器的设置来看，都是很专业的山地自行车。望着缆车下那弯弯曲曲的盲肠小路，我忽然意识到这帮毛头小子将会骑着自行车从山上直冲而下，驰骋在这美丽的山野上。看着这陡峭的山坡和崎岖的山势，我不禁为赛车手们的勇气倒吸了一口凉气，如果对车的控制稍有不慎，身体失去平衡，就很有可能摔得人仰马翻。

我们的缆车终于又工作了，我们平稳地向山峰滑行。这时另一个意外发生了，山上竟然飘起了雪花，雪花落到山坡上很快就融化了，我们纷纷举起相机拍照，但是很快发现手有点冻僵了，随着我们靠近山顶，气温在急剧下降，我们很快就打起了冷战，而这时我们手中的热咖啡就成了我们唯一御寒的武器。我不禁和大家开起了玩笑：如果没有咖啡的支援，我们可能就要变成冰块了，就在众人的笑声中我们来到了顶峰。山顶的雪势更大，站在屋外 5 分钟，迎面扑来的雪花已经使你几乎睁不开眼晴。我们赶紧抓紧时间照相，我更跑到纪念馆天台上那面巨大的加拿大枫叶旗下为自己留下了这难忘的一刻。休息了一会儿，又开始坐着缆车下山，而车厢中的每一人都英雄所见略同地抱着一杯咖啡。

下山的景色由于雪花的衬托，银色的大地和远处山峦的绿色相映成趣使人流连忘返。而我的思绪还停留在上山时看到的那些年轻的赛车手们身上，不知道为什么，在这雪花纷飞的山岭上，我希望能看到他们的身影。在距离缆车站还有 1 公里左右的地方，我们上山时看到的崎岖山路又出现了。很快，期待的骑手们也登场了。他们三三两两地推着自行车行走在山路上。有的在整理头盔，有的在高声谈笑着，似乎这恶劣的天气对他们的活动没有任何影响，连续不断的小雪把下山的道路变得十分泥泞。很快，刚才还在步行的小车手们都已经骑到了车上开始向山下冲锋了。他们的速度很快，在需要转弯和坡度很陡的地方都很熟练地控制了下降速度，而且身体重心都压得很低，身体的平衡都把握得很好。风雪、寒冷，甚至这险峻的山岭对他们都构不成什么障碍。他们在用自己的力量，智慧和勇气显示着他们搏击自然的风采。

下山以后，由于天气的缘故，我们很快钻进了汽车驶上了归路。在路上，脑海中还回忆着威斯特尔的风光，缆车中的咖啡，那特有的咖啡豆的香味给我带来了温暖，而更让人难忘的是那搏击在风雪中的小自行车车手们。那种不畏困难，艰险和挫折向着目标勇敢冲刺的精神令人肃然起敬。

中国人非常喜爱加拿大，每年前往加拿大的中国游客络绎不绝。大部分游客都会游览温哥华、多伦多等大都市，笔者这里重点介绍一下温哥华。温哥华位于加拿大西海岸，这里的风景秀丽，气候宜人，曾经被多个国际组织评为世界上最适合居住的地方。笔者曾多次通过陆路、飞机造访温哥华，发现温哥华是一个气候宜人，自然风光非常美丽的海滨城市，而且这里的华人非常多，主要以香港人为主。温哥华由于其温和的海洋性气候，来往香港有直达航班，从而吸引大批港人在温哥华置业居住和投资。近年来随着大陆的经济发展，很多大陆移民也喜欢上了温哥华，主要原因就是这里美丽的风景和成熟的华人社区。华人主要聚集的地方有里士满（Richardmond）、波纳比（Burnaby）等区域，这些区域华人经营的超市、美容店、美食广场、餐厅、银行和保险公司林立，你会恍如置身于亚洲的大城市之中，而白人却看上去成为少数族裔。温哥华市区及周边有许多著名的景点可供游客游览。笔者向读者推荐两个非去不可的景点，斯坦利公园和不列颠哥伦比亚大学（UBC）。

温哥华的斯坦利公园（Stanley Park）位于温哥华北端的半岛上，北临巴拉德湾（Burrard Inlet），西濒英吉利湾，总面积6070亩，整个园区被以红杉等针叶树木为主的原始森林所覆盖，沿着环行公园的海滨大道几乎可以欣赏大温哥华地区的全景，宛如大温哥华区怀抱中的一块翡翠，是北美洲最大的城市公园。公园内树木成荫，绿色的草地像地毯一样蔓延到天际，在春季五颜六色的鲜花点缀其中，巴拉德湾的海水穿行其中，就像童话中的仙境一样使人流连忘返。一到周末，居住在温哥华的市民，经常全家和亲友结伴来到斯坦利公园度过一个温馨的周末。市民们在海边的林荫道上散步、遛狗、跑步、骑车、玩飞盘，其乐融融。公园非常大，如果不开车，沿着公园周边的林荫道走的话可能要走3个小时，转一圈要10多公里。因此笔者建议读者在游览该公园前要准备充分的体力和食物。加拿大人的商业头脑明显要比美国人差一些，这么大的公园，笔者和太太游览的时候竟然没有发现一个麦当劳店或者肯德基店，只有无尽的树林、林荫道，蹦跳追逐的松鼠在陪伴着游客。温哥华能被联合国教科文组织评为世界最宜居城市绝对不是浪得虚名，从公园拒绝商业销售网点的进驻就看得出来，温哥华市政府把环境的保护放在了第一位。

这个美丽半岛的海滨几千年来一直是原住民居住的地方，随着温哥华的发展，19世纪60年代，欧洲、中国及其他移民陆续来到这里盖屋居住，这里曾经是热闹的居民区。1886年，温哥华第一届市议会通过一项重要的决议：请求联邦政府将这块占地1000英亩的绿地开发为公园用地。经过两年的建设，1888年，公园正式开园，并以当时的加拿大总督斯坦利爵士之名命名这个公园，这也就是今天我们看到的斯坦利公园。

温哥华另一个值得大家造访的宝地就是著名的学府——不列颠哥伦比亚大学，简称UBC。笔者在中国的时候就曾经申请过这个学校。UBC为温哥华地区的综合大学，学校院系配备齐全，有一流的研究中心和图书馆，学校坐落在温哥华市的海滨，天气温暖湿润。在秋天，骑车穿行在校园里将是一个十分惬意浪漫的旅行。学校的师生以亚裔为主，徘徊在美丽的校园，你会遇到许多来自中国的留学生。如果你有机会与他们攀谈，你就会发现他们中大多数会为来到UBC这个美丽的学校就读而十分自豪。

美国著名大学

来到美国，如果不访问一些著名的大学学府，那真是有些遗憾。美国拥有世界上一流的校园和非常有效的大学教育体系，美国的教育制度支撑了这个国家的强盛和创新的源泉。一些最著名的公司和发明都来自于美国的校园。例如2012年成功上市的互联网公司——Facebook，就是由它的创始人扎克伯格2004年在哈佛的校园宿舍里通过编程创建的。控制世界最大搜索市场份额的Google公司是由美国加州的斯坦福大学的两名博士研究生哈里佩林和布吉在校研究互联网搜索引擎的时候创立的。他们的成功与美国的大学教育制度和文化息息相关。很多国内的朋友都问过笔者一个问题，他们的子女是应该在国内上大学还是应该及早出国读书。我的回答一贯是，如果有条件的话，应该给孩子们一个机会来美国或者其他国度的大学或者研究机构来深造。主要原因不光是为了追求学术的成功，而是一个文化的熏陶机会。但是孩子在出国前一定要把汉语学好。文化的熏陶对人成功的影响是潜移默化的。以笔者为例，我在中国大学读书的时候，很少有机会在课堂上与老师互动。因为第一，老师在课堂上讲课以照本宣科为主，很少给大家提问的机会。第二，从小学到中学，最后到大学，笔者和同学们也都没养成提问的习惯。毕竟把作业和论文做好，交差就万事大吉，谁愿意给自己添麻烦呢。到了美国的研究生课堂，气氛就完全不一样了，一上课，美国老师就完全扔开课本侃大山，先从学校美式足球队在周末比赛的表现谈起，然后又给大家讲华尔街招募人才的趣闻，美国学生要么对老师的幽默哄堂大笑，要么争相举手向老师提问。我们一帮中国学生坐在课堂上面面相觑，涨红着脸完全不适应节奏。这样下来，由于老师基本上不讲书本和理论，那么课堂上要吸取哪些知识对于中国学生就犯难了。因此美国的大学和研究生教育对于亚洲学生的学习更加充满挑战，你要完全依靠自己来培养全新的学习方法与其他人竞争，让你的才华进入美国导师的法眼，从而对于你的能力有刮目相看的机会。

一、侃侃那些名校

普林斯顿大学

在纽约和费城之间有一个美丽的小镇，因为坐落着普林斯顿大学而名扬天下。鲜花环绕的校舍，爬满常春藤的教学楼掩映在绿林之中，骑着自行车的学生，手提教案的老师漫步在绿色的草坪边，走过清澈的河边，你会看到拥有百年历史的教堂、图书馆、教学楼和纪念馆，每一栋建筑都是美轮美奂的建筑艺术瑰宝和美国历史的见证。经过多年的维护修缮，散发着古典和现代人文精神融合的艺术鉴赏魅力。

无论从哪一个角度评价，普林斯顿大学都是全美甚至世界上设施和教员最为优秀的大学之一。从2001年到2010年，《美国新闻与世界报道》评选的美国最佳大学有9年将普林斯顿列在哈佛之前，从而给予了其美国研究型大学王冠的荣誉。其他国际评级机构和各种出版物也都将普林斯顿大学列为美国的最佳大学之一。笔者到现在都能清晰地回忆，在我们攻读大学的时候谁如果拿到普林斯顿大学的录取通知书是一个多么光荣而又充满梦想的荣誉呀，要知道人家给的都是全额奖学金呀。在商品贫瘠和人民币依然还比较值钱的20世纪90年代初，如果你能拿到一份普林斯顿的全奖录取通知书，看着上面列明的每年22000多美金的全额资助和奖学金，那比现在拿着100多万人民币去买一辆保时捷跑车可刺激多了！而我的一位中学同学，在北京大学念物理系二年级的时候就拿到普大的录取通知书。榜样的力量是无穷的，笔者记得后来我们那帮北大附中出来的同学们跟打了鸡血一样，在胜利的大路上飞奔，陆续有同学拿到了哥伦比亚大学、哈佛大学、康奈尔大学的录取通知书。

普林斯顿的毕业生可谓人才辈出，为美国和世界的发展作出了杰出贡献，从普林斯顿走出的人才可谓过江之鲫，包括美国前总统詹姆斯·麦迪逊、伍德罗·威尔逊、约翰·肯尼迪。普林斯顿的毕业生还有3位国务卿，3位国防部长，3位司法部长，2位中央情报局局长，多位联邦最高法院大法官，数百名美国国会参众两院议员和州议员，44位州长，美联储主席和副主席、著名作家、新闻记者、宇航员，等等。普林斯顿还培养了30多位诺贝尔奖获得者，学科涵盖化学、经济学、文学、物理学、生物学、医学等多个领域。现任教授中有7位诺贝尔奖获得者。

普林斯顿大学的强大来自于其忠诚的校友和他们的慷慨捐赠。

2011—2012 学年，普林斯顿大学有教员 1132 人，学生与教员的比例为 6∶1，学生总人数为 7494 人，其中本科生 5044 人，研究生 2450 人，60% 的学生获得奖学金、教学助理金等各种资助的支援，平均每名学生在一个学年中所获得的资助总额约为 36650 美元。普林斯顿大学是世界上极少无偿给予学生资助，也不需要学生偿还贷款的学校。普林斯顿大学鼓励优秀学生不分贫富贵贱来报考。

普林斯顿大学非常重视帮助学生建立诚信和荣誉观，学生考试基本上不安排监考老师，而每一次学生考完试都要在考卷上声明考试没有舞弊行为，是由个人独立完成的。一旦发现有舞弊行为，将会受到严厉的处罚，甚至被开除学籍。

斯坦福大学

说起斯坦福大学的建立，还有一段传奇的故事。其创办者利兰·老斯坦福（Leland Stanford Sr. 1824—1893）是美国著名的铁路大王，当过加州的州长，也曾连任两届美国参议员。1884 年斯坦福夫妇带着爱子在欧洲旅行时，能讲三国语言的小斯坦福被伤寒夺去了生命，不满 16 岁的生命永远停留在意大利的佛罗伦萨。白发人送黑发人的悲剧让 60 岁的老斯坦福悲痛万分，想起儿子希望在美国最著名高校读书的愿望，老斯坦福计划捐出自己的财产，以儿子的名字在美国最著名的高校建一所图书馆，但遭到了名校的拒绝。之后，斯坦福夫妇决定用自己的土地和财产在加州以儿子的名义建立一所大学。至今，全加州乃至全美国的人们都记得他们夫妇的一句名言：“The children of California shall be our children”（加利福尼亚的孩子都将是我们的孩子）斯坦福大学于 1891 年 10 月 1 日举行了开学典礼。斯坦福先生在开学典礼上强调：“生活归根到底是指向实用的，你们到此应该是为了给自己谋求一个有用的职业。但也应明白，这必须包含着创新、进取的愿望，良好的设计和最终使之实现的努力。”

“自由之风永远吹”是斯坦福大学的校训，据其校长解释，校训的含义就是鼓励和保证学生和教员能自由无阻地从事教学和相关的学科研究。斯坦福大学的楼房都是黄砖红瓦，四平八稳，一律是 17 世纪西班牙的传道堂式——没有哈佛、耶鲁大学那些年代不同、风格各异的楼房，更少了东北部大学墙壁上爬满的常春藤。进入大学，首先看到的是土黄色石墙环绕下的红屋顶建筑，拱廊相接，棕榈成行，在古典与现代的交映中充满了浓浓的文化和学术气息。中心广场是斯坦福的主要部分，在它的四周，商学院、地学院、教育学院、工学院、法学院、医学院等星罗棋布。往外，就是斯坦福科学园区、植物园、高尔夫球场和若干个科学试验场。斯坦福大学中最有名的建筑是斯坦福纪念教堂。设计斯坦福校园的正是著名设计家弗莱德里克·欧姆斯泰德（Frederick Olmsted），著名的艾姆赫斯特学院也是他设计的，而他最为人称道的传世之作是纽约曼哈顿的中央公园、旧金山的金门公园。

斯坦福大学基金雄厚，经费充足，教学设备也极为充裕，图书馆藏书650万册，校内设有7000多部电脑供学生使用，也设有多个电脑室及电脑中心为学生提供服务。校内的体育设施也很多，有能容纳8.5万人的体育馆、高尔夫球场和游泳池等。

如果说，哈佛与耶鲁大学代表着美国传统的人文精神，那么，斯坦福大学则是21世纪科技精神的象征。

斯坦福大学是一所四年制私立大学，被《美国新闻与世界报道》评为全美第5名明星级大学，全美学术排名第一。2002年《美国新闻》公布了最新的全美研究生院排行，工程学院全美第二，教育学院全美第二，商科研究生院更是高居第一，企业管理研究所和法律学院在美国数一数二，法学院在美国法学院排名中也一直位于前列。美国最高法院的9位大法官，竟有6位是从斯坦福大学的法学院毕业的。博士课程排名中，生物学第一，计算机科学与卡内吉·梅隆大学、麻省理工学院、加州大学伯克利分校并列第一，地质学第三，数学与普林斯顿大学、加州大学伯克利分校并列第二，物理学与哈佛大学、普林斯顿大学、加州大学伯克利分校并列第三，应用数学第四，化学第五。其他名列前茅的课程还有英语、心理学、大众传播、生物化学、经济学和戏剧。据最近一份官方统计表明，斯坦福大学应届毕业生年平均收入高居全美大学之冠。

笔者曾经在1999年、2010年两次驱车来到斯坦福大学校园。校园的美丽、安静和整洁令人震惊不已。靠近学校有大型的斯坦福购物广场，商店和名品店鳞次栉比，你可以买到一流的化妆品，欧美一线名牌的时装，当然还有苹果专卖店，笔者去购物的时候，正好赶上iPhone 4的发售，苹果店外有一长列的购物者在排队，其中不少是斯坦福的大学生。学校附近的酒吧和餐馆比邻而居，沿街长列，那里是斯坦福学子交流学术、创业思想的圣地。

哈佛大学

哈佛大学建于1636年，坐落在马萨诸塞州的坎布里奇，是美国最古老的私立高等学府，也是美国和世界上最负盛名的名牌大学之一。因建校委员会的70名委员都在英国剑桥大学受过高等教育，该校起初被称为“剑桥”，学校所在地也被取名坎布里奇。1638年，约翰·哈佛这位建校委员将其一半财产和一个图书馆捐赠给学校。后来，为了纪念他，学校更名为“哈佛”，并为其塑立铜像，哈佛校园里的教学楼、图书馆、博物馆、宿舍等建筑物，大多以捐赠者的名字命名。1780年，哈佛学院更名为哈佛大学。

哈佛大学是美国东北部8所历史最悠久的名牌大学所构成的“常春藤联盟”的首领，不论是学校的名气、设备，还是教师阵容和学生素质，哈佛大学都堪称世界一流，它有近350亿美元资产、获得最多的赞助、拥有全世界规模最大的图书馆、第一流的学者和教授及千里挑一的学生。该校还拥有全美国大学中数量最多的科研机构和实验室，而且几乎都在世界上享有很高的知名度，如尚波特视觉艺术中心、戏剧中心、艺术博物馆、哈佛天文台、哈佛国际研究发展研究所等。

哈佛大学师资力量雄厚，300多年来为美国培养了无数的政治家、科学家和作家，其中有6位美国总统出自哈佛：约翰·亚当斯、拉瑟福德·海斯、西奥多·罗斯福、富兰克林·罗斯福和约翰·肯尼迪。还有历史学家亨利·亚当斯，作家约翰·帕索斯、拉多夫·爱默生、亨利·索罗、亨利·詹姆斯，新闻记者沃尔特·李普曼等著名人文学家和化学家西奥多，雷查兹等科学家也出自哈佛。到目前为止，哈佛毕业生中已经有30多位诺贝尔奖得主和27名普利策奖得主。哈佛大学不仅是美国政府制定国内外政治、军事、外交政策的思想库，而且校内各种学术流派和政治主张也十分活跃。

哈佛大学现有哈佛学院、拉德克利夫学院、文理学院、医学院公共卫生学院、教育学院、设计学院、约翰·F. 肯尼迪政治学院等学院，下面还设有近20个研究生院，其中商学院、医学院和法学院是全美闻名的研究生院，在多次同类研究生院排名中名列前三名。哈佛大学学科设置数量庞大，涉及专业面广，几乎所有专业都可以颁授学士学位和硕士、博士学位。其中历史学、工商管理硕士（MBA）、数学、经济学、英语学、物理学、心理学、社会学、生理学、政治学、生物化学、化学、地球科学等学科数次全美排名前五名，尤其是政府研究、经济学和社会研究更为突出。另外，人类学、艺术、古典文学研究、德语学、分子生物学、哲学、西班牙语、统计学、动物学等学科的排名也均居美国大学前十名。

哈佛大学有一句非常著名的校训，为拉丁文所写：“Amicus Plato,

Amicus Aristotle, sed Magis Amicus VERITAS.”（与柏拉图为友，与亚里士多德为友，更要与真理为友）

哥伦比亚大学

哥伦比亚大学（Columbia University）是世界最具声望的高等学府之一。它位于美国纽约市曼哈顿的晨边高地，濒临哈德逊河，在中央公园北面。它于1754年根据英国国王乔治二世颁布的《国王宪章》而成立，命名为国王学院，是美洲大陆最古老的学院之一。美国独立战争后为纪念发现美洲大陆的哥伦布而更名为哥伦比亚学院，1896年称为哥伦比亚大学。

哥伦比亚大学属于私立的常春藤盟校，由3个本科生院和13个研究生院构成。现有教授3000多人，学生2万余人，校友25万人遍布世界150多个国家。学校每年经费预算约20亿美元，图书馆藏书870万册。哥伦比亚学院是美国最早进行通才教育的本科生院，至今仍保持着美国大学中最严格的核心课程。它的研究生院更是以卓越的学术成就而闻名。整个20世纪上半叶，哥伦比亚大学和哈佛大学及芝加哥大学一起被公认为美国高等教育的三强。至2007年，哥伦比亚的校友和教授中一共有87人获得过诺贝尔奖。此外，学校的医学、法学、商学和新闻学院都名列前茅。其新闻学院颁发的普利策奖是美国文学和新闻界的最高荣誉。

哥伦比亚大学是一所综合性大学，几乎所有的本科系都实力雄厚。东亚系是美国大学中最好的系之一，政治系也很受欢迎。地质系在纽约上州的“石头地郡”（RocklandCountry），拥有200英亩的满是石头和测试仪器的基地。艺术系与莱丽亚音乐学院联合开课，实力自然不弱。

哥伦比亚大学的教授也是一流的。不少学生会发现，给他们授课的教授原来就是某本权威著作的作者。更有甚者，哥伦比亚大学先后有101名诺贝尔奖获得者，这无疑是它的学术实力的最佳证明。哥伦比亚大学的教育偏重开发智力和综合培养。它的核心教纲，包括了美国大学中最为严格的一组基础课。经过这种培养，学生们的综合素质会得到全面提升。美国开国元勋之一亚利山大·汉密尔顿是哥伦比亚大学的校友。他的塑像就耸立在哥伦比亚大学的校园里，无声地述论着美国的历史。

心理学家桑待克、进步主义先驱柯普居、实验主义教育大师杜威（Dewey）都出自哥大师范学院（Teachers College）。另外，美国有3位总统、纽约市有14位市长、纽约州10位州长也都是哥大校友。整体而言，哥大产生过47位诺贝尔奖得主、10位国家工程学院会员和7位美国国家科学奖得主。

就业率高也是哥大吸引人之处，据统计哥伦比亚大学毕业生几乎每4个人就有1个留在纽约地区工作，法学院的校友也是纽约法律界的天之骄子，新闻系的毕业生也大多是3大电视网的中坚分子。

二、美国的教育制度

在介绍了美国名校以后，我们来聊一聊美国的教育制度和思想体系。美国能发展成为世界上最强大的发达国家，其成功的主要源泉来自于其先进的教育体系和人才的培养环境。美国的小学、高中有公立和私立之分，大学也有公立私立之分。在美国的国际留学生中，中国留学生数目总排名第一，但据统计，就读美国私立寄宿高中的国际留学生之首的却并非来自中国，而是来自我们的近邻韩国。人才竞争是全方位的。让有条件的中国家庭去读美国寄宿学校（当然也不排除英国、加拿大），是中国未来人才生态结构里一个不可缺少的部分，从中必将涌现影响未来的领袖人物。中国学生去美国读私立寄宿高中是赴美留学的一个必然趋势。虽然近几年刚刚开始，但发展非常迅速。当年宋氏三姊妹以及容闳本人和他带到美国的近百名留学幼童（其中包括詹天佑）就是在这类寄宿学校成长成才，最终学成回国成为中国近代史上一代名人。美国公立高中和私立高中有何区别？美国寄宿制高中和国内寄宿制高中有什么不同？美国私立中学为什么能在公立教育中长盛不衰？中国孩子在中学阶段赴大洋彼岸求学，需要怎样的条件？现将美国寄宿高中分其特点、类型、课程等一一介绍。

美国的高中分为公立及私立两种，公立高中由政府资助供当地学生就读，不需费用；私立高中，隶属于私人机构或宗教团体，由民间出资，供当地或外籍学生就读。在美国有近2000所获得认证的私立高中，其中多以寄宿制学校为主，已有200年的历史，以严格的录取标准和高质量的教学水平闻名于世。美国私立高中一年的费用是1万多至3万多美元不等，著名私立高中通常设有才华奖学金和助学金。一般而言，在美国著名私立高中上学，毕业后进入美国名校的比例要远远大于公立高中。据统计，在过去几年里，美国的私立高中毕业生成功进入哈佛、耶鲁、普林斯顿三所常春藤顶尖大学的比例远远高于来自美国公立高中的学生，有些著名私立高中的毕业生进入常春藤名校的比例是公立高中的数十倍。虽然美国一流公立高中的优秀学生也不会比一流私立高中的学生差，但私立高中的优势在于学生的水平比较平均，所授课程难度普遍较高，师生比例较高，学校非常重视学生上大学的辅导准备工作，这是著名公立高中也无法企及的。

美国整体偏重私有化的教育制度，美国私立中学普遍被认为是培养大学名校学生的摇篮。美国的很多私立中学也以其严格的录取标准和高质量的教学水平闻名于世。学校最大的特点是强调优异的学术表现，鼓励学生学习不一样的新事物，以及提倡发扬学生独立自主的精神。学校的老师们持续不断的努力，希望学生们能够在一个安全的、具有学术挑战性、活跃、有趣的环境中学习和生活。多元化的学习科目及课外活动也是特色之一。美国寄宿高中学费昂贵，每学年学费食宿费最高可达 4 万多美元，堪比入读哈佛耶鲁的开销。此外，私立寄宿学校为国际学生设立的奖学金甚少，不像美国私立大学那样，再穷的孩子只要学习优秀也能读得起。读私立寄宿学校需要经济实力。一般来说，私立高中采用小班制，每班的学生在 20 人以下，学生可以获得较多的照顾，也可以有较多的时间利用学校的学习资源，如图书馆、计算机和学校辅导中心，让自己更有组织地把书念好。大多数的私立高中的教师都有教育硕士以上的学历。

此外，对于国际学生的接受程度，美国法律规定，公立高中只允许接受短期的外国交换学生，法定的最长时限为一年，不得接受外国申请者作为独立的学生身份在公立学校长期学习。私立高中依法可以根据本校规定，接受外国留学生以学生签证持有者长期就读，直至高中毕业，考上大学为止。

美国私立高中在各个方面的如下表现。

学　术

众所周知，美国的私立高中一向以高升学率及优异的学术表现知名。学校鼓励学生发展各方面的兴趣，充分展现自己的学术方向及提升各种课外活动的参与度。学校鼓励学生多问问题并且寻求各种可能的解答，以求得更广的知识。高中课程分成不同的级数，学生可以依照自己的程度及学习兴趣来选课。大部分的高中可以让成绩优异的学生预修大学的学分，除了日后可以抵免大学的学分之外，如果获得好的成绩，可以在日后作为申请美国大学有力的申请资料。

学校设备及资源

私立高中的图书馆、表演场地和运动设施都远远优于公立高中。学生在学校可以获得更多的资源及支持。对于国际学生，学校提供暑假及课后的英文辅导课，让学生很容易就能够适应美国的教学环境及方式。

美国私立高中课堂，学生们在上历史课

咨询及辅导

私立高中的咨询辅导室一直都有完整的咨询服务体系及专业的老师，可以帮助学生用美国准确度极高的专业测验来测试个人兴趣点、性格特征，进而辅导学生完成职业生涯规划。以升学为主的同学，学校有健全的大学申请辅导，从个人资料到考试准备，都可以给学生一个完整的规划及建议。

美国中学于每年9月开课，至次年6月上旬结业，为期约36周，共分两个学期。每学年包括两个主要假期（暑假和圣诞节假期）和两个小假期（感恩节假期和复活节假期）。美国的高中课程都很灵活，学生要自己发挥主动性，主动思考、主动提问、主动行动。美国教育并不注重标准答案，他们认为这样会桎梏学生的创造性，所以更加注重学生独特的创造能力。任何课程都要求学生自己去发掘、编排资料、撰写报告。课堂上有很多发问、讨论的机会，这与国内的教育模式有着很大的差异，国内学生需要经历至少1个学期以上的时间才能逐步适应其教学方式。只要自我鞭策，不久便会上道。对于成绩优异或某些方面有特长的学生，美国中学都开设有大学学分课程（AP），进入大学后可获得学分的减免。

AP课程简介

AP课程（Advanced Placement）是大学选修课，即在高中修读大学一年级课程。AP考试是由大学理事会主办的全国统一考试，在全美2万多所高中有60%提供AP课程。包括哈佛、耶鲁等著名大学在内，已有22个国家3000多所大学承认AP课程。学生在入读这些大学时，可以将通过考试的AP课程折抵大学学分，免修相关大学课程，从而达到缩短学时、节省学费等目的。目前AP考试有19个专业34门课程：多为计算机、经济学、英语、英美文学、美国政府与政治、物理、历史等科目。AP采取的是5分制，从1分到5分，3分以上的成绩为大多数的大学所接受，可以在以后上大学折抵学分，少数顶尖大学要求4分或5分才能折抵大学学分，哈佛大学2003年作出规定，只有5分的AP成绩才能折抵哈佛大学学分。

下面给出一个例子是关于美国课程的（具体每所学校都会不同）。

英语（4 学分）：高级英语、英国文学、美国文学、英语写作、《圣经》故事等。数学（3 学分）：基础/高级代数、几何、大学微积分、高等数学等。自然科学（3 学分）：生物、化学、物理、环境科学、天文学、基因学。社会科学（3 学分）：欧洲历史、美国历史、美国政府、神话、西方宗教学等。外语（2 学分）：法语、德语、拉丁语、西班牙语等。艺术（1 学分）：音乐、舞蹈、戏剧等。无 ESL 课程的学校一般默认中国学生的语言与美国高中生相当，所以即使是英文、美国历史等对语言要求相对较高的课程，中国学生也与美国学生同等要求。因此，我们一般推荐学生选择有 ESL 课程的学校，这样可以减轻中国学生的学习压力，能更好地适应国外生活，循序渐进，同时能获得较高的 GPA。

课外活动也是美国高中重要的一块提高学生整体素质的教育模式，美国私立寄宿制中学向来以丰富的课余活动 Extracurricular activities 而著称，这与寄宿制学校一贯强调的注重学生的全面发展密切相关。运动（篮球、排球、曲棍球、网球、高尔夫、壁球、田径、体操等）、音乐（器乐、合唱）、艺术（美术、雕塑、油画等）、演讲与辩论、剧本（戏剧与表演）、刊物编辑、社区服务、野外拓展等数不胜数。这些活动能使学生得到全面的发展和潜力的深度挖掘，正是这些活动的普及，使得寄宿制中学的毕业生得到远远高于公立中学毕业生的大学录取率，尤其是像常春藤这样的名校的录取率，因为名校看中的是一个素质全面的毕业生而非书呆子类的学生。

美国高中费用结构：

（1）交换学生待遇的私立高中费用结构为：项目费用（包括学校、家庭申请及住宿安排、额外英语辅导、签证材料准备、签证培训、签证申请安排、行前培训、赴美单程机票学、校报名费、国外食宿、保险、接机服务、国内国外在学期间的监督辅导）及学校学费（根据学校最新费用标准）。

（2）寄宿制私立高中费用结构为：服务费用（包括申请学校、额外英语辅导、签证材料准备、签证培训、签证申请安排、行前培训、国内国外在学期间的监督辅导）、报名费、学校学费及食宿费用。

美国的医疗

一、千万别出事

出门在外，最重要的就是不要出现身体或者财产的意外，你一定要自求多福，否则后果真是不堪设想。笔者在中国曾长期做商务旅行，至少有两次在国航的国内航线上听到空姐的广播，询问机上是否有医生，因为有乘客在飞行的时候突发不适，希望有专业人士能照看一下。其中一次，甚至在飞机落地后大家都不能离开飞机，因为感觉不适的乘客情况很糟，需要安排紧急通道，通过担架抬出去，直接放到救护车上送往医院。尽管笔者很感念国航救死扶伤的服务精神，但是我还是为两位在飞行途中感到不适的旅客揪心。被使用担架抬下飞机的是一位老年女士，我猜想她也是不得已才登上航班，也许是有紧急会议甚至可能去看望自己的孙子或者老伴。无论什么原因，她也可能意识到出门在外的风险，采取了某些预防措施，但是由于旅途的劳累，飞机的颠簸和机舱内不能流动的空气，都使得她那脆弱的心脏不能承受之重而出现头晕甚至昏厥的现象。可以想象在飞机同行的旅客中找到一位有经验的心脏病医生会是多么难，如果有的话那也是小概率事件。最紧张的当然是航空公司，如果出了人命那可不是好玩的，病人的家属可能发起巨额索赔。同机的乘客心情也好不到哪去，除了关切以外不免会产生讨厌之情，不希望自己也跟着惹麻烦耽误行程。机场保安、医院、救护人员也将被召唤随时待命，如临大敌。一个未预料的突发事件会引起这样多的麻烦。

二、看病的细节

美国的医疗费用不断高涨是促成医疗改革的原因之一。2007 年，美国花在医疗健康上的费用达到 2. 26 万亿美元，占 GDP 的 16%。按目前的速度计算，10 年内美国花在医疗健康上的钱将接近 GDP 的 20%。这种趋势令朝野十分不安，有人惊呼这会拖垮美国的经济。作为一个终极目标，我想国会两党都不会反对控制医疗费用的高涨。奥巴马总统把控制医疗费用的增长作为他的医改计划的目的之一，确实代表了很多人的心声。然而，他的医改计划能够降低美国的医疗费用吗？如果能，能降低多少？

我不是经济学家，我只是想从我个人的经验谈一下美国医疗费用高涨的原因。报纸和网上很多文章都提到美国国民人均医疗费用比其他实现了全民医保的工业化国家高很多，而美国的平均寿命却低于这些国家，因而得出结论美国的医疗费用可以减低，向这些国家看齐。其实这是一个假命题。人均医疗费用牵涉了两个方面，分子和分母。分子是费用，分母是人群。很多人往往盯着费用上面，忘了这个“人群”是不同的，因而没有可比性。

让我们先来看看美国人花在医疗健康上的钱用在什么地方。根据National Health Expenditure Accounts Team 的计算（注），美国人的花费从大到小排列如下：①住院费用 32%；②保险公司管理费和利润 13%；③药费 10%；④辅助医疗服务 10%；⑤医生收入 9%；⑥门诊花费 7%；⑦老人疗养院 6%；⑧临床实验室费用 5%；⑨政府公共医疗管理费 3%；⑩其他相关医疗产品 3%；⑪家庭专业护理 2%。

1. 住院费用（32%）。住院费用飞涨是医疗费用高涨的主要原因之一。住院费用占了全部医疗花费的 1/3。在美国，医生的收费、药房收费、放射科和特殊检查收费是和住院费分开的。住院费里包括了病床费、设施使用费、伙食费、治疗费、住院药费、消耗品费和其他杂七杂八的费用。在这里面，病床费是相当贵的，普通病床住一个晚上就超过 1000 美元，ICU 病床更贵，是普通病床的 2—3 倍。自从健康保险携带和责任法案（HIPAA）强调保护隐私以后，很多医院都把两床一房的 semiprivate room 改成一床一房的 private room，住一个普通病房一天的收费超过了豪华酒店的总统套间。医院里任何东西都要收钱的，包括擦鼻子的纸巾，一盒纸巾收费超过 100 美元并不是新闻。医院乱收费是非常头痛的问题，医院对医疗资源浪费、滥用和造假历来是 CMS（Center for Medicare and Medicaid Service）监视的重点对象。不过别以为医院都赚了大钱，医院有医院的难处。医院收的这些钱除了给管理人员、护士、职员、技术员，其他专业辅助人员包括 IT 人员发工资外，还要包括医院建设、设备购买、各种消耗品的费用。各行各业都认为医疗系统是块肥肉，以医院为对象的商业公司众多，卖给医院的东西出奇的贵。医院也只好把这费用转嫁给保险公司。医院的设备不断更新换代，每更新一次，都是一大笔钱。CT和MRI都换了好几代了，更别提近年来的EHR。过去10年来物价飞涨，加上医院间竞争厉害，医院倒闭重组屡见不鲜，每个城市都有。医院CEO的日子并不见得好过，其工资也不高。

2. 保险公司的管理费和利润（13%）。保险公司的管理费和利润竟然占了总医疗费的13%，这真是有点太过分了。因此美国保险公司管理层那令人垂涎欲滴的高额工资在大众审视下就有点说不过去了，但是要改革起来也不那么容易。

3. 药费（10%）。世人都指责美国的药费太贵。确实同一个药在美国买比在加拿大或墨西哥买贵得多。其实应该说在加拿大或墨西哥买比在美国买便宜，因为他们有政府合同在手。美国药费在总医疗费用里的比例20年内翻了一番，从5%增加到10%。美国药厂生产的药物，按照投入的资金，时间和销售量来计算药价。美国的FDA是全世界最严格的药物管理机构，美国的药物公司是律师们虎视眈眈的猎物，稍有问题就会引起集团诉讼，因此在美国开发一个大众接受的新药是非常花钱的买卖。美国药厂从研发，细胞动物实验，临床试验，市场推销周期是世界最长的，在一个药物上花的钱是最多的。药价还包括了很多半途而废的药物所用去的费用，也包括打官司所花去的费用。现在新药的药房价大概在4—7美元1片，药厂不维持这个价位大概都要倒闭。现在有些药房推出4美元买药计划，4美元可以买30—60片药，这些药都是老药，早过了专利期，由一些小厂生产。在这个计划中里的药是有限的，只适合最常见的病。关于普通药品，要说明一下。普通药一般来说还是有疗效的，但是质量不保证。同一个药名，可能有10多家药厂在生产。原料药可能在国外制造。原则上说，在美国的所有药物的生产过程都有检测，但每个厂家的工艺流程都可能不同。一个药片里的成分是很多的。比如一片阿司匹林，里面除了有主药Aspirin以外，还有黏合剂、中和剂、固化剂、稳定剂、填充剂、色素等。还包括Aspirin提纯过程留下的杂质。

4. 辅助医疗服务（10%）。这包括理疗师，语言和吞咽治疗师，营养师等的服务。物理治疗是美国医疗系统一个很大的分支，从业人员很多，在病人的康复过程功不可没。其总费用竟然超过医生的总收入，有点出乎意料，大概是从业人员众多的原因吧。另外，电动轮椅等辅助设备的大量使用，也是费用增加的原因。注意，它的花费跟药费一样高，但几乎没有人有意见。

5. 医生收入（9%）。这是一个很敏感的话题。局外人以为医疗费用太高，医生的收入太高是主要原因之一。美国医生的高收入一直是世界公认的。但是高收入后面也是高风险。在美国，医疗官司的威胁，是悬在医生和医院头上的达摩克利斯之剑。医生和医院为了自保，往往会为病人做一些并不十分必要的医疗检查，为的是“万一”有事，可以推卸责任。比如在急诊室，要是有人说头痛，急诊室医生一定会建议给你做 CT，虽然 100 个里面，大概有 99 个都是正常的。要是不做 CT，万一有人正好是颅内出血，死了，那经手的医生和医院就惨了，非被病人家属和律师追诉到破产跑路为止。为了防止漏诊，很多医生会要求大范围病理特征检查，对于病人当然意味着很高的花费。医生和医院每年都要买巨额的医疗事故类保险，这些都要转嫁到医疗费用上去。医疗改革势在必行，但律师们在国会和政府都有强大势力，要改革绝不是一朝一夕的事情。

6. 门诊费用（7%）。这是花在门诊，但不是医生口袋里的钱。以前非手术门诊的费用最大的部分是员工的工资，办公室房租等其他费用。

7. 老人疗养院（nursing home care）的费用（6%）。与日渐老龄化的中国一样，美国的老年人口越来越多，婴儿潮的一代人已到了退休年龄。Medicare 的适用人群在过去的 40 年间增加了 5 倍。2000 年，65 岁以上的人占总人口的 17%，到了 2020 年，将达到 22%。入住老人疗养院的人数还会持续增加。费用也只会增多，不会减少。美国老年医疗保健计划 Medicare 每年付给养老院的钱是巨额数字，然而入住老人却经常抱怨得不到适当的照顾。消减 Medicare 的支出，或者会给老人们带来更多的困难。或者政府应该多建一些非营利的老人疗养院，以解决这个矛盾。

8. 临床检验室的费用（5%）。按现代医学的发展方向，这方面的费用只能越来越高。新的技术，新的医学发现，促进了医学检验手段的不断发展。我们现在可以利用无创基因测序技术来帮助孕妇来确定早产儿或者未来出生的小家伙是否有先天性疾病，从而可以为优生优育提供数据化分析。

医疗健康产业是一个利润丰厚的朝阳产业，医生、护士、麻醉师、医药公司、医药公司销售都是这个产业的既得利益者。美国作为最发达的西方资本主义国家拥有最高的人均医疗治疗费用，而许多低收入的家庭由于种种原因竟然买不起医疗保险，因此一场大病或者车祸就会带来一个家庭经济收入的毁灭。因此美国医疗制度和体系的改革，值得中国政府和民众借鉴和参考。

三、如何保护自己

在美国看病的费用很昂贵，而且报销的手续也很烦琐，中国人去美国之前一定要花时间了解对方的医疗体系和紧急事态下的处理办法，免得破财还不能免灾。有些建议可能会帮助读者节省许多不必要的海外医疗开支。

第一，要学会给自己和家人买一份保险，如果是短期出行和访问，那么一份简单的旅游意外险就很好地帮助我们面对意外的受伤所需的医疗费用。例如在美国旅游期间，爬山的时候不下心摔下山崖，造成手臂骨折，需要上夹板和绷带，那么一份提前购买的旅游意外险将会帮助你报销由此产生的大部分医疗费用。按照保险公司的要求，在发生事故后，首先要报案，一般大型保险公司都会提供一个海外热线，供保单的被保险人在海外打电话提供保险服务。在取得保险公司的认可后，我们就可以在就近的医院或者医疗中心接受救助和包扎，可以使用信用卡、旅行支票、现金来结算费用，读者们要注意保留医疗记录，收费明细和账单。回国后再通过保险公司进行报销。

第二，求人不如求己，为了节省医疗费用，建议读者在海外旅游和居住期间，自己带一些药品来进行自救。例如老人，一般都比较清楚自己身体的状况，可以把自己急救的药品多买一些带在身上。

第三，要把自己在海外看病的账单、医生的诊断记录保留好，保险公司的调查员及保险处理流程需要我们提交有关费用的证明文件。

第四，如果要在海外旅游、探亲需要待上一段时间，最好给自己的保险公司打个电话，了解哪些费用可以报销，哪些开销报销公司会拒绝赔付。这样可以给自己节省不少麻烦。

美国的航空公司和机场

美国航空公司进入21世纪后因高昂的人工成本，低迷的经济以及居高不下的航空燃油成本，再加上“9·11事件”重创了航空工业的发展。美国的全部机场在2001年都普遍提高了安全警戒级别，每个进入机场安全区域的旅客都需要经历严格甚至是部分人身骚扰式的安全检查，例如脱鞋、抽出皮带、搜身，被大型透视设备进行全身检查，等等。外国游客，特别是长有胡须带有阿拉伯面孔特征的中东人士都将受到机场安全警卫的特别关照。那么中国人去美国或者西方国家旅游需要有哪些注意事项呢。

一、机场的麻烦

我们需要在旅游前，留意那些我们可能逗留的机场，看看如何规划我们的转机时间，机场的安检措施是否需要耗费大量时间。对于安检问题，提醒读者，那些中国人可能需要必经的大型机场的安检有其严格的管理体系，由于美国机场的访客众多，因此可能有一个很长的排队时间。中国人在到达海外机场的时候，可能会由于语言不通，机场设施庞大以及复杂和严格的安检而互相走失。如果遇到这样的麻烦，请千万不要慌张。以下建议可以帮助读者来规避风险。

1. 随身携带手机。出国前，一定要致电自己的电信公司，确认旅游目的地国可以实现国际漫游和国际长途激活功能。一般使用中国移动手机的客户在进入美国之后，可能在手机屏幕上看到电信服务商为 AT&T，也就是说你将使用美国电话电报公司的无线服务，因此你可以很方便地与你的家人朋友联系上，来确认他们的位置，从而解决异地两眼一抹黑的窘境。

2. 可以事先给自己准备一些中英文对照的提示卡，一面是中文，一面是英语，例如可以提前把自己的航班、目的地、需要帮助等关键用语写好，这样紧急的时刻将提示卡给身边的美国人来看，他们都会理解然后给予帮助。笔者当年请岳母来美国的时候，就是通过提示卡的帮助，使得一句英文不会的老人顺利经过得克萨斯奥斯汀国际机场转机程序。

3. 时间还是时间！由于某些国际机场异常庞大，建议读者在登机或者转机的时候给自己留出足够的时间来安排在机场内的交通！大机场一般都有不同的航站楼、站际火车、缤纷多彩的娱乐设施、餐馆和免税店，因此如果你一不小心由于走错方向或者购物而耽误登机，那就很麻烦了。

根据美国福布斯杂志的评选，2014 年美国客户体验最好的 5 家航空公司如下：①维京航空；②夏威夷航空；③达美航空；④捷蓝航空；⑤阿拉斯加航空。

上述评估反映了美国航空业残酷竞争的现实。在飞行安全、飞机到达的正点率、乘客投诉、行李丢失、航空服务方面，上述航空公司的口碑在业内都是最好的，因此中国游客前往美国旅游，可以有意选择上述航空公司出行。

还有一个问题需要注意，在美购买的高档消费品寄回中国的被盗事件。如果有条件的话，可以安排快递公司运送并尽量购买货物丢失保险。

二、要命的时差

海外旅游，我们还会受到时差的困扰。当你经过十几个小时的飞行后，最希望的事情就是找个温暖的枕头美美地睡上一觉，而当地时间却是中午，艳阳高照，精神抖擞的导游和司机满脸堆笑地在国际航班出口热情欢迎你，而你却由于时差的原因无精打采。这样的困扰在刚到的几天可能会一路伴随着你。许多人由于不能克服时差的挑战而惹上了大麻烦，抵抗力和免疫力下降，飞机落地后就开始咳嗽、呕吐、发烧甚至引发并发性哮喘和肺炎都不是什么新鲜事。真是应了那句古话，花钱买罪受！如何应对时差？以笔者长期旅游的经验，那就是尽量去适应自然规律而不是去对抗。例如许多人在登上国际航班后，可能是初次旅行，与同伴有说有笑，非常兴奋，到达目的地后，由于精力消耗殆尽而变得十分疲惫，这就是非常不可取的旅行方式。长途飞行需要的是休息，这样到达目的地后才能在体力上去适应当地的时间。建议大家在进行国际旅行的时候都尽量购买眼罩和靠枕，在飞机进入平稳飞行后，就赶快找个机会好好睡一觉，补充体力。另一个对抗时差的技巧就是尽量保持与当地时间的协调。许多人来到了欧洲、美洲，甚至南美洲，总喜欢看北京时间，而不愿意适应当地时间，往往大白天就把自己关在酒店睡觉，原因无他，就是北京时间这已经是深夜了，因此我们需要休息。这不是解决时差问题的好办法，即便很疲惫，眼皮不停打架，也要坚持与当地时间同步，参与当地人的活动。这样到了晚上，你的疲惫将保证你拥有一个高质量的睡眠，从而克服时差给我们带来的麻烦。

贪婪终点站：　美国的赌场

一、欲望和贪婪之都

拉斯维加斯原本只是到加州路上的一个绿洲，周围是一望无尽的沙漠。

20世纪30年代，内华达州决定使赌博成为合法的事业，此令一出，几乎在一夜之间，市区的赌场纷纷成立。拉斯维加斯的“赌城”之名也就此传开。

第二次世界大战后，大型度假酒店逐渐兴起，并且经营赌场和娱乐事业，吸引了各方观光客。除了小赌一把，来到拉斯维加斯的另一个重点便是观看各式的表演。大型饭店均有夜总会、晚餐秀等的表演，有些赌场也有表演秀，或以知名艺人为号召，杂以小牌艺人的表演或为百老汇的音乐剧或戏剧。大部分表演历时90分钟，而且必须预约。

拉斯维加斯为了吸引更多的游客前去赌博，在洛杉矶市设有络绎不绝来往赌城的巴士。游客只需在各代理公司花15美元买张搭乘“发财巴士”的车票，到了赌场就可以凭票得到回赠32美元，包括一顿丰盛的自助餐券12美元、赌场筹码20美元。

市内交通方面

Las Vegas Transit System可到此城的许多地方，到拉斯维加斯大道的路线每15分钟一班，一直到凌晨12点45分，之后每30分钟一班到凌晨4点15分，之后每小时一班到早上7点。车上不找零。

Citizens Area Transit（CAT）的301路巴士跑市区（downtown）和拉斯维加斯大道，全天候服务；108和109专跑机场。大部分的巴士每10—15分钟一班车，从早上5点半营业至凌晨1点半。

Las Vegas Strip Trolleys只走拉斯维加斯大道一条路线，每天从早上9点至凌晨2点，约20分钟一班车，须自备零钱。

Mall Hopper是行走市区三个购物中心的公车，每半小时一班，从早上6点15分至晚上6点半。

拉斯维加斯——旅游景点

拉斯维加斯有两个主要的赌场区：一个即市中心，所谓的downtown，弗雷门街（Fremont）和第二街周围是徒步区；另一个是后来新建的The Strip，即拉斯维加斯大道，两旁聚集了不少超大型的赌场。和拉斯维加斯大道平行的乐园大道（Paradise Blvd.）也有零星的赌场散布。

夜晚的拉斯维加斯灯火如织，将地面装点得比星空更璀璨。在赌城吃角子老虎（slot machine）是完全不需技巧，只凭运气的一种赌法。每次可投美元一角、二角五分或1美元，幸运的人只要一次满贯（Jack Pot）就可赢得1万美元以上，运气差的则可能顷刻间输去数百美元。KENO是另一种纯凭运气的赌法。其方式和台湾的发票对奖类似，不过是由赌客自行圈选号码押注。纸牌的赌法就比较多样了，包括21点、baccarat、poker等。另外还有轮盘赌（roulette）、掷骰子（craps）、宾果（bingo），其中掷骰子是难度最大的赌博。若以旁观者的立场来看，掷骰子倒是可以让人看得津津有味。

拉斯维加斯并不是一个非常安全的城市。为了确保人身安全，尽量待在灯光明亮之处，也不要离开饭店和赌场太远。拉斯维加斯是有宵禁的，午夜12点至凌晨5点，18岁以下者若没有成人陪伴，禁止在公共场合出没。14岁以下者晚上10点以后便不能单独在外游荡。周末、周日时，18岁以下者在无成人的陪伴之下，晚上9点以后禁止在拉斯维加斯大道或其他执行宵禁的地方出现。

皇宫汽车展示中心（Imperial Palace Auto Collection）

位于皇宫饭店（Imperial Palace Hotel）内，收藏了超过200辆古董汽车、古典汽车，里面还包括了艾森豪威尔总统游行时的座驾。每天早上9点半开放至晚上11点半。

马戏团（Circus Circus）

是家观光饭店兼赌场及表演秀，外形犹如帐篷一般，表演的项目当然是空中飞人、单轮车、高空绳索之类的戏码。由于是赌城唯一的马戏表演，不妨顺道一看，尤其适合有小朋友的家庭。从早上11点至晚上11点均有表演节目。

拉斯维加斯自然历史博物馆（Las Vegas Museum of Natural History）

展览的主题为从该地发掘出的化石、模拟自然生态环境和动物生活状况的展示区、会动的恐龙标本以及标本制作过程介绍。每天早上9点开放至下午4点，感恩节和圣诞节休息。

地址：900, Las Vegas Blvd. N.

里伯仑博物馆（The Liberace Museum）

专门展示名人使用过的东西，如俄国沙皇尼古拉斯的制服、肖邦弹奏过的钢琴、盖希文生前拥有的钢琴。另外还有知名艺人的百万服饰、特别打造的名贵汽车。周一至周六从早上10点开放至下午5点，周日从下午1点至5点。元旦、感恩节、圣诞节休息。

地址：1775 E. Tropicana Ave.

莱尔儿童博物馆（Lied Discovery Children’s Museum）

内有130种互动式的展览，让儿童在游戏中了解成人世界的生活，如工作、赚钱、存钱、上街购物。另外也有游戏让小朋友得以体验盲人和聋人使用拐杖和轮椅的不方便处。开放时间为周二至周六早上10点至下午5点，周四延长至晚上9点，周日从中午12点至下午5点。

地址：833，Las Vegas Blvd. N.

摩门教要塞（Old Mormon Fort）

于1855年建立，当时的淘金热吸引无数人从盐湖城—洛杉矶这条路线走过，摩门教徒于是在该地建立了这个要塞。在一段时间的发展之后，这个地方的繁荣被铁路公司看上，遂将此地作为太平洋铁路的一个停靠站，也导致了后来赌城的兴起。重新修整后的摩门教要塞保留有一半以上的遗址，19世纪末的摩门教徒生活依稀可见。阵亡将士纪念日至劳动节的开放时间为周一、周六早上8点至下午2点，周日从中午至下午3点。其余日子为周一、周六早上10点至下午4点，周日下午1点至4点。

地址：Washington Ave. 和 Las Vegas Blvd. 之交叉口

红岩峡谷游乐区（Red Rock Canyon Recreation Lands）

此园内独特的地理景观为红色的砂岩（sandstone）和白色的石灰岩（limestone），层层叠起，互相映照。一条13公里长的步道呈回路形，沿途景致极美，并经过难得一见的高地沙漠，可见到3000尺高的红岩绝壁（Red Rock Escarpment）。游客服务中心也是其中一站。峡谷内的砂岩峭壁有野生的山羊和驴子在此栖息。步道上的柳树泉（Willow Spring）适合野餐，橡树溪峡谷（Oak Creek Canyon）可以露营。游客服务中心开放时间为每日早上9点至下午4点。

地址：Charleston Blvd. 西边20公里外

二、如何安排赌场的旅行

美国有三大赌城，一个是位于东海岸的大西洋城；另两个位于西部，一个就是闻名遐迩的拉斯维加斯，位于靠近内陆的内华达州，而另一个稍小，叫雷诺，位于加州北部。三家赌场各有特色。如果中国游客有时间的话建议都去看一看。大西洋城靠近纽约、华盛顿特区，是一个美丽的滨海城市，虽然没有拉斯维加斯的奢华和豪放，但是却有休闲的沙滩和湛蓝的海景。沿着海边长达9.7公里的海岸木板路，你可以充分享受赌城的宁静和休闲。这里也是美国小姐总决赛的热门场地，一年一度的美国小姐选美活动都在此举行。大西洋城以其优越的地理位置、美丽的海岸线，吸引着美国东部的赌客在此地流连忘返。而加州的雷诺则是另一幅景象，雷诺（Reno）位于内华达州西北部边境处，毗邻加州，是内华达州仅次于拉斯维加斯、卡森城的第三大城市，被誉为“世界上最大的小城市”。雷诺建于1868年，过去铁路一直是经济枢纽，是中太平洋铁路公司跨州铁路的必经之地。雷诺地理位置也非常优越，距离群山环绕、风景如画的旅游胜地——太浩湖只需不到一小时车程，距离旧金山的车程也不过4小时，不少从旧金山到太浩湖游览的旅客都会选择在雷诺入住，白天游览太浩湖，或者再去周围著名的西部古镇观光，也可以前往充满神秘色彩的印第安部落参观，想象一下印第安人当年纵马飞奔的景象。到了晚上则回到赌城，欣赏色彩艳丽的霓虹灯以及赌场中特有的喧闹和奢华，肆意享受多彩多姿的生活。方便的交通，选择丰富的酒店及配套设施，遍布城市各地的美味餐厅以及令人头晕目眩的赌场，都是每年吸引大批游客造访雷诺的原因。因此建议读者在造访旧金山的同时，也可以抽一两天的时间访问雷诺和太浩湖，绝对不虚此行。

美国文化之旅

一、通往地狱的通行证

美国的枪支文化由来已久，数据显示，现今美国人所拥有的各类枪支数量总计2亿至2.5亿支，几乎人手一枪。在南方一些城市，譬如在有1700万人口的得州，枪支数量高达6800万支，平均每个人持有4支。美国枪支协会是一个拥有过350万会员的枪支爱好者组织。1871年成立至今，一直都是美国政治舞台上不可忽视的一股力量。美国历届总统中，除了里根是这个协会的终身会员之外，艾森豪威尔、肯尼迪、尼克松、布什都是这个协会的忠实成员。而由枪支引起的误伤以及警察为了自我防卫所引起的过度执法，每年都会造成数百美国人伤亡。其中一起著名的误伤事件来自美国小布什总统的副手切尼副总统。2006年，切尼在狩猎鹌鹑时，手一哆嗦，将自己的好友律师惠廷顿打成了重伤。据说切尼副总统为了这桩倒霉事，肠子都悔青了。

所以有人说，枪支之于美国，犹如汉堡包之于美国、热狗之于美国、摇滚乐之于美国，是美国文化中不可或缺的一部分。美国在建国之初，曾经对宪法作过一次关键性的补充。共有十条补充条款，它们构成了著名的《人权宣言（Bill of Right）》。《人权宣言》的第一条是关于言论和信仰的自由，第二条便是公民拥有枪支的权利。这后一条是美国枪支文化盛行的法律依据。《人权宣言》在很大程度上奠定了美国文化的基础，人的自由和独立、人的尊严和权利在美国人的思想中是比性命还要重要的东西。在和平年代，拥有枪支，不仅有关生命保障，也是对人自由独立和尊严的保证。美国人有一个谚语，只有在斯密斯沃森左轮手枪面前，才能真正地实现人人平等。为了感受美国的枪支文化，在美国生活期间我也通过黑市购买了一支银色的斯密斯沃森左轮手枪和30发子弹。上述装备的添置大约花了笔者300美元，而且笔者在美的身份就是一介书生，持有美国国务院签发的学生签证，按理是不能拥有枪支的。但是在美国朋友的帮助下，只需要15分钟就搞定了，由此可见美国枪支的泛滥确实已经超出政府的管辖能力了。在黑市购买的枪支，不需要追踪枪号，不需要提供社会安全号码以及无犯罪证明的记录，所需要的只是一手交货、一手交钱的商品交易。

好奇的读者可能对持枪的感觉比较好奇，感觉到底怎么样呢？两个字——踏实。有了枪支的保护，笔者上课和上班都增加了安全感，而且枪支确实起到了震慑作用，帮助我抵御了一次非常危险的攻击。在笔者工作的南卡罗来纳州，就经常有抢劫案件发生，如果不在意，赶上有时候运气不好，还是会撞到鬼。有一次我来到镇郊区的公路边加油站加油，刚刚把车停好，走到加油枪边上的时候，一个身高大约1.8米的大个子黑人小伙子，忽然亲切地站到我身边："哥们儿身上带钱了吗？能跟你借几个美元吗？"我一看对方的个头，再看看加油站商店距离我还有20米，感觉遇到大麻烦了。不给钱呢，如果这哥们儿来硬的，一拳就能把我揍趴下，如果身上带个折叠刀，那么下一步还能给我放点血。给钱吧，这老兄的胃口有多大，咱们就只能祈求上帝了。我决定给钱，好汉不吃眼前亏，留得青山在不愁没柴烧。我赶忙拿出了10美元：“兄弟我就只有这么多了，你拿去花，算我请客！”没想到，大个子收了钱依然不收手，冲我一瞪眼：“哥们儿今天都还没吃饭呢，你就给这么少！”说着就开始往身后的牛仔裤兜摸东西，我看着有点害怕了，感觉像是一把匕首。我立刻就怂了，赶紧跟大个子说：“好说，好说，我车上还有100美元，我给你取。”这位仁兄一听，刚才凶神恶煞的表情才收敛了一点，开始在旁边等着我去车上拿钱。我一边装着去找钱包，一边心里嘀咕着：“小子，钱是没有，但家伙有一把，看看是你的刀快，还是我的枪快。”我摸索着打开车前的工具箱，一把亮出了我购买的银色左轮手枪，指着那哥们儿的胸膛，大声地说道：“兄弟，钱是没有了，要不吃我一颗子弹吧。”那位仁兄一看我有枪，脚底抹油一溜烟就跑了。这哥们儿跑入黑夜之中后，我站在原地一动不动，竟然半天都是发呆。这才发现自己也是吓得满头大汗，拿枪的手也一直在哆嗦。再仔细检查枪支才发现，为了避免走火，我根本就没装子弹。如果那哥们儿不跑而是玩命，那我可就惨了。正是由于手枪的威力，才避免了更大的损失。枪支本身并没有错，问题出在我们人类贪婪的心灵。

1999年4月20日，科罗拉多州发生的科伦拜高中枪杀事件震惊全世界。这是一个传统的小镇，安静而富有。两名有着良好家庭背景和远大发展前途的高中生，一个17岁，一个18岁，看上去是那样健康、可爱和英俊的小伙子，笑起来还有一点腼腆，他们的青春没有带来快乐和爱情，而是为我们的世界带来了毁灭。在经过精心的谋划和布局后，枪声和炸弹的爆炸声突然打破了校园的宁静，4月20日中午，12个同学和一位老师被子弹夺去了生命，25人受伤倒在血泊之中。在警方人员包围了学校以后，两名年轻的杀手举枪自尽。

科伦拜高中事件是美国有史以来最严重的一次校园暴力事件，可是它绝对不是第一起，也不可能是最后一起。人们不禁要问，孩子上学的地方应该是最安全的地方，如果连这片最后的净土都将失去的话，那么这个社会还有什么地方是安全的呢？在我们拥有的全部财产中，生命是最宝贵的，如果连自己孩子的生命都无法保护的话，还有什么资格谈论公民的自由和权利？自由总是有代价的，权利也不会是一条单行道。维护生命不能够以剥夺他人的性命为代价，捍卫自由不应该用他人的自由作交换。对于迷恋和鼓吹个人自由以及权利的美国人而言，在两难之间作个选择恐怕是早晚要发生的事情，不管是一个折中的办法，还是一个妥协的办法，美国需要为世界人民作出一个交代。美国作为最强大的民主国家，其民众要求禁枪的呼声愈演愈烈，但是控制国会的共和、民主两党议员却迟迟不愿意通过严厉的禁枪法案。美国的枪支文化，究竟何去何从？

二、从斗鸡队看美国体育文化

美国人酷爱体育，因此要融入美国社会，了解美国人的生活方式，懂得欣赏美国体育运动将是一个难得和刺激的体验。下面我们来聊聊美国人最喜爱的美式橄榄球。笔者在南卡罗来纳州立大学求学的时候，曾经被班里的美国同学拉到美式橄榄球比赛的现场作为一名观众。谈到我们的球队，我觉得真是怒其不争，哀其不幸。美国各大学的美式橄榄球队都有其独特的代号，一则鼓舞士气，聚揽人气，二则可以给竞争对手一个下马威，至少一个威武的名字可以吓唬一下对手。而我们的主队的名号则是让人十分失望，叫斗鸡队，你就是叫一个老虎队，甚至猛狮队多好听呀，让人热血沸腾，而斗鸡队，听上去总是提不起精神。果然，球队在赛场上的成绩也是令人揪心，经常输给家门口的对手克莱门森大学老虎队。你想想，人家是老虎，而我们的球员是一群斗鸡，这不胜负立判吗。当然名字起得不好也就算了，主队的比赛还是需要去捧场的。在 9 月份的周末，一个艳阳高照的下午，我和一帮商学院的学生们来到了我们大学的美式橄榄球场。

在球场周围的草坪上早已聚集了近万名球迷，人们往往都是携家带口，坐在自家带来的帐篷中、躺椅上和野餐布上。在朝阳和绿地的衬托下，球场周边插满的美国星条旗和南卡罗来纳州立大学橄榄球队的队旗在迎风飘扬，一片节日的欢乐海洋。我使劲嗅了一下鼻子，广场上好像有烤鸡腿的焦香味道。我身边的同学拍了拍我的肩膀：“杰夫，欢迎来到我们美国人的节日，尝尝我们州特有的南方烤鸡吧，浇了一点辣椒油。”我回答说：“我的鼻子已经感觉到了南卡罗来纳烤鸡对于我们中国学子的欢迎。”美国民众把州立大学的橄榄球比赛看成了一个举家欢庆的假日来对待。草坪上停满了小型卡车、房车和摩托

南卡罗来纳州立大学斗鸡橄榄球队的四分卫在组织进攻

车，爷爷、奶奶、阿姨、大婶、孩子，七大姑八大姨全体出动。由于比赛的时间发生在“911”恐怖袭击之前，因此体育馆的安检十分松散。我和一群美国学生举着啤酒就进入了体育场。好家伙，全场满员！在我们进入之后，陆续有更多的观众入场，在我们站定后，发现有5万多名观众与我们共襄盛举。山呼海啸，全场观众的情趣在主队和客队球员入场后达到了最高潮，排起了人浪，我也跟着同学们大呼小叫，陶醉在比赛观众的欢乐海洋之中。由于是在主场作战，因此主队的球迷和家属占了绝大多数。当然客队也不示弱，穿着黄色客队球衫和胸前印着一个可爱小老虎T恤的客队球迷也组成了方阵，与主队球迷叫板。双方球迷以嘘声和歌声来向对方致意，我觉得非常好玩，也和美国同学以嘘声来欢迎客队的球迷。打酱油的感觉就是好呀！在这一刻，我对身边的同学说道：“请把我当成美国人吧，我和球队站在一起！”美国同学们都大声叫好，我们将手中的啤酒瓶举向空中，就像古时候的古罗马战士在敌人面前展示他们的盾牌，我们要与主队一起战斗了。然后嘹亮的号声吹响了，我们大学的乐队吹起了校歌和斗鸡橄榄球队的队歌。然后全场观众起立，由主队球员家庭的小朋友举着一面巨大的美国国旗进入场地中央。会场奏起了美国国歌《星条旗永不落》，刚才还欢笑不已，放荡不羁的美国同学们都肃立不动，大家都庄严地行护心礼，向美国国旗致敬。当全场观众严肃站立，齐唱国歌的那一刻，我深深地被感染了。我感受到了美国民众自发的爱国热情，尽管只是一场普通的比赛，但是他们利用这一场合恰当而自然地表达了对于国家的热爱。美国人之所以疯狂迷恋橄榄球，我认为这反映了美国民族的特点和精神。美国人是崇尚进攻、喜爱运动的民族。橄榄球的得分手段简单明了，全部意义就在冲锋，撞击！进攻、进攻、再进攻！强强对决，直接碰撞，需要勇猛顽强，需要具有压倒一切、不惜代价获取胜利的精神。

美国人喜欢冒险刺激，大多数美国人喜欢带有冒险和能直接产生感官刺激的运动。美国人具有很强的团队精神和服从命令的精神。橄榄球场上的11人在进攻中严格执行最高指挥——教练指令，四分卫（Quarterback）是球队的领军人物，主导大多数比赛进攻战术。命令既出，四分卫、中锋（Center）、护卫（Guard）、截锋（Tackle）、外接手（Wide Receiver）、跑卫（Running Back）各司其职，团队密切合作。攻守过程中严格讲求队形，要想攻入对方底线，没有紧密的团队合作精神和服从命令的精神是绝不可能取胜的。在具有团队精神的前提下，追求个性的美国人尽力在场上发挥着每个人的作用。在这场几万人观看的橄榄球比赛中，队员投球、接球、摆脱、突破、奔跑，都展现出很高的个人技巧。美式橄榄球是一项激烈对抗的接触性体育运动，由于比赛中常见的暴力冲撞，球员必须要穿戴盔甲一般的护具，这使得运动员看上去十分高大威猛。这些护具主要包括带有笼式面罩的头盔和护肩、护胸连为一体的上身护甲，此外根据联赛等级还会包括护齿、手套以及遮盖肘部、腰部、臀胯部、裆部、大腿、膝部的护垫等。根据统计，护具的使用可以将各种重伤的概率减少一半以上。尽管如此，美式橄榄球的激烈本质仍然使得受伤难以避免。其中因为肢体撞击的钝力引起的脑震荡尤为普遍，每年都会有数万名球员因此受伤。因此职业橄榄球运动员每年几百万美元的年薪也真不是白给的，人家在场上那真是在搏命。

美式橄榄球在两支最多由53人组成的队伍间进行，双方分别派出11名队员上场比赛，并可以随时更换场上部分或全部的球员。拿到控球权的一方是进攻方，目标是尽可能将球向对方阵地推进，争取越过得分线进入对方端区得分。进攻的方法有两种，球员带球向前跑阵（冲球，Rushing）或将球向前抛传（传球，Passing）。防守方的目的则是尽可能阻止对方进攻得分，并迫使其丧失控球权。如果进攻一方得分成功或丧失控球权，双方队伍互换攻防，比赛就这样轮流攻防地进行下去，直到四节比赛时间结束。为了增加攻防转换的频率，进攻方推进有时间限制，如果不能在规定的时间推进一定距离，比赛场地有码线来衡量进攻方的推进，那么防守方将转为进攻一方。我觉得这就是美式橄榄球比传统足球更有观赏性的一个原因之一。踢过足球的都知道，如果为了推延比赛时间，从而将结果变得对于己方有利，控球一方可以通过控球战术来拖延时间，进不了球我也磨死你。而对于美式橄榄球这样的玩法就不灵了。美式橄榄球另一看点就是观察四分卫的战术，由于四分卫是进攻一方的组织灵魂，是采取步步为营的推进战术，还是冒险抛穿，越过对方层层的防守直捣黄龙，那才是智慧和随机应变的考验。

三、如何在美国品尝美食

到了美国，如果不花点工夫犒劳一下自己的胃，真有点对不住你精心准备的北美之行。那么，美国有哪些美食值得大家去一饱口福呢？毫无疑问，美国人承认欧洲菜是美国菜的祖先，美国菜是在欧洲菜的基础上发展起来。遍布世界各地的美式快餐，肯德基、麦当劳、汉堡王、必胜客等都是美国人根据工业社会人们的生活特点结合欧洲的饮食文化，再在企业管理、产品质量管理上发扬光大，成为打遍世界的美国标准工程。美国西部有丰富的太平洋海鲜及各种河鲜，全美品质最新鲜、品种最繁多的蔬菜类水果有著名的加州菜及具有亚洲菜特色的融合菜。南部有墨西哥特色的得州菜，具有法国、西班牙、非洲特色的路易斯安那菜，具有古巴、巴西热带岛屿特色的佛州菜。中西部有德国、荷兰及北欧特色的芝加哥菜、宾州菜。东部有英国、法国、爱尔兰特色的新英格兰菜系及纽约菜，还有大洋洲东部岛屿、菲律宾、葡萄牙及日本特色的夏威夷菜。美国每个大城市中的唐人街上的广东菜，都值得我们去品尝。

美国加州欧文（Irivine）当地最好的意大利粉

笔者在美国生活多年，深感中美饮食的巨大差异，但也感觉美国的饮食文化实用、经济而且不乏特色。中国与美国的饮食差别很多，总结有以下五点。

第一，美国人喜欢一日多餐，每餐适量；中国人习惯一日三餐。美国人早上上班，为了节省时间，一般会直接开车到家附近的快餐店，拿上一份早餐汉堡、沙拉、牛奶或者一杯热气腾腾的咖啡就上班了。笔者在美国工作时，就经常看到美国同事拿着没吃完的早餐或者咖啡大摇大摆地进入办公室。也有一部分有条件的，会自己做，一般都是有孩子早上去学校上课。美国人的就餐习惯是适量，一般不会暴饮暴食。

第二，许多中国人习惯每日购买新鲜食品烹饪；美国人往往一次性购买一周的食品储存在冰箱里，每日食用冷冻食品，且食用的罐头和腌制品数量可能为中国人的数倍。由于冷冻、熟食、罐头等含较多的防腐剂和色素等化学品，均对身体不利，这是值得生活日趋简单化的都市白领一族注意的。

第三，中国许多家庭逢年过节时菜肴特别多，应酬也特别多；美国人宴客或过节从不铺张，连美国总统宴请外国元首也经常是五菜一羹。美国人也没有劝酒的习惯。美国人经常会在公司、家庭花园、海滩、高尔夫球俱乐部等地举办鸡尾酒会，由于大家都是以攀谈和结交为目的，很少有人直接奔着去喝酒的，因此美国人在饭桌和聚会所消耗的烈酒并不多。

第四，食材方面，美国人往往不愿意使用大鱼大肉来表示宴会的丰盛，而经常使用餐后甜点、冰激凌、饮料以及鲜花、红酒的搭配来表示对于客人的尊重。例如中国人非常喜欢食用的猪肉、鸭肉、淡水鱼（例如鲤鱼、草鱼、鲢鱼等），美国人都避而远之。美国人喜欢的肉类以牛肉为主，对牛排的享受又以七分熟为最好，而且喜欢将水果汁，例如柠檬、橙子挤汁浇在牛排上面，以增加入口的滑爽。中国人的烹调往往放盐较多，而美国人做菜放盐仅为中国人的一半，有的甚至完全不放盐。摄盐太多可引发种种疾病。

美国冰激凌

第五，用餐习惯上，美国人与中国人的喧闹、热情奔放的就餐礼仪大相径庭。美国人如果在家庭聚餐，一般都会按照宗教礼仪进行祈祷，然后主宾宣布开餐后，大家再开始用餐。一般都是先上沙拉、汤、面包等配餐，主菜一般会有牛排、火鸡、烤三文鱼等，最后是水果、餐后甜点和家人烤的蛋糕、冰激凌等。如果需要继续谈话，主人一般会邀请客人去会客室或者花园里进行聊天。喜欢吸烟的朋友一般会点上雪茄或者香烟，大家一起吞云吐雾。这时候主人会拿出烈性酒招待客人，像伏特加、白兰地、苏格兰威士忌，大家可以开怀畅饮。而在用餐的时候，大家都很安静，没有大声喧哗、将餐具碰得砰砰响的豪迈。中国人喝酒的时候，如果喝得兴起，有时候会站起来走到客人面前敬酒，美国人不兴这套。在美国人看来，这样敬酒是非常不礼貌的。

四、天堂的梦想，买美国的房子

很多人向我咨询在美购置房产的问题，我了解了一下他们的投资背景，主要是为了投资、子女海外留学、在美长期定居等原因。自从美国2008年陷入次贷危机后，住宅市场一片惨淡。很多美国人失去了工作，无力偿还贷款，出现了银行强制收回贷款住宅的浪潮。由于经济复苏前景不明，很多美国家庭也在捂紧钱袋，因此新建住房开工量和成交量都在急剧下降，房屋买卖价格也在下降。而同时期的中国国内住房市场，由于受通货膨胀因素和投资渠道相对稀缺因素的双重影响，一线甚至二三线城市的房价还在一路走高，很多国人开始打起了海外投资不动产的主意。

美国部分地区房价在2012年以后开始上涨，主要原因与经济大环境复苏有直接关系，但就某些地区来看，例如加州的洛杉矶地区，房价的上涨跟来自中国国内的买家不无关联。也许是中国的房子太贵了，很多来美国买房的中国人基本不砍价，而且偏向现金交易，让手头拮据的美国人大跌眼镜。比如有的房子2014年成交价在110万美元，现在充其量也不过120万—130万美元，但美国的经纪人却在华人报纸打了广告要价160万美元，这是2005年老美屋主的买价，现在看来有点过分。由于中国人等外国人来美国无法贷到款，都是一次性现金付清，这样就不需要银行去评估房屋价格，无形中买家就有可能被蒙蔽。买家的经纪人多数是为了赚钱，也不会那么有良心地告诉你，倒霉的就是买家。

洛杉矶位于加州，美国的西海岸，这里的气候非常好，四季如春，吸引着国内的投资人，洛杉矶的洛杉矶县房屋、橙县房屋最贵，跟就业、环境设施有关。

来美国买房需要注意什么呢？

1. 首先要看周边房子的均价，比如过去三个月的成交价是多少？（需要区分正常买卖，还是银行拍卖。）细心的买家最好去当地的图书馆借阅一下当地主要报纸的房地产板块的广告和成交价的信息，作一个简单的趋势分析。

2. 通常银行拍卖价格低于正常买卖的10%—30%。

3. 2005年房价最高，如果现在卖价是2005年的价位，你最好别买了。

4. 买哪里的房子好？凡是学区好的，基本上都比较保险。特别要了解你所买的房子所属学校是哪几所，否则将来孩子上学也很麻烦。

5. 目前，美国洛杉矶最顶尖的学区里面住了很多富人，这里的房价基本上100万美元起步（700万元人民币起价）。

6. 假如不是顶尖但是属于B类以上的学区，独立屋的房价应该在60万美元起步（360万元人民币，独立别墅带车库）。非独立屋，房价也在40万美元以上（人民币250万元以上）。这种房子有可能是联体屋，但也带双车库。

7. 美国的房子基本上一分价钱一分货，一般都不乱开价，都有一个市场价位为准则。胡乱砍价的现象不多，一般过分的杀价就是对方不理睬你完事。

8. 便宜的美国房子是什么样的？俗称铁皮屋，有些美国的退休人士会住（有些华人也买这种房子）。

9. 便宜的房子有公寓，就是我们国内的大高楼之类的房子。但这要看地段，好地段（比如临海而居、设施完善的大高楼公寓也不便宜，贵的上百万美元，便宜的也得20万—30万美元）。

10. 要考虑房子变现能力的问题。很多国人在国内炒房多了，一厢情愿地认为美国的房子也会好卖。这个观点是错误的，美国的不动产市场相对成熟，价格变化较慢。因此投资客买入后，可能要做长期持有的心理准备。虽然买一套住房的投资并不多，在北京的四环以内，要买一套公寓可能每平方米都要4万元人民币以上，一套像样的公寓可能要花掉买家近500万元人民币，同样的投资换成美元，就可以在加州买到一套独立住宅了，还可能带有车库、花园甚至室外游泳池。这笔交易粗算起来太划算了。其实不然，首先房屋的升值潜力与国内无法相比，其次美国的养房成本也需要不少银子，例如每年都必须要交的不动产税（Property Tax）就是一笔不小的成本，以房产的估值为基数，每年可能要交1.5%，各州甚至各县的算法都不一样。再加上房屋的修缮成本、电费、水费、房屋保险费、出租管理费、律师费、花园的人工管理费，等等。这些费用会让你觉得在美国有套房子并不轻松。而如果要卖也不一定能很快出手，很多房子路边插了牌，报纸上打了广告，一个多月了也无人问津的比比皆是，因为美国实在是地广人稀，没什么好的理由，人家凭什么一定要买你的房子。

第二部分：玩转樱花之国——日本

日本作为中国的近邻，虽说与中国一衣带水，但是两国的历史文化和人民的习俗相差很大。自1871年开始的明治维新把日本从德川幕府所统治的封闭式封建军阀国家中解脱出来，开始向西方现代国家体制迈进，至今已雄踞亚洲100多年。明治维新获得了空前的成功，其成功的变革为日本甚至为全世界带来一系列影响。日本经明治维新改革后，变得更加富强和文明，成为世界强国，而军国主义的扩张令日本在明治维新后不断发动对外战争。经过第二次世界大战，战后的日本在一片废墟上迎来了经济的飞速发展，成为亚洲最富足的国家。

日本安全旅游贴士

1994年，在日本东京歌舞伎町连续发生4起恶性杀人事件。其中最为骇人听闻的是7月18日，马来西亚国籍的七八个福建人冲进中国人开的卡拉OK店，用45厘米的“青龙刀”砍杀在店内打工的熊少鹏，几乎砍下了他的脑袋。熊少鹏是香港黑社会“14K”成员，同时又与上海帮、北京帮来往密切，因而惹怒了福建帮。而如此血腥的残杀令日本警方大为震惊。为此，1995年警方开展了大规模的“净化环境作战”，严打各流氓帮派势力。

尽管日本的黑帮很厉害，像山口组，其犯罪集团的收入可以说是富可敌国，但对于日本普通百姓和外国游客来说，基本上是相安无事。在日本旅游还是比较安全的。但由于中韩的经济崛起，引起了日本人的妒忌和不安全感，因此右翼势力在日本的发展有燎原之势。如果去日本的书店逛逛，书架上摆满了厌韩、厌中的书籍。周末在东京的大街上，你会经常看到插着旭日旗。开着大喇叭的右翼宣传车辆到处转悠。

日本旅游安全提示：

1. 保持低调。在公共场所，如酒店大堂、地铁、车站、餐厅以及机场不要聚集在一起大声喧哗，以免引起日本人的反感。根据日本朝日新闻、读卖新闻等媒体的调查，在2014年，有70%以上的日本成年人对华人没有好感。因此中国人需要保持一种彬彬有礼而不张扬的游览态度。

2. 日本的公共交通极为发达，非常容易迷路。在出门之前，最好拿一张当地的地图和交通图，由于日文中有许多汉字，因此中国人可以相对容易地找到目的地。为了保险起见，最好向住宿的酒店要一张名片，万一迷路可以找当地的出租车、市民甚至警察帮助，把你送回来。

3. 除非是在地摊上购物，否则不要把你杀价的本事拿出来，日本的商店一般不接受还价，以免引起不必要的冲突。

4. 出门时尽量不要携带大笔现金和护照，如果需要购物，尽量刷卡。这样既安全、方便，还让信用卡公司和银行为你保留一份消费记录。

5. 在日本某些特定区域游玩，例如东京的新宿区、涩谷、六本木，大阪的某些红灯区，需要留意当地的治安情况。上述区域一般为黑社会控制，大街上也可能会有马仔、流莺邀请你去色情场所消费。在这些花红酒绿之地，你需要看管好自己的钱包，最好拒绝在是非之地久留，但要留意拒绝的方式。

6. 在住处和消费场所，不要随意抽烟、乱扔垃圾，以免遭到罚款和酒店、商家的投诉。日本是一个讲究干净的民族，上述行为会引起当地民众的极大反感。

一、躺在肩膀上的日本人

来到日本东京，给人最深刻的印象就是人多，但是人们非常遵守秩序，很少有人乱穿马路和闯红灯。东京地铁早在1927年12月就开通了银座至浅草寺的路段，因而是亚洲最早有地铁的城市。1955年以后，日本进入工业高速成长期，都市化迅猛发展，大量人口涌入城市。为了解决这些人口的出行需求，运输量大的交通工具——轨道交通便成为首选，轨道交通由此发展起来。

东京地铁线网由东南海滨的城市中心向北、向西扇形发展，呈放射

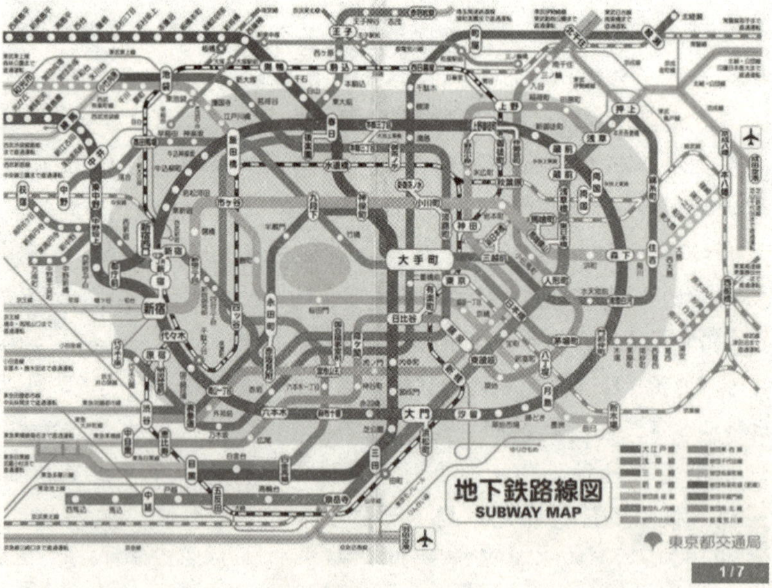

东京地铁线路图

形布局，并与市郊铁路衔接联运。地铁的建设费用和技术限制了很多城市扩建地铁的想法，但只有东京的地铁比公交系统载客量大。东京地铁运行线路的总长达到290公里，居世界第四位，年运营量高达25亿人次。目前共有13条路线，214个车站（不含副都心线），路线总长（不含与私营铁路直通运转的路段）292.2公里（不含副都心线），每日平均运量将近800万人次，发达程度居世界前五名。每条路线都与环状运行的JR（Japan Railway）山手线上车站交会，其中包括几个JR、私营铁路与地下铁路线共同汇集的大型转运站（像是池袋、新宿与涩谷）。许多路线与部分JR线及其他私营铁路线相互直通运转，整体服务范围涵盖东京都、神奈川县、埼玉县与千叶县。所以在东京，大多数人都喜欢坐地铁出行，地铁不会堵车，可以保证将乘客准时送达目的地。东京地铁也是全世界公认最发达的，可以将乘客送到城市的每个角落。东京铁路是一张网，纵横交错，地上地下穿插。

东京地铁时常行驶到地面上，甚至行驶到半空中。银座线是东京最早的地铁线路，所以它在东京地铁的线路、车站建设、命名等许多方面都具有代表性。与此相映成趣的是，某些并非地铁的线路如东急田园都市线、京急本线却有地下路段。由于此类原因，东京的地铁与地面电车的界限时常变得模糊。

日本国土狭小，城市用地紧张，地下空间的综合利用虽然比北欧国家起步晚，但从技术设计而言，日本的也许更现代些。东京的地铁入口都有自动售票机，自动售票机上方的墙上都会有一张大图，写着由该站到不同目的地的票价。你如果图省事，也可以买一张基本票进站坐车，在目的地出站再补足余额。在自动检票通道的旁边都有人工通道，有工作人员看守。如果你买的票钱不够，自动检票的地方会拦住你，这时你把票交给工作人员，补足钱就可以出去了。工作人员一般都很热情，绝对没人会拿怀疑的眼光看你。

日本火车

细致灵活的地铁服务

东京地铁的大站如银座、新宿等，上下五六层，线路众多，确实够复杂的，如果你第一次到也许会感到有些眼花缭乱，不知走哪个方向，但是不用担心，站里有许多明确的标识，定下心来，熟悉、确认标识，便可轻松地享受地铁的便利快捷。上车后，车厢门口上方有一细长牌匾，列了该线路从始发站到终点站的所有车站，而下一停车站的站名已自动变成了红色，正在闪烁，换乘车的站名下还标出其他线路的名称。所以即使你听不懂或不听广播，只看标示牌也是可以准确无误下车、换乘车的，这给乘客尤其是外国人提供了很大的便利。东京地铁诞生 80 多年来，已经与东京人的生活建立起密切联系。地铁不仅是一种准时、迅捷、节能的交通工具，而且成为一个公共空间——主要由车厢和车站构成的公共空间。

日本地铁候车厅

为了方便换乘和扩大容量，东京每一条地铁都与日本铁路车站交会。也就是说你乘上东京地铁后，只要熟悉线路，可到达日本任何一个城市。东京地铁列车还分为每站都停的“各停”，小站不停的“急行”及早晚上下班高峰时停大站的“通勤特急”。车票价不算贵，四五站在 160 日元。这段路程如在东京打的，至少要 120 多元人民币。“各停”车需要跑一个多小时的路程，“通勤特急”只需 36 分钟就能跑完，这就极大地方便了那些家在横滨而要到东京上班的人们。当然，提供这种快车服务的线路远不止“东急东横线”，其他各条线路也都有不同形式的快慢车穿梭。很明显，这种差异化的服务思路大大缓解了东京的交通拥挤，乘客也可以“各乘所需”。

日本地铁入口

我们在电视或影视作品中经常看见日本人排队进车厢的镜头，秩序井然，很多人由此感叹日本乘客守规矩。人的因素固然重要，但规则在背后起到的作用其实更值得注意。站台地面上画着车厢的号码和开门的位置，日本人只是很自然地按照提示，站在能尽快上车的位置，如果不排队站到其他位置，反而更不容易上车，良好的乘车秩序就这样形成了。在乘坐地铁时，地铁站也会有这样的提示：携带手机乘车时请把手机切换为振动静音，不要通话；在老弱病残孕优先座位附近请关闭手机电源等，类似的建议不得不说细致周到。日本很早就设了女性专用车厢，国内媒体曾进行大篇幅报道，它是为了防止女性在上班路上受到欺辱。但这也一般只在“通勤特急”列车上有（一般到上午9：30），因为日本交通管理者认为，大多数“电车色狼”都是在人多拥挤的车厢内向女性下手。如此看来，一向感觉比较刻板的日本人还是很会随机应变的。

也会有的上下班高峰

雇工将乘客推上车

经济高速增长时期，东京都的土地价格急剧上升，逼迫城市中心居民向铁道沿线的东京郊区迁移，而上班、上学基本上还集中在东京中心地区，这样，每天上下班、上下学的高峰时间，地铁就出现超负荷运转现象，有的客流量甚至超过200%，此时的地铁就成了交通地狱了。东京市中心不少车站为疏解客流，在高峰时间内专门雇工将乘客推入车内，以保证铁路的正常运行。早晚高峰的拥堵，也着实给轨道交通的快捷、便利等方面带来了极大的挑战。

二、菊花与刀，看日本人的性格

中日两国虽然是近邻，但两国在文化风俗、民族性格上差别迥异。

黄色的菊花是日本皇室的象征，而武士刀又代表着日本武士那壮丽赴死的武士道精神。中国人来到日本，一方面震撼于日本城市街道、游乐场所的干净，笔者在20世纪90年代去东京迪士尼乐园游览的时候，就没有在地上发现垃圾；另一方面，也能强烈感受到日本人文化和性格的精细，也就是有条件的话，对目标和成果追求精益求精。日本人追求准确和精致的民族性格有力地帮助日本实现了20世纪70年代开启的经济腾飞，帮助日本的产品走向了世界。索尼、松下、东芝、佳能以及丰田等生产的产品之所以在全球市场常销不衰，与日本产品的包装、质量管理、售后服务有直接的关系。日本社会这些明显的特征是我们中国人和外国游客在日本短期旅游就能感受到的，如果你有机会在日本待长一点，例如一个月以上甚至更久，会发现更多有趣而让人震撼的日本习俗，有些日本人的习惯对于中国人来讲非常值得学习。

第一，守时和精确。日本是成熟的工业化国家，民众普遍都很珍惜时间。如果你有机会与日本人约会，请记住一定要守时，或者早点去赴约，从而给对方一个良好的第一印象，这对开展生意或者建立个人信任非常有帮助。笔者在日本旅行的时候就曾经对照过新干线的列车时刻表与其到达的时间，居然分毫不差。我不得不佩服日本人，要做到列车准点到达和发车是十分不容易的，需要极高的系统管理水平和高强度的责任心，而日本人都做到了。

第二，对数字4的忌讳。这点倒与中国人相似。在日语发音里，4的发音与死亡很接近，因此在日本旅游期间，你会发现日本的酒店、餐馆、温泉中心、酒吧都会有意避讳4的出现。就像西方人在酒店的电梯中不设13层一样，日本人也会在酒店的电梯中让4消失，因此在我们和日本人交往中，也要尽量将4躲藏起来，例如不要送出带有4编号的礼物等。

第三，在公众场合公开擤鼻涕会被日本民众认为是非常不礼貌和不道德的行为，因为有可能会影响他人健康，请一定要避免。如果确有此生理需要，请尽量去洗手间或者偏僻角落完成。

第四，给予小费的习惯。尽管在西方，特别是美国，给予服务人员小费被认为是贴心以及合乎礼仪的高尚行为，但是来到日本你却需要小心，如果你要给小费的话，可能会招致日本人的强烈反感和尴尬，人家会认为你的钱财是一种施舍，是对他人格的侮辱，因此请不要轻易给小费，除非你有强烈的理由需要这样做。

第五，边走边吃东西会被认为是非常不修边幅的行为。尽管在西方国家甚至中国，由于工业化、信息化社会工作节奏的加快，许多人都是抱着早餐挤进地铁公交车，但是在日本这样做会非常不雅，如果不幸被老板发现，很影响升职的机会。

第六，人们在地铁中会枕在你的肩膀上睡觉。由于日本有两大城市区，东京和大阪，为了避免市中心的高房价，许多上班的白领都跑到边远的郊区去买房，每天在地铁里花上两个多小时上下班的通勤族大有人在。由于日本人上班强度很大，许多人还要加班，同样疲惫的人群晚上又在地铁中会合。如果你也有幸在日本挤地铁，旁边的人如果靠着你的肩膀睡觉，请不要见怪，毕竟在中国的大城市，类似这样的睡族在地铁和公交车上也比比皆是。

第七，进入日本的厕所，你可能需要换拖鞋。尽管由于工业化社会的影响，日本已经告别了榻榻米时代。但是讲究干净的日本人还是会有各种机会给来访的外国人带来惊讶，如果你有机会走入日本人的家中做客，或者去传统的日本餐馆、寺庙，你可能都需要脱鞋，细心的主人会为你准备好客人需要的拖鞋。甚至在部分日本人的家中，主人还准备了特别的厕所拖鞋，如果你有幸看到这样的情景，得了，就什么也别说了，入乡随俗，继续换鞋吧。

第八，去日本人家做客，记住一定要带上礼物。能够被主人邀请到家中做客，是一种莫大的荣誉，怎么好意思空手而去呢，哪怕带上一束美丽的鲜花也会让女主人笑逐颜开，因此请千万不要因为一时的马虎而失礼。如果主人或者日本友人有礼物回赠，也请笑纳，但是可以先礼貌地拒绝一下，以免有失君子风度。

第九，大声地吃面会被日本人认为你非常接地气，享受日本美食是对餐馆或者主人最大的奖赏。中国人来到日本，徘徊在东京、名古屋或者大阪这些日本大城市的街头，就会发现众多的日本拉面馆。大家在大快朵颐的同时，要大声地将那些面条满意地塞入自己的口中，这样日本人会非常高兴地认为你的吃相已经和他们融为了一体，他们会热切地盼望你再次光临。

第十，酒桌上的文化。日本人也非常豪饮，在餐馆和酒吧中，日本人经常成群结队地一起喝酒，下了班，在部长或者课长的带领下，一群同事聚在一起痛饮几杯是日本企业文化的重要组成部分。在和日本人喝酒的时候一定要注意各人之间的级别。一般要先向上级或者级别高一些的同事敬酒，然后才能同级别之间互敬，日本人对于名分和级别看得很清楚，中国人要懂得规矩再往里插，否则会被认为很没有礼貌。在请其他人喝酒的时候，一般都是自己先干为敬，然后再等别人喝下去。日本人豪爽的性格在酒桌上会一览无余，如果你能频繁地向别人敬酒，而且往往都是自己抢先喝干，他们会认为你非常像一个纯正的日本人拥有真诚和正直的性格。

日本人在立食面店吃面的场景

下面我们再谈谈日本的企业文化。

日本的经济腾飞与日本的企业文化和民族性格存在直接的联系。日本的企业和财团非常讲究对于优秀人才的招募和培养。例如日本最大的财阀企业：三菱商社、三井集团、住友集团等都给出非常优厚的企业待遇招募日本最优秀的大学毕业生。往往在这些日本企业中，放眼看去，都是日本东京大学、早稻田大学、庆应大学的高才生。日本领导集团对于优秀人才的痴迷甚至到了近乎疯狂的程度。优秀的日本企业拥有非常良好的内部决策流程体系，从而帮助日本企业避免了许多不必要的失误和风险。

但是优秀的日本公司像丰田、索尼在进入 21 世纪后都遇到了一些问题，尽管丰田汽车也推出了混合动力汽车普锐斯，但在纯电动汽车市场却动作缓慢，而美国的特斯拉公司的表现却获得了市场的极大关注并成功地进入了中国市场。索尼公司也非常遗憾地与智能手机市场的爆炸性发展失之交臂，眼睁睁看着苹果、三星成为市场发展的领袖。日本公司对于市场变化的反应缓慢也与日本公司的文化有关。由于日本大公司招募了许多优秀人才，但是公司职位的晋升通道狭窄，因此人事部门为了公平起见，制定了非常严格的晋升制度。由于在大公司工作稳定，而且工作表现优异晋升到一定级别后，公司会提供优厚的退休金待遇，因此日本的优秀大学毕业生即便是挤破头也要进入大公司效力。但由于面临金字塔般的管理架构和狭窄的晋升体系，日本公司各个级别的决策人都不愿意冒险，没有人愿意为了一场可能满盘皆输的赌博而拿自己的退休金来冒险。而欧美企业，有许多富有进取心的中小企业创始人在机构投资的支持下，往往可以根据市场瞬息万变的发展，迅速作出决策，进而对产品和服务作出颠覆性的创新，从而打败循规守旧的大公司，成功抢占市场，在发展迅猛的互联网、物联网、大数据行业，有关的案例比比皆是。

三、趣闻逸事

日本属于大和民族，由于位于世界的东方，日本人把自己的国家命名为日出之国。而说起日本传统文化，常常以茶道、花道、书道、柔道即所谓的“四道”来概括，比较而言，茶道更为集中地体现了日本传统文化的特色。一般品茶的过程约40分钟，进入茶室之后，客人围成半圈，席地而坐，静静观看茶道艺人在茶砵中将绿茶磨成细细的粉末，同时，在地炉上用陶罐烧着开水，茶磨好后，冲入开水，用一种竹制的刷把在研砵中仔细地刷过之后，再倒入饮茶用的碗中。上茶前，先吃一小块甜食；上茶时，主客双方都相向深深地鞠躬，以示尊敬和谢意。客人双手端起茶碗后，先将茶碗逆时针转半圈，然后分三口饮尽。饮完茶后，客人方可自由闲谈。此前，按照严格的礼仪要求，应该保持正襟危坐。对于外国人来说，体验日本茶艺简直就是一种意志和耐心的磨炼，甚至可以说是一种苦刑，很少有外国人能坚持正襟危坐5分钟以上，大家都不得不经常扭来扭去，时而正坐，时而盘腿坐，时而屁股歪到一边，那种场面实在很滑稽，而日本人却能自始至终保持正坐的姿势。日本人非常崇拜的国技，像相扑和能剧，都非常热衷地欣赏和支持，而外国人却很难理解日本人的审美观。

日本人对性的态度在东方民族中是最为开放和纯真的。走在日本大城市街头，如果你有幸去便利店或者书店逛一逛，就会发现日本色情刊物的种类和影像的开放尺度，绝对会使你心惊肉跳。笔者早年去日本出差的时候，在东京浅草区住宿的小酒店里发现在酒店的小电视有付费频道，一时好奇就打开看了，发现都是色情电影，而且酒店还非常可心地配有免费介绍短片。

在日本泡温泉，男女可以混浴，说起来，这种混浴现象在外国人眼里不可思议，还曾经引发过不少问题。最热闹的一次是1945年日本战败后，美军进驻日本，将此视为伤风败俗，严令取缔，如果混浴就不允许营业。结果日本的温泉经营老板聪明得很，取缔混浴的手段往往不过是在浴池中间拉一条绳子，左边是男浴池，右边是女浴池罢了。现在，日本随处可见的一种温泉浴池，则是在男、女浴池之间用竹帘、纱帘等作一个象征性的隔断，看上去是男女分开了，只不过上面不通下面通，还是一种变相的混浴。

我们再聊聊日本人的英语，笔者在日本公司上班的时候就发现使用英语与日本员工进行口语沟通会是一个非常有挑战的事情，虽然许多日本雇员的英语非常优秀，但是说起来就是另一回事，发音非常生硬，不能连贯地表达。虽然近年来日本经济不太景气，但在亚洲或是全世界仍是工业、文化强国，唯独英语能力欠佳，始终让日本人抬不起头来。专家指出因为大脑作用使然，日本人学习英语有先天上的劣势。作为2020年奥运会东道主，东京现在急着补强英语差的弱项。在2013年公布的托福考试成绩榜上，日本是成绩最差的亚洲国家之一。日本人将英语欠佳归咎为岛国环境、害羞的国民性以及日语是“单脑语言”的先天劣势。“岛国”环境成为英语学习的障碍；陆地毗连的国家可以轻松往来，因此学习语言比较容易。角田教授表示，日语是“单脑语言”，英语则是“复脑语言”，当日本人说日语时只需使用左脑处理讯息，但说英语时却要左右脑并用，以处理语言节奏和声调，令日本人学英语时有先天上的劣势。不过，可能另有一个重要因素影响了日本人对英语的学习。在一项针对日本国民的调查中，72%的人认为中文是未来日本人最应该学习的语言，英语以68%排名第二，然后是朝鲜语、西班牙语。

来到日本，许多人都对那漫天盛开的樱花情有独钟，每年的3—4月是东京地区赏樱的最佳季节。每逢3—4月，樱花便由南至北缓缓飘至日本每个角落，那漫天的樱花摇曳生姿，日本人用“樱吹雪”来形容，真是把那种壮观而美丽的境界形象地展现在游人面前。每到樱花盛开的季节，日本人往往举家出动，在草地上席地而坐，许多人都带来便当，一边享用午餐，一边欣赏美丽和纯洁的樱花，别有一番浪漫和温馨。

在日本也有许多节日，外国游客需要提前了解，因为节日期间，有部分的银行、政府办公机构或者商店可能会关门休假。部分日本的节日列举如下。

1月1日，元旦（国民节日），“初诣”明治神宫、浅草寺等地热闹非凡。

2日，皇居一般参贺。

6日，“消防出初式”，在东京Big Site通用广场进行消防演习和登梯等活动。（“海鸥号”国际展示场正门站）。

7日，“七草粥”，以春季七草熬粥，据说可防百病。

11日，“开镜”，取下元旦时向神佛供奉的镜饼（年糕），放入杂煮或红豆汤等食用。

第2个星期一，成人节（国民节日）。

15日、16日，“世田谷旧服装市场”，以世田谷区内的代官屋敷为中心，在俗称旧服装市场大街举办的大众化的日常杂货市场。（东急世田谷线上町站）。

24日、25日，“换嘘”，这是江东区·龟户天神的传统祭日，参诣者互相交换木制的“嘘”（日语发音与谎言音同），将去年的坏运气变成“谎言”，换取今年的好运气。（JR龟户站）。

下旬至3月下旬，“大岛椿节”伊豆大岛。

2月上旬，“节分”，为了表示春天来临，在3日或4日，由本命年的男子举办撒豆仪式。最受欢迎、关注的浅草寺、增上寺、池上本门寺、日枝神社等。

11日，建国纪念日（国民节日）。

中旬，“汤岛天神梅节”，文京区、汤岛神社（地铁汤岛站）。

3月3日，桃花节（偶人节）。

3日、4日，“达摩（不倒翁）市”，调布市、深大寺（京王线杜鹃花丘站—公共汽车深大寺站）。

第2个星期日，“踏火节”，高尾山药王院（JR高尾站·京王线高尾山口站）。

20日前后，春分（国民节日）。

下旬—上旬，“樱花节”，东京都内赏樱花的有名所在：上野恩赐公园、新宿御苑、千岛之渊、井之头恩赐公园以及小金井公园等。

4月上旬的星期日“花节”，纪念佛陀诞生，在护国寺、池上本门寺等举办。

29日，绿之节（国民节日）。

下旬，“藤节”，江东区、龟户天神社。

30日至5月6日，“大国魂神社例大祭（黑忌节）”，府中市、大国魂神社（京王线府中站）。

5月1日，劳动节 国际性的工人节日。

3日，宪法纪念日（国民节日）。

5日，儿童节（国民节日）。

中旬，“三社节”，是东京最大的祭日之一。台东区、浅草神社（地铁浅草站）。

中旬，“神田节”，千代田区，神田神社（JR御茶之水站）。

下旬，“东京港口节”，（JR东京站—公共汽车晴海码头）。

下旬，富士山的盆栽市，台东区、浅间神社（地铁浅草站）。

6月上旬至中旬，“山王节”，千代田区、日枝神社（地铁赤坂见附站）。

7月6—8日，“入谷·朝颜（牵牛花）市”，在台东区入谷鬼子母神举办的、极受人欢迎的牵牛花市（JR莺谷站）。

7日，七夕节。

9日、10日，“酸浆果市”在台东区、浅草寺举办的酸浆果市（地铁浅草站）。

20日，海洋节（国民节日）。

20日，“李子节”，府中市、大国魂神社。

下旬，隅田川烟火大会，墨田区、台东区隅田川河岸（地铁浅草站）。

8月24日、25日，“龟户天神社例大祭”，江东区、龟户天神社。

26日至28日，“东京高圆寺阿波舞”，杉并区、高圆寺站前（JR高圆寺站）。

9月1日，防灾日。

15日，敬老日（国民节日）。

23日，秋分（国民节日）。

25日，“人形（偶人）供奉”，是为了过去人形供奉，在台东区上野恩赐公园清水观音堂举行（JR、地铁、京成线上野站）。

10月1日，“都民日”（公立学校假日）。

第2个星期一，体育节（国民节日）。

19—20日，“腌菜日”，中央区、宝田惠比寿神社（地铁小传马町站）。

11月1—23日，东京都观光菊花展示会，千代田区、日比谷公园（JR有乐町站）。

3日，文化节（国民节日）。

15日，“七五三”，为了祝贺男孩子3岁和5岁、女孩子3岁和7岁的健康成长的节日。

23日，勤劳感谢日（国民节日）。

11月中，“酉市”，取“招财进宝”之意，将熊爪作为吉祥物出售。各年不同，有一酉到三酉。据说有三酉的年度，火灾较多。台东区、鹫神社的酉市很有名。

12月6日，“王子的熊手市”，北区、王子神社（JR王子站）。

14日，“义士祭”，为纪念江户时代四十七义士而在港区、泉岳寺举办的祭祀（地铁泉岳寺站）。

15日、16日，“世田谷的旧服装市场”。

17—19日，“羽子板市”，台东区，浅草寺。

21日，“年末大师”，足立区，西新井大师（东武大师线大师前站）。

23日，天皇诞生日（国民节日）。

28日，“年末祭祀”，在深川不动尊、目黑不动尊、高幡不动尊等地举行年末祭祀。

31日，“大晦日（除夕）、晦日市”，府中市、大国魂神社。

四、美食和建议的旅游路线

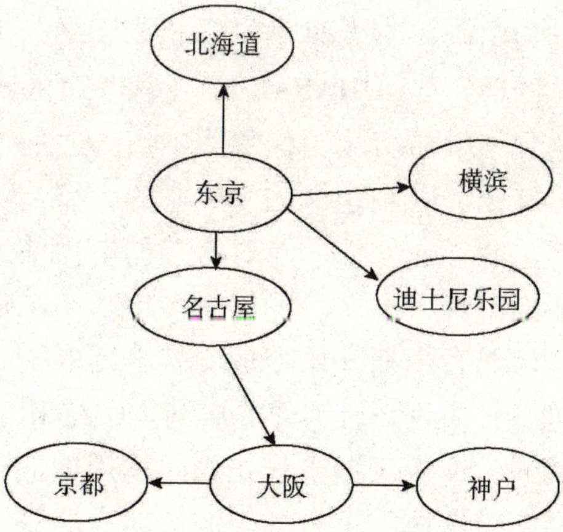

到日本旅游，一定要注意季节的安排。如果是春夏季，有条件的话，尽量在3—4 月份前往，这样就有机会欣赏到美丽的樱花。如果是在冬季，那么北海道、洞爷湖等地将会非常有吸引力，不仅有机会滑雪，呼吸纯净的空气，享受蓝天和阳光的洗涤，也有机会去泡泡温泉，再点一份日本寿司品尝，不失为冬季旅游的乐趣。夏秋季，东京的迪士尼乐园，皇宫、新宿、银座、涩谷、六本木、浅草等地都非常值得去逛逛。银座是东京非常著名的购物中心，日本的大百货公司在银座都有自己的商厦，中国游客可以尽情去消费。为了方便中国游客结算，日本百货公司都与银联达成了战略合作，可以在柜台直接刷银联卡。银座步行购物街每逢周末都有街头艺人摆摊献唱，喜欢异国风情的你可以在购物的同时拿出相机拍摄下东京街头的才艺表演。银座有从一丁目到八丁目共八条大街，其中以四丁目十字路口最为繁华。周六周日中午到傍晚，银座的主要道路禁止车辆通行，变成在日语中被称为“步行者天国”的步行街区。银座的百货大楼鳞次栉比，其中最值得逛的为三越百货店。三越始于江户时代，以“不会抬高售价”的营销手法而驰名于世。1904 年成为当时日本第一间百货店，之后便开始以百货店的形式继续经营。位于日本桥的总店建于 1935 年，被视为一所古旧建筑。不过虽以百货店来说是日本的第一家，但若以前身开始算起，则应以松坂屋最为古老。三越以高档消费、优质服务闻名于世界，是莅临日本的各国要人、富翁的购物之处，也是国际上著名的连锁百货集团之一。三越百货在日本各个中心城市以及欧洲主要都市都设有豪华的分店，拥有店铺逾百家。

另一处值得中国游客拜访的购物街当属秋叶原。秋叶原以位于秋叶原站西侧的中央道为中心，有大小不一的共 250 家以上的电器商品专卖店，成为闻名的电器街，“AKIHABARA”（秋叶原的日语读音）已经成了世界通用语。这几年电器街从销售家用电器为主的街道正在向由因特网创造出的新世界转变。以销售电脑为中心的大型店铺有所增加，各个店铺的店员拥有丰富的专业知识，能对客户的电器使用功能问题作出详细的解答，而且能用英语、中文、朝鲜语接待顾客的店铺也不少。这条街从 20 世纪 40 年代的后半期开始变成专卖电器的街市，当时市民信息大都来源于收音机。销售收音机零件的店铺集中在 JR 的高架下，成了此街发展的开端。后来，这些店铺也开始销售家用电器，渐渐地发展成了世界最大的电器街。在这里除了有各个制造厂商的服务机构和商品展示厅之外，免税店和各种促销活动也很充实，走走看看也非常有趣。每年夏天和冬天举办的两次电器节是这里最大的节日，不要错过了购物的绝好机会。在这里可以多花一点时间逛逛看看。在20世纪八九十年代，中国的电器产业落后和社会相对贫困，那时候如果家里能够买上一台松下的彩电、JVC录像机、东芝的冰箱或者山水、先锋的音响，邻居和同事都会羡慕得不得了。那时候能够去日本出差的中国人大都是国企的业务骨干以及政府官员。考虑到中国的国情以及客人的强烈需求，日本接待单位都会特意安排客人去秋叶原逛逛。秋叶原的电器成了中国人在日本的必购项目，每个人都会为家中及亲友采购价值不菲的日本电器。进入21世纪，由于中国家庭日益富足以及家电行业的腾飞，中国人已经很少在秋叶原采购日本电器了。但日本单反相机、游戏机，甚至电动马桶圈、电饭煲还是很有市场。由于中国的奶粉事件和环境污染，中国人还盯上了日本的奶粉、大米和房地产。

我们再来看看日本的美食。日本的美食，笔者最推崇的是三文鱼生鱼片、乌冬面、日式火锅以及神户牛肉。在东京、横滨、大阪等城市可去的地方真是太多了，不过有两处是需要特别注意的，它们体现了纯粹的日本风格，这就是居酒屋（或酒吧）和大众酒馆。在它们的门上常挂着一串红灯笼，这些红灯笼意味着这里是日本传统饮食场所。在这里你可以品尝到各式各样的日式炸鱼、贝类、焙烤制品、豆制品、烧烤、煎饭团和生鱼片。

日式荞麦面

日本面条主要有3种：荞麦面、乌冬面和素面。荞麦面用荞麦粉制成，细细的，呈浅棕色，口感很好。乌冬面用面粉制成，通常呈米色，面条很粗。素面也是面粉制成，但细如发丝。乌冬面通常煮成热汤面，而荞麦面和素面冷热皆可，主要视季节而定。较为常见的面条还是荞麦面，如果不加入其他面粉，味道极为鲜美。荞麦面通常佐以由芥末、切得细细的葱末、味卓（由甜米酒做成的调味料）和干的鲣鱼粉调成的调味料。这种吃法是将荞麦面煮熟后捞起置于竹屉上，沥水冷却后（有的在面上放冰块）蘸调味料吃。荞麦面营养极为丰富，含丰富的维生素 B_1 和维生素C。日本冬季最受欢迎的食物之一就是乌冬面，这种面粗粗的，煮成热汤面，加上青葱、蔬菜和一个鸡蛋即可。与素面和荞麦面不同，乌冬面不蘸调料，以汤面形式食用。一碗乌冬面下肚，浑身暖暖的，而且口感极佳。还有一种咖喱乌冬面，虽谈不上是传统佳肴，但却具有独特的日本风味。顾名思义，这种面配以浓稠的日式咖喱汁食用。与通心粉用叉吃不同，日本面条是用筷子吃，稀里呼噜送下肚。吃时声音很大，不过不用难为情，在日本大家都这样，你也入乡随俗好了。据专家说这样吃味道更香。虽说拉面本是中国的物产，但在日本也是到处可见，在此不能不提一下。拉面要宽，汤煮得热气腾腾，加上各种鲜美的配料，主要有笋丝、葱丝和烤肉片。拉面也是日本人家中的主食。

寿司和生鱼片都是色味俱佳的食物，但我尤喜欢生鱼片，蘸着芥末和酱油，将透着金黄色的三文鱼片塞入口中，那滑爽的感觉真是太舒服了。一个好的寿司店，价格令人咋舌，如果你不知点什么好的话常常会不知所措。如果这样的话不妨试试自助式寿司店，这里各种装着寿司的盘碗通过传送带沿柜转动。虽说这里谈不上富丽典雅，但在这里可以对寿司有个大致的了解而且不用花太多的钱。当你对寿司有了一定的概念后再选一家不错的寿司馆，感觉一定很好。上好的寿司对原料的要求极高，所用材料必须是十分新鲜的，米要用醋浸过蒸好，顶部的生鱼一定要尽可能新鲜（缓冻的鱼是不符合要求的）。至于那些喜欢生食海鲜不就米饭的食客们，应该点生鱼片，切好的鱼片放在盘中极为诱人，而且常常配有几小碟酱油用来蘸生鱼片。

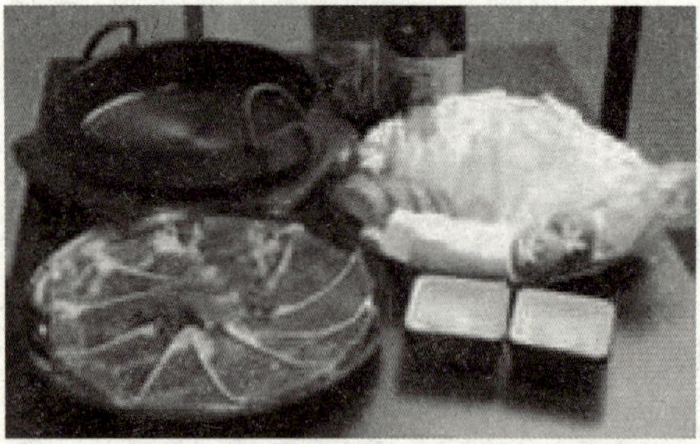

日式火锅

如果你喜欢吃火锅，秋天和冬天的日本正好满足你的要求。日本各处无一例外都有它独特的火锅料理。火锅是典型的冬季食品，像北海道的石狩锅，里面有鲑鱼、洋葱、白菜、豆腐、魔芋和春菊；还有山口县的鱼锅，内有河豚肉、白菜、蘑菇、豆腐和面条。由于便捷，东京式的田原火锅广受人们的喜爱，它菜肉杂烩，内有土豆、豆腐、魔芋、煮鸡蛋、章鱼、胡萝卜、包心菜和海藻以及其他种类的配菜。吃这种火锅，点菜和付账一次性完成，就像在

"7－11"（"7－11"是日本的一个24小时营业的连锁店）那种便利店一样，而且这种冬日进补食品可以暖身。在日语中，火锅的发音为呷哺呷哺，因此中国的一些类似日式火锅餐馆也直接使用发音来取名。在日式火锅中，笔者最为推崇的就是神户牛肉。神户牛肉（Wagyu Beef）是世界上最有名气的牛肉。作为日本特产，神户牛肉常常出现在招待国宾的宴会上。那种香而不腻、入口即化的感觉让人不忍停箸。它曾被日本天皇禁食，亦曾卖出过"天价"，也是日本料理菜谱顶级食材。日本是高档牛肉的产地，同时也是疯牛病的疫区，为了保护我国民众的健康安全，从2001年开始我国全面禁止进口包括神户牛肉在内的日本牛肉。神户牛是日本黑色但马牛的一种，因主要出产于兵库县神户市而得名。神户牛有独特的饲养方式，而神户牛肉则为日本料理中的珍馐，特性表现为口感上的柔韧、肥嫩以及外表所呈现出的大理石纹理。烹调方法多种多样，可做寿喜烧、涮食、铁板烧或刺身。2009年美国媒体选出"世界最高级9种食物"，其中神户牛肉与鱼子酱、鹅肝、白松露一同位列其中，排行第六。其实，最早发现神户牛肉美味的并非日本人，而是在庆应元年（1865年）来到神户的西方商人。当时日本并没有吃牛肉的习惯，牛通常只作耕耘、交通之用。由于受到佛教影响，日本天皇颁发《生物怜惜之令》，禁止人们食用肉食，以至于市场没有公开的屠宰场，一番辛苦之后吃到口的牛肉让他们大为赞叹，从此神户牛肉名扬天下。英国商人因此还设立了日本第一家牛肉店。直到1872年，第一家日本人经营的食用肉屠宰市场"鸟兽卖入商社"成立，牛肉才算是从外国人和富人的餐桌上走下来，正大光明地成为日本百姓的佳肴。经历了这段"墙里开花墙外香"的历史之后，神户牛肉越来越受欢迎，今天已经成为日本人的骄傲。牛肉好吃，价格当然也不便宜。通常一头普通的"黑毛和牛"在市场上卖价平平，相比之下，神户牛肉则必须通过拍卖方式以几倍的价格获得。据说一头在比赛中曾获金奖的神户牛甚至叫出了722万日元（约合人民币50万元）的高价！用这样的肉做成的牛排，价格可想而知，并非所有神户出产的牛都可以叫作"神户牛"。

真正的神户牛要求非常严格。首先，它要出身"名门望族"，血统中一滴杂血也不能混入；其次，入选的牛必须是处女牛，否则吃起来会有轻微的乳臭；此外，还要经过脂肪混杂率、颜色、细腻度等项目的评定，达到四五级以上的才有资格称为"神户牛肉"。农户经常在喂神户牛啤酒的时候与之对饮，所以神户牛是有感情有灵魂的牛，在日本有一条不成文的规定：当神户牛被宰杀时，若农人没有为之流泪，那么这头牛不配称为神户牛。读者们前往日本，尽管可能吃不到最正宗的神户牛肉，但是饱尝一顿日本牛肉火锅还是非常值得的体验。在吃火锅的时候，一定要品尝日本的啤酒和清酒。日本的啤酒，笔者最为推崇的品牌为朝日啤酒。该啤酒入口清爽，由日本著名的啤酒公司朝日啤酒株式会社生产，是日本最著名的啤酒制造厂商之一。据统计，Asahi 拥有日本啤酒市场 40% 的占有率。由于朝日啤酒能给人清爽的感觉，因此最好加冰块来加强那种爽口的感觉。

日本的清酒也是笔者的最爱。在日本料理吃饭或者吃日式火锅，如果没有一杯清酒在手，就觉得少了一种欢聚和放松的意境。清酒可以热喝或冷喝，无论哪一种清酒，都是日本菜肴的最佳搭配。酒味可口甜美，容易喝过量而醉。由于清酒有暖胃的功效，因此推荐读者使用热水加温后再加以饮用，那种荡气回肠的感觉非常舒适。清酒是用秋季收获的大米，在冬季经发酵后酿成的。可以说“酒是米、水以及酒曲子的艺术结晶”。所以，名酒的产地必然要有充足的水源而且盛产大米。丰富的水源，优质的大米是生产香醇美酒的先决条件。日本的森林孕育了丰富的水源，为生产优质名酒提供了良好的环境，这里的名酒产地主要在东北、北陆地区、九福岗、熊本一带。日本菜以鱼类海鲜为主，吃日本菜喝威士忌，因酒性太烈，破坏了日本菜的鲜美，喝啤酒又觉得“味”不足，还是香醇爽口的清酒配上日本菜才有滋有味，再合适不过了。日本清酒虽然借鉴了中国黄酒的酿造法，但却有别于中国的黄酒。该酒色泽呈淡黄色或无色，清亮透明，芳香宜人，口味醇正，绵柔爽口，其酸、甜、苦、涩、辣诸味谐调，酒精含量在 15% 以上，含多种氨基酸、维生素，是营养丰富的饮料酒。

日本清酒的制作工艺十分考究。精选的大米要经过磨皮，使大米精白，浸渍时吸收水分快，而且容易蒸熟；发酵时又分成前、后发酵两个阶段；杀菌处理在装瓶前、后各进行一次，以确保酒的保质期；勾兑酒液时注重规格和标准。如“松竹梅”清酒的质量标准是：酒精含量 18%，含糖量 35 克/升，含酸量 0. 3 克/升以下。日本清酒的牌名很多，仅日本《铭酒事典》中介绍的就有 400 余种，命名方法各异。有的用一年四季的花木和鸟兽及自然风光等命名，如白藤、鹤仙等；有的以地名或名胜定名，如富士、秋田锦等；也有以清酒的原料、酿造方法或酒的口味取名的，如本格辣口、大吟酿、纯米酒之类；还有以各类誉词作酒名的，如福禄寿、国之誉、长者盛等。日本的造酒文化源于中国，日本的风土将其精炼，并发展成现在的清酒。它的发展历程是经验不断总结、完善和高质量原料的追寻过程。清酒种类繁多，该如何分辨呢？从前，日本人以特级、一级、二级等不同等级来区分日本酒的好坏。但是现在日本酒的分等制度已经废除，因此一般人无法一眼就分辨出日本酒的优劣。

目前，日本酒大致可以分成两大类，一是有特定名称的日本酒以及称为普通酒（或经济酒）的日本酒。特定名称的日本酒从本酿造酒到大吟酿酒，一共分为 8 种，这些酒都属于从前一级以上的特级酒。而相对较便宜的普通酒则占了所有日本酒的 80%。日本法律规定酒的酒精度只能在 15°—16° 上下，醇香入口，略饮会有益身心，舒筋活络，美颜壮阳。清酒有档次之分，由低至高的顺序是清酒—上撰—特撰—吟酿—大吟酿酒，无论哪一样清酒，都是日本菜肴的最佳搭配，酒味可口甜美。美食当前，绝对不能没有与日餐匹配和谐的既轻度又爽口、既香又易入口的日本清酒。

要知道冷藏 5° 的酒是最爽最美味的，特别是大吟酿、吟酿的清酒，用精选的上好日本米以及矿泉水酿制而成，如上善如水、男山大吟酿、菊源氏大吟酿、久保田（万寿、千寿）等。清酒把饮酒的艺术推至高点。

几种清酒取名之意如下：

菊正宗——菊花在繁花丛中自然淳朴，到处可见，是人人喜爱的花卉，不求高贵但求人人喜爱。

朝香——酒的清香就好像清晨扑面而来的空气一样，怡人惬意。

松竹梅——松、竹、梅是日本庭园自然高贵的植物，此酒就像它们一样给人和谐自然又不失高贵的感觉。

千寿、万寿——长寿之人必不可少之意。

上善如水——感觉就像奔流的水一样向四面八方流传。

在此，笔者要提醒一下日本清酒的杀伤力。虽然与中国的白酒相比，清酒的度数都不高，而且入口纯甜甘美，给人以清爽一新的感觉，但是其后劲很大。笔者有一次在大阪出差，就领受了清酒的威力。由于有日本友人频繁敬酒，又没有适当地补充菜肴，笔者在酒席中途就不得不退出“战场”，被人搀扶回酒店。

在日本就餐，你还需要了解一些日本人的礼仪，以便树立良好的形象。首先就是筷子的使用和摆法，与中国人竖着放置筷子的习惯不同，日本人喜欢横置。在吃的时候，不要对着食物举筷不定，这样的行为很不礼貌，同样，不要用筷尖插食物，虽说有些食物用筷子不太容易夹起来，但筷子不能用来插或铲食物。另外不要用筷子挪动盘子，不要用筷子把食物传来传去。席间比较严重的冒犯行为是把筷子直插进饭碗里，这是一种死亡的标志。日式汤和其他的液体菜肴要直接从碗里吸吮。尽管在日本吃面可以发出咂咂的声音，但喝汤时不允许发出这种声音，而且直接用碗喝，不用勺，因为这样能更好地品味汤汁的味道。吃生鱼片这类食物时需蘸汁，这时应一手把着盛酱油的碟子，一手执筷把食物夹起蘸汁。不要将菜蘸大盘里的酱油，而要先把酱油倒在小盘中，一次倒一点，省着点用。

聊完美食，我们最后要谈一下日本的酒店。由于日本国土狭小，人口众多，因此日本酒店房间的设计普遍不大气。在住惯了欧美高级酒店的房间后，中国的游客可能会非常不适应。笔者在去日本出差的时候，就经常为放置行李箱的位置发愁。如果处理不好，就像给自己在必经之路上埋了个地雷，一旦注意力不集中，就有可能马失前蹄摔倒在自己的行李旁边。因此国人去日本旅游，需要适应日式酒店的小房间。如果为了购物实在需要大行李箱，房间中又放不下，不妨在前台办理托管，让酒店帮忙看管行李。日本的酒店种类较多，有家庭旅馆、经济型酒店、高级连锁酒店、度假酒店，由于日本的经济不景气，很多年轻人都找不到工作，胶囊旅馆也应运而生。读者对于酒店的选择，一方面取决于经济实力，量力而为，控制好旅行的预算；一方面要安静、方便，最好靠近地铁站、便利店和快餐店或者面馆，这样便于出行和就餐。

第三部分：浪漫之都——巴黎

巴黎，一座伟大的城市，欧洲的时尚之都，法国大革命的策源地。无数文人骚客都在自己的笔下尽情地歌颂巴黎的美丽和妖娆，这座城市充满了时尚、风骚、诱惑和青春骚动的气息。无数旅游景点在世界人民的心中萦绕，卢浮宫、塞纳河、巴黎圣母院、埃菲尔铁塔、凯旋门，这些壮美而富有历史底蕴的建筑和景色构成了巴黎傲视欧洲的风景线。每一个人对于巴黎都有一个梦想，因此巴黎游也是我们的寻梦游。那么笔者对于巴黎的梦想是什么呢。大家还记得吴宇森1991年拍摄的《纵横四海》吗？片中美丽的钟楚红与英俊潇洒的周润发、张国荣上演了一场巴黎的夺宝大劫案。在静静的塞纳河边，钟楚红面对巴黎圣母院，对含情脉脉的周润发讲出了一个花季少女的人生梦想，希望手握情郎的手，身穿白色婚纱，在亲友的簇拥和祝福声中，伴随教堂的钟声在巴黎圣母院实现人生婚姻的庆典。一个多么浪漫和富有诗意的梦想啊，美丽的巴黎，无数人为你心醉，为你疯狂。

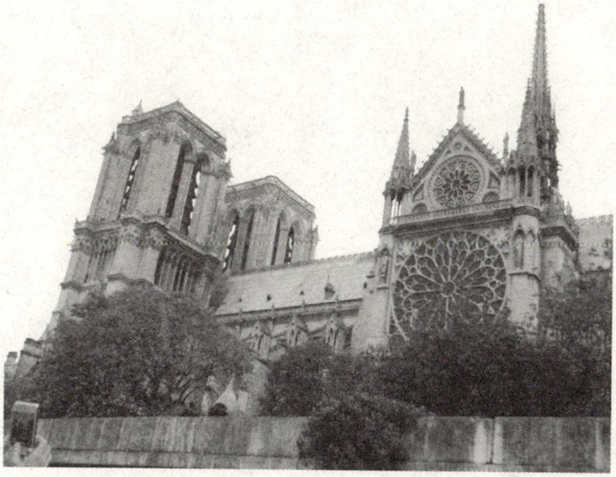

巴黎安全旅游贴士

中国游客在巴黎旅游必须提高防御，以免被贼人盯上，从而避免人身和财产的伤害。

1. 在巴黎旅游，尽量搭伴旅行，避免单独前往治安不好的区域，特别是单身女性，尽量不要在夜间单独去巴黎高犯罪区域。

2. 在前往某些著名旅游景点，例如卢浮宫、凡尔赛宫、塞纳河、巴黎春天、老佛爷等地时，需要看紧自家的钱包，这里往往有团伙式的小偷在作案。游客在忙于拍照，排队购买食品，甚至帮助整理团友的装备等时机，都是这帮小偷趁机捞一把的机会，游客们要提高警惕。如果有人莫名其妙地撞上来，或者主动提供帮助，帮你照相、拎包、找厕所或者餐厅，那么你一定要警觉。或者某只隐藏的第三只手已经在伸向你的口袋，而你可能完全没有防备。

3. 由于巴黎为世界旅游之都，前往巴黎的中国游客在旅游旺季会非常多。例如每年的暑假，黄金周前后，中国人会发现在巴黎的旅游景点黄皮肤的同胞们非常多，由此可能会产生一些治安隐患。例如由于中国人的团餐都会安排旅游景点附近的中餐馆，因此中午或者晚上的用餐时间，在这些餐馆等位的中国游客会非常多。大家在外边排队等位时，难免会有高声谈笑和喧哗问题，由此引起当地市民的投诉，需要有所警觉。大家出门在外，还是尽量低调为好，在等位的时候也要注意不要乱扔垃圾。

4. 酒店的安全问题。由于巴黎市区的高档酒店床位都很紧张，而且价格不菲。除了时间充裕而又了解巴黎风情的散客，大多数中国游客还是会跟团选择在郊区的经济酒店下榻。由于巴黎的行程会安排得非常紧张，因此游客们在酒店都是早出晚归。为了不耽误行程，大家来到酒店一定要把酒店的环境、防火通道、早餐厅、领队要求的集合地点看清楚再回房间休息，以免走失，影响行程和旅游的好心情。酒店房间的设施，例如电视、微波炉、洗衣机、制冰机等使用起来需要非常小心，以免损坏引起酒店的巨额赔偿。贵重物品，例如护照、大额现金、珠宝首饰等可以交给酒店前台或者放入保险箱保管，以免丢失。如果一旦遗失在客房内，报警之后，警方往往也不能提供什么有效的帮助。因为游客很难证明自己的物品是在无人看守之下，在房间内遗失的。还有一点要注意，就是巴黎的酒店也是要给小费的，一般放 1—2 欧元在枕头下面就可以了。

5. 利用公共交通工具。由于巴黎是欧洲的交通枢纽，因此许多中国游客往往会选择乘坐大巴、火车、飞机前往欧洲各地。游客们在前往之前一定要仔细分析有关交通工具的发车时间、地点和前往路线，以免引起重大损失。例如丢失行李，错过航班和火车的发车时间等。以飞机出行为例，巴黎周边就有三个机场可供选择，除了著名的戴高乐机场以外，还有两个机场。游客在出行前千万不要搞错机场，而且要给予巴黎的地面交通充分的预估时间，因为巴黎有时候也非常塞车。

一、巴黎的眼泪

来到巴黎，我们在赞美它的浪漫、繁华，给其冠上欧洲时尚之都的封号，法国的精华和骄傲，欧洲的购物中心等美誉后，千万不要忘记参观、体验巴黎的悠久历史和文化。谈到巴黎，就需要从其标志性的建筑谈起，那就是气势磅礴的凯旋门（法语：Arc de triomphe de l’ étoile），凯旋门位于法国巴黎的戴高乐广场中央，是拿破仑为纪念 1805 年打败俄奥联军，于 1806 年下令修建的。拿破仑被推翻后，凯旋门工程中途辍止。波旁王朝被推翻后又重新复工，到 1836 年终于全部竣工。

1805 年 12 月 2 日，拿破仑率领的法国军队在奥斯特利茨战役中击败了俄奥联军，法国的国威达到史无前例的顶峰。为了炫耀国力，并庆祝战争的胜利，在 1806 年 2 月 12 日拿破仑宣布在星形广场（今戴高乐广场）兴建“一道伟大的雕塑”，迎接日后凯旋的法军将士。同年 8 月 15 日，按照著名建筑师夏尔格兰的设计开始破土动工。但后来拿破仑被推翻后，凯旋门工程中途辍止。1830 年波旁王朝被推翻后，工程才得以继续。断断续续经过了 30 年，凯旋门终于在 1836 年 7 月 29 日举行了落成典礼。

巴黎 12 条大街都以凯旋门为中心，向四周放射，气势雄伟，为欧洲大城市的设计典范。凯旋门高 49. 54 米，宽 44. 82 米，厚 22. 21 米，中心拱门高 36. 6 米，宽 14. 6 米。在凯旋门两面门墩的墙面上，有 4 组以战争为题材的大型浮雕，分别为：“出征”“胜利”“和平”和“抵抗”；

其中有些人物雕塑还高达五六米。凯旋门的四周都有门，门内刻有跟随拿破仑远征的386名将军和96场胜仗的名字，门上刻有1792年至1815年间的法国战事史。凯旋门的拱门上可以乘电梯或登石梯上去，石梯共273级，上去后第一站有一个小型的历史博物馆，里面陈列着有关凯旋门的各种历史文物以及拿破仑生平事迹的图片和法国的各种勋章、奖章。另外，还有两间配有法语解说的电影放映室，专门放映一些反映巴黎历史变迁的资料片。再往上走，就到了凯旋门的顶部平台，从这里可以鸟瞰巴黎名胜。

凯旋门的正下方，是1920年11月11日建造的无名烈士墓，墓是平的，地上红色的墓志铭上刻着“这里安息的是为国牺牲的法国军人”。据说，墓中长眠的是在第一次世界大战中牺牲的一位无名战士，他代表着在大战中死难的150多万法国官兵。墓前有一盏长明灯，每天晚上，这里都会点起不灭的火焰，那日夜燃烧的火焰代表着阵亡士兵永不熄灭的梦想和心灵。每逢节假日，就有一面10多米长的法国国旗从拱门顶端直垂下来，在无名烈士墓上空迎风飘扬。

巴黎无名烈士墓

笔者2012年随团游览巴黎。清晨上班高峰巴黎市区十分塞车，汽车拥挤的程度与北京不相上下。从酒店驱车，花了一个多小时才进入巴黎市中心。大家都慵懒地坐在车上欣赏巴黎塞车的实况转播，导游一声招呼，我们到达凯旋门了！车中的团友们就都炸了窝，纷纷举起相机拍摄。而我倍感激动，不是因为那美丽的浮雕和拿破仑的声威，它们已经成了往日云烟，而是为了那150万法国士兵的英灵。由于只有30分钟的停留时间，导游没有同意我前往凯旋门下的请求。我只好站在凯旋门几十米外的大街旁，对着无名烈士墓的方向蹦呀、跳呀，然后脱帽行礼。10月中旬的巴黎已经进入晚秋，香榭丽舍大街上人们裹紧衣服行色匆匆。不远处就是路易威登在巴黎的总店，由于是早晨还没有开门。淅淅沥沥的小雨在空中蔓延。望着凯旋门那灰色的浮雕，我的脸上和衣服上都挂满了雨水。周边都是在拍照的游人，我的眼睛湿润了，我在流泪吗？我都不敢相信眼前的景象和我的感受。但我真的是在哭泣，就在凯旋门的面前。站在铅灰色的天空下，我不知道是太激动了，还是伤感，我擦干了眼泪，但是雨水又打在我的脸庞。巴黎，美丽的巴黎，孩童时代的多少本小说电影的主角，我想起来了《悲惨世界》《巴黎圣母院》，香港影星周润发、张国荣主演的《纵横四海》，我做梦都希望造访的城市。当我真实地来到她的心脏，却在雨丝中哭泣和凝望。有时候，人就是这样脆弱而伤感，我们都不知道上帝有时候到底是站在哪一边？望着眼前一片和平的景象，人们幸福而兴奋地拥抱在一起，欧洲最美丽的街道就展现在我们脚下。但是乌云和雨水又让这一切充满了伤感和虚幻，因为在和平的景色下隐藏着痛苦的回忆，欧洲人曾经历了多么残酷的苦难和煎熬。

1914 年爆发的第一次世界大战格外惨烈，参战双方都把最新式的武器投入战场，飞机、坦克、毒气、马克沁重机枪，可以通过光学瞄准镜进行远距离瞄准并发射鱼雷攻击的潜水艇，其结果就是 1200 万人丧生。1915 年，英法军队在索姆河战场面对德军阵地的冲锋，在一天之内就有 6 万多官兵伤亡，其中 2 万英军官兵倒在德军的机枪阵地之前。战后公布的法国士兵写给家人的信件，让我们亲身体会到战争的惨烈和那些法国士兵们在生命的最后一刻对于家人以及和平生活的思念之情。其中一名法国士兵在写给其爱人的信中以这样的恐怖文字开始：“亲爱的，我真受不了，战壕里满是污泥和肮脏的空气，到处都是尸体和血块，我已经呕吐了好几次，裹着破烂的军服在污泥中爬行来躲避震耳欲聋的炮击，军靴和裤子里灌满了黑色的泥水。上帝呀，这比但丁描述的十八层地狱还要可怕，在我满是尘土和泥水的面前，是一个被炸死战友的胳膊，那血肉横飞的惨样，让我立刻扭过脸，又一次呕吐，我的五脏六腑已经是翻江倒海。”看着这样的文字，我们后人只有祈祷和战栗了，战争的体验简直是太恐怖了，让我们珍惜今天的和平岁月吧。每当我在地铁里，面对拥挤的人流，撑着酸痛的双腿站在气味混浊的车厢里，埋怨生活的不公和无聊的时候，我就不禁想起那名法国士兵阵亡前写的家书，就像起了化学反应，就像有一把无形的灵魂剃刀，把我心中的怨恨和哀愁一扫而空，我再也不怨天尤人了。走出地铁站，我会微笑着面

英法军队在第一次世界大战战场尸横遍野的惨状

对生命中新的一天。与那名法国士兵与爱人撕心裂肺的分离，面对战场上尸山血海的地狱所经历的那些恐惧和磨难相比，我们生活的囧途还算什么呢，热爱我们的生活吧。到今天，巴黎人民始终保留着这样的传统：每逢重大节日盛典，一个身穿拿破仑时代盔甲的战士，手持军刀，守卫在《出征》雕像前，鼓舞法国人民为自由、平等、博爱而战斗。每年的7月14日，法国举国欢庆国庆节时，法国总统都要从凯旋门下通过；每当法国总统卸职的最后一天也要来此，向无名烈士墓献上一束鲜花。好好庆祝和珍惜吧，法国人民，你们拥有欧洲最美丽的街道、雕塑和卢浮宫震撼人心的油画，塞纳河静静穿越的河水和岸边美丽的鲜花在提醒我们，幸福安宁的生活是来之不易的。

笔者在巴黎畅游的时候非常喜欢塞纳河两岸美丽宁静的风光。在卢浮宫、凡尔赛宫感受了法国的骄傲，他们把民族最荣光的历史展现在世界面前。蒙娜丽莎的微笑，路易十六王室的奢华以及自由引导人民所传递的变革号角都在为我们提供欧洲文明历史的注脚，而法国无疑在资产阶级的革命中扮演了重要的角色。法国人值得为他们的祖辈的功勋而骄傲，而他们中的佼佼者无疑是那个著名的小个子，改变欧洲命运的法兰西第一帝国皇帝拿破仑一世。拿破仑登基的巨幅油画就保存在卢浮宫的画廊里，而卢浮宫中的三幅名画一定要去驻足欣赏。第一幅当然是达·芬奇不朽的传世经典《蒙娜丽莎的微笑》，这幅画的神奇之处就是你站在画前，不论从哪个角度观赏，都觉得那个可爱的少女是对着你在微笑。第二幅是法国画家德拉克洛瓦最具有浪漫主义色彩的油画作品《自由引导人民》。这幅画具有享誉世界的影响力，画中的女主人公，一名举着三色旗帜前进的女性，她代表着法国革命的英雄主义。而此画的另一特别之处在于画家本人也在画中，戴高礼帽，身穿燕尾服，手中紧握长枪，大声疾呼。第三幅是描述拿破仑登基的《加冕式》，画家是著名的雅克·路易·大卫。此画忠实地描述了1804年法国皇帝拿破仑在巴黎圣母院举行的加冕典礼。此画

从塞纳河看巴黎圣母院

场面辉煌宏大，反映了法兰西帝国的强盛和拿破仑的声威。画中一个有趣的细节是拿破仑打破了君权神授的传统，自己从教皇手中接过王冠戴到了头上，而画中的约瑟芬皇后同样也是由拿破仑授予王后的桂冠。

二、钱包的盛宴

来到巴黎如果不花费时间大肆采购，不免有负巴黎时尚之都的盛名。两个大型购物中心都不错， 一个是老佛爷百货，另一个是巴黎春天。从购物的体验来看，笔者向读者们推荐老佛爷百货。这里的商品琳琅满目，虽然采购的人流摩肩接踵，但是还可以接受，因此建议读者们有条件的话早上9：00就到老佛爷门口排队，从而避开午后拥挤的人流。老佛爷百货的购物区域十分庞大，读者需要有充分的时间来访问。因此建议大家准备一份详细的购物清单，从而可以节省不少时间。中国游客采购火力的主要打击区域有：名表、珠宝、箱包、香水、婴儿产品、电子产品及玩具，男士西服及礼物，女士风衣及大衣等区域。由于百货公司提供退税窗口，因此采购的时候一定要保留好发票，记住自己和友人的护照号，在采购结束后赶快去退税窗口排队，填写退税申请。否则你有可能会来不及了，焦急的导游会把你的采购时光偷走，因为导游需要你们赶快赶往下一个景点。可供中国游客采购的法国品牌有兰蔻Lancome、迪奥Dior、香奈儿Chanel、路易威登Louis Vuitton、皮尔卡丹Pierre Cardin等。

巴黎著名觀光景點和博物館
SITES TOURISTIQUES / MUSÉES

ARC DE TRIOMPHE E4/5
凱旋門
Place Charles de Gaulle 8e
地鐵/快線 RER A: Charles de Gaulle-Etoile
電話：01 55 37 73 77
Arc-de-triomphe.monuments-nationaux.fr

CENTRE G. POMPIDOU (BEAUBOURG) J6
龐畢度中心
Place Georges-Pompidou 1er
地鐵：Rambuteau, Châtelet, Hôtel de Ville
快線 RER A：Les Halles
電話：01 44 78 12 33
www.centrepompidou.fr

GALERIES DU PETIT ET DU GRAND PALAIS F5/6
大小皇宮
3, av. du Général Eisenhower 8e
地鐵：Franklin-D.-Roosevelt/Champs-Elysées-Clemenceau
電話：01 44 13 17 17
www.rmn.fr

HÔTEL DES INVALIDES F7
軍事博物館/傷兵院
Esplanade des Invalides 7e
地鐵：Invalides/Varenne/Latour-Maubourge/Saint françois-Xavier
電話：01 44 42 38 77
www.invalides.org

MUSÉE CARNAVALET HISTOIRE DE PARIS K7
巴黎歷史博物館
23, rue de Sévigné 3e
地鐵：St-Paul
電話：01 44 59 58 58
www.carnavalet.paris.fr

MUSÉE D'ORSAY G/H6
奧塞美術館
1, rue de la légion d'honneur 7e
地鐵：Solférino
快線 RER C: Musée d'orsay
電話：01 40 49 48 14
www.musee-orsay.fr

MUSÉE DU LOUVRE H6
羅浮宮
36 Rue du Louvre 1er
地鐵：Palais Royal - Musée du Louvre
電話：01 40 20 50 50
www.louvre.fr

MUSÉE DU VIN D7
酒類博物館
Rue des Eaux 16e
地鐵：Passy
快線 RER C: Champs de mars - Tour-Effeil
電話：01 45 25 63 26

MUSÉE DU QUAI BRANLY E6
原始藝術文物館
37, quai Branly 7e
地鐵：Alma-marceau
快線 RER C: Pont de l'Alma
電話：01 56 61 70 00
www.quaibranly.fr

MUSÉE MARMOTTAN-MONET B6
馬蒙丹美術館
2, rue Louis Boilly 16e
地鐵：Muette
電話：01 44 96 50 33
www.marmottan.com

MUSÉE RODIN F/G7
羅丹美術館
79, rue de Varenne 7e
地鐵：Varenne/Invalides
快線 RER C: Invalides
電話：01 44 18 61 10
www.musee-rodin.fr

OPÉRA - PALAIS GARNIER H5
巴黎歌劇院
Place de l'opéra 9e
地鐵：Opéra
快線 RER A: Auber
電話：0 892 89 90 90
www.operadeparis.fr

PANTHÉON I8
萬神殿/先賢祠
Place du Panthéon 5e
地鐵：Cardinal Lemoine/Maubert-Mutualité
快線 RER B: Luxembourg
電話：01 44 32 18 00
pantheon.monuments-nationaux.fr

SACRÉ-CŒUR I3
聖心堂
35, Rue du Chevalier-de-la-barre, Parvis du Sacré-Coeur 18e
地鐵：Anvers
電話：01 45 25 63 26
www.sacre-coeur-montmartre.com

TOIT DE LA GRANDE ARCHE A2
拉德芳斯區-新凱旋門
1, parvis de la Défense 92044 Paris La Défense
地鐵：La Défense Grande Arche
快線 RER A: La Défense Grande Arche
電話：01 49 07 27 27
www.grandearche.com

TOUR EIFFEL E6/7
艾菲爾鐵塔
Champ de Mars 7e
地鐵：Bir-Hakeim/Trocadéro/Ecole Militaire
快線 RER C: Champ de Mars-Tour Eiffel
電話：08 92 70 12 39
www.tour-eiffel.fr

TOUR MONTPARNASSE G8/9
蒙帕納斯大樓
Rue de l'Arrivée 15e
地鐵：Montparnasse-Bienvenüe
電話：01 45 38 52 56
www.tourmontparnasse56.com

CATHEDRALE NOTRE-DAME DE PARIS J7
巴黎聖母院
Rue du Cloître Notre Dame 4e
地鐵：Cité
電話：01 42 34 56 10
www.notredamedeparis.fr

PINACOTHEQUE DE PARIS G5
PINACOTHEQUE 美術館
28 Place de la Madeleine 8e
地鐵：Madeleine
電話：01 42 68 02 01
www.pinacotheque.com

巴黎主要景点及开放时间

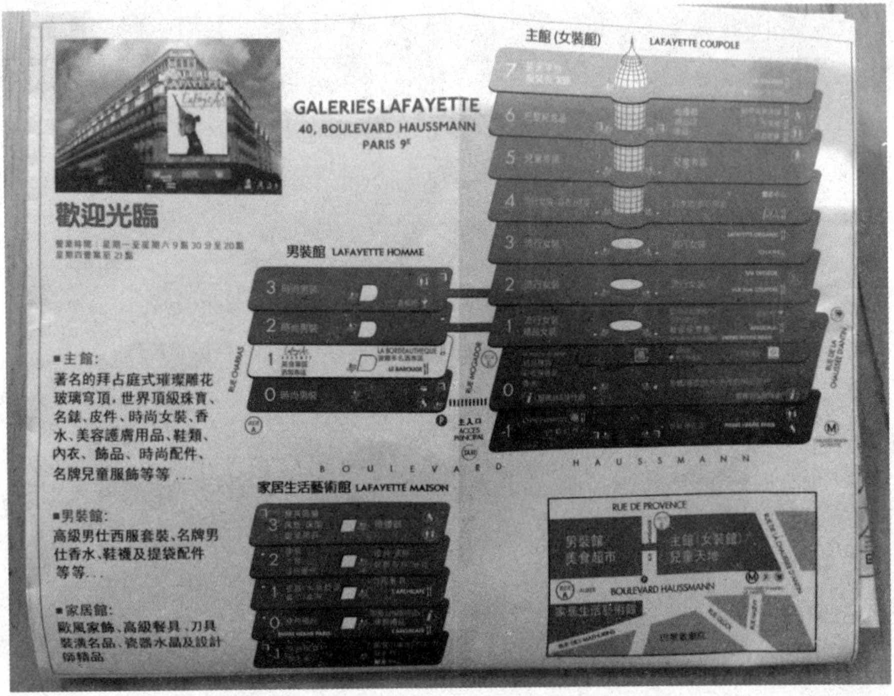

GALERIES LAFAYETTE
40, BOULEVARD HAUSSMANN
PARIS 9E
歡迎光臨
主館(女裝館) LAFAYETTE COUPOLE
男裝館 LAFAYETTE HOMME
家居生活藝術館 LAFAYETTE MAISON
■主館:
著名的拜占庭式璀璨雕花玻璃穹顶，世界頂級珠寶、名錶、皮件、時尚女裝、香水、美容護膚用品、鞋類、內衣、飾品、時尚配件、名牌兒童服飾等等……
■男裝館:
高級男仕西服套裝、名牌男仕香水、鞋襪及提袋配件等等……
■家居館:
歐風家飾、高級餐具、刀具裝潢名品、瓷器水晶及設計師精品
BOULEVARD
HAUSSMANN
RUE DE PROVENCE
男裝館
美食超市
主館(女裝館)
兒童天地
BOULEVARD HAUSSMANN
家居生活藝術館

老佛爷百货布局图

第四部分：帝国余晖——英国

英国对于多数国人来说是一个陌生而又熟悉的国家，说它陌生，因为它与中国相隔万里，文化发展没有交集。说它熟悉，因为它对近代中国的发展轨迹产生了巨大的影响，甚至影响了中华民族的前进历程。中国在1840年以前，基本上一直按照封建王朝自有的轮回轨迹发展，保持着中央帝国的集权，依靠农耕文明的自然发展，维持着科举考试制度为帝国输送文官集团，与邻国和藩属国维持着和平的边界和朝贡的外交关系。在清帝国的统治者看来，普天之下莫非王土，率土之滨莫非王臣。帝国长治久安的未来就是维持祖制，而不需要与外邦进行通商贸易。从某种程度来说，中国的社会发展就是一潭死水，百姓构成基本为农民及手工业者、小商人，而且普遍陷入赤贫之中，没有机会接受教育，读书对于许多贫穷的中国家庭来说是可望而不可即的梦想。而在万里之外的大英帝国，已经完成了工业革命，其生产的大量纺织和工业产品急需为英国的资本家寻找利润丰厚的海外市场，来维持资本和工业产

能扩展的良性循环。英国商人很早就盯上了中国广大的土地和庞大的人口，认为在攫取印度和阿富汗之后，东方帝国的大门必须要为英国商品打开希望之门。英国政府的使臣曾经频繁造访乾隆、嘉庆和道光皇帝，希望中国开放通商口岸，建立现代国家的海关制度，准许英国商品在中国市场的自由贸易。但使得英国人万分沮丧的是，由于中国人长期的农耕文明和文化发展方向的迥异，英国生产的纺织和工业产品在中国市场根本打不开销路。

但是鬼使神差的是，由于愚昧和文化生活单一，清代的民众却对一件商品趋之若鹜，那就是鸦片。于是乎为了维持英国的海外贸易，英国商人开始为了赚取白银而向中国大量倾销鸦片。鸦片在中国的盛行，直接导致清廷的财政收入下降和白银外流。因此当林则徐作为道光皇帝的钦差大臣来到广东封闭鸦片馆，捣毁鸦片销售管道，当众焚烧鸦片进行禁烟运动的时候，英国人终于决定，用武力来教训中国皇帝及其臣民的时机到来了，从而为英帝国在远东的扩张和鸦片销售利润提供直接的保障。战争的结果是，清帝国耻辱地战败，被迫签订城下之盟也就是《南京条约》，开放广州、福州、厦门、宁波、上海等城市为通商口岸，割让香港，同时向英帝国赔款。清帝国在鸦片战争的战败直接导致了近代中国进入半殖民地、半封建时代。英国作为世界上最强大的殖民帝国，其势力、海军和领土面积在19世纪中叶战胜清帝国之后，达到了前所未有的高度，当时的英国号称日不落帝国，其控制的殖民地和海军基地遍布全球五大洲、四大洋，英帝国的海陆军可以派往世界的任何角落为女王作战。英帝国的强盛和贸易推进了英语和西方文化在世界的发展，也奠定了盎格鲁–撒克逊民族在全世界的移民和拓殖，这直接导致了英语作为世界最流行语言的基础，以及美国、加拿大、澳大利亚、新西兰等国家的诞生。加拿大、澳大利亚、新西兰、印度等以英语为国语的国家至今还维系着英联邦国家联盟。

英国安全旅游贴士

当你来到英国的大街小巷，甚至乡村，总体上你会发现英国是一个相对安全的国家。英国人拥有西方社会所拥有的绅士风度，对于陌生的远方来客，一般都会报以微笑，如果你可以使用英语与当地人进行简单的交流，你会更加直观地感受英国民众的朴实和热情。当你有机会骑车或者驾车远离大城市来到英国风景如画的农村，与当地人交流的话，你所收获的安全感会越来越高。因此，英国总体上对于中国游客是一个可以放心游览的目的地。

在英国旅游，中国游客需要对以下事项特别的注意：

1. 不要在公共场所大声喧哗或者露财，从而引起小偷甚至劫匪的注意。

2. 如果大街上有非洲或者印度裔的小贩兜售便宜旅游纪念品、电话卡等物时，需要特别小心，如果与小贩就购买和价格问题产生冲突，有被围殴的危险。

3. 应该仔细了解交通的详细资料，例如当地火车站、公共汽车站的分布、购票方式，如何打出租车，如何结账，否则会面临劳民伤财的窘境。

4. 航空公司的选择。例如可选航空公司的安全飞行记录，购买机票的折扣，是否对托运的行李征收附加费用，等等。

5. 旅行期间的天气情况。如果需要在森林、野外公园和山区进行徒步和登山活动，最好避开雷雨季节。

6. 伦敦的某些地区为高犯罪率区域，因此中国人在前往旅游的时候要注意避开这些有风险的地区，特别是在夜间，尽量避免单独在大街上走动。

7. 在伦敦等大城市乘坐地铁、公共汽车、观光车、游船等公共交通工具的时候，甚至在博物馆参观的时候，中国游客有时会聚集在一起，大声喧哗地交流彼此的购物旅游观感，这样的习惯在英国等西方国家有不尊重他人隐私和公共社交空间的感觉，会让英国人觉得中国人不懂礼貌。我在伦敦坐地铁的时候，就曾体会到我们中国人大声交谈的时候，旁边英国人的冰冷和不欢迎的目光。因此建议中国读者在英国等欧美国家旅游的时候要注意低调和谦逊。

8. 伦敦是国际大都会，下班高峰，地铁十分拥挤，例如著名的维多利亚站、国王十字架站、帕丁顿站、邦德大街站都十分拥挤，中国游客要注意保管好自己的贵重财物，在上下车时要注意小偷。在上下车的高峰，不要随波逐流，由于英国地铁站台许多都没有安全门，如不注意，有被人流挤下站台的致命危险。因此国人在上下车及候车的时候，需要特别小心，最好远离站台。由于国人有携带现金及炫耀名表和手袋的习惯，有时会成为地铁国际窃贼的目标，为了不给第三只手机会，国人也需要低调和看护好自己的贵重物品，例如将钱包和手机放入贴身口袋里，不到必要时刻一般都不要掏出来。

9. 由于伦敦、曼城、格拉斯哥、利物浦以及爱丁堡等大城市公共交通网络十分发达，城际铁路与市政铁路、地铁往往交织在一起，组成庞大的交通网络，国人在换乘或者旅游的时候往往无所适从甚至出现同伴、孩童走失的情况，给预先安排的旅游计划和行程带来重大干扰和损失，因此我们在去英国旅游的时候，要善于为自己和同伴制订一个如果走失以后应如何寻找退路的应变计划，以便在紧急时刻，身边有可以实用的锦囊妙计来帮助自己和他人克服困难。一个设计好的应急策略是在自己的上衣口袋中放入中英文小卡片，上面有需要英国人帮助的短语，例如“我迷路了”“请送我回酒店”“亲友的姓名及联系电话”“请帮助我联系”等，紧急时刻，小卡片可以帮你大忙。

一、伦敦探秘，向最伟大的侦探致敬

伦敦是英国的首都及欧洲第一大城市和最大经济金融中心。2000多年前，罗马人建立了这座都市。伦敦近几百年来一直在世界上拥有巨大的影响力。城市的核心地区伦敦市仍保持着自中世纪起就划分的界限，然而，最晚自19世纪起，“伦敦”这个名称同时也代表围绕着伦敦市开发的周围地区。这些卫星城市构成了伦敦的都会区和大伦敦。伦敦是一个非常多元化的大都市，其居民来自世界各地，具有多元的种族、宗教和文化，城市中使用的语言超过300种。同时，伦敦还是世界闻名的旅游胜地，拥有数量众多的名胜景点与博物馆等。伦敦是四大世界级城市之一，与美国纽约、日本东京、法国巴黎并列。从1801年到20世纪初，作为世界性帝国——大英帝国的首都，伦敦因在其于政治、经济、文化、科技发明等领域上的卓越成就成为当时全世界最大的都市。

伦敦位于英格兰东南部，跨泰晤士河下游两岸，距河口88公里，海轮可直达。由“伦敦市”和32个自治市组成“大伦敦”，面积1605平方公里。在伦敦城周围的12个市，相当于市区，称“内伦敦”，面积303平方公里。气候冬暖夏凉，偶尔下雨，且持续时间不长。一般来说，6月份气候就逐渐好转，天空晴朗，阳光舒适。7—8月进入真正的夏天，艳阳高照，但温度在20℃左右，白昼特别长。9—10月份秋高气爽，11月下旬慢慢进入冬天，12月到来年的2—3月气温在10℃以下，但下雪的机会也不是很多。4—5月回暖，但还是保持在15℃以下的低温。伦敦年降水量为1100毫米左右。

20世纪爆发的两次世界大战给伦敦造成了严重的破坏。1940年初，纳粹德国空军对包括伦敦在内的英国城市进行了密集轰炸，造成了财产和人员的严重损失。就伦敦而言，该市东部地区受破坏最为严重，部分原因是因为当地为船坞区，是伦敦其中一条物资供应线的开端。不少在伦敦居住的人被迫疏散到英国其他地方。在德国空军的轰炸下，估计有大约3.5万名伦敦市民丧生，5万人受重伤，受损或被摧毁的建筑物数以万计，其中包括圣保罗大教堂、伦敦金融城内的多家教堂。虽然在大战之后修复工作不断进行，但是，到今日仍然可以看到不少战争破坏留下的痕迹。即便如此，不少新的建筑物也在废墟之中兴建起来。款式新颖的建筑夹杂在古旧的房屋之中，也为伦敦的市容增添了一些有趣的地方。

伦敦是英国的政治中心，是英国王室、政府、议会以及各政党总部的所在地。威斯敏斯特宫是英国议会上、下两院的活动场所，故又称为议会大厅。议会广场南边的威斯敏斯特大教堂，1065年建成后一直是英国国王或女王加冕及王室成员举行婚礼的地方。内有20多个英国国王、著名政治家、军事家以及牛顿、达尔文、狄更斯、哈代等科学家、文学家和艺术家的墓地。白金汉宫是英国王宫，坐落在西伦敦的中心区域，东接圣詹姆斯公园，西接海德公园，是英国王室成员生活和工作的地方，也是英国重大国事活动的场所。白厅是英国政府机关所在地，首相办公室、枢密院、内政部、外交部、财政部、国防部等主要政府机构都设在这里。白厅的核心是设在唐宁街10号的首相府，它是英国历代首相的官邸。伦敦不仅是英国的政治中心，还是许多国际组织总部的所在地，其中包括国际海事组织、国际合作社联盟、国际笔会、国际妇女同盟、社会党国际、大赦国际等。

伦敦是世界上最重要的经济中心之一，也是欧洲最大的经济中心。伦敦是和纽约齐名的世界最大的国际金融中心。金融业是伦敦最重要的经济支柱，从业人员约325000人（2007年）。伦敦城（City of London）或称为“一平方英里”（Square Mile）是伦敦的最大的金融中心，分布有许多的银行、保险公司和金融机构。大约有一半以上的英国百强公司和100多个欧洲500强企业均在伦敦设有总部。伦敦证券交易所是世界上最重要的证券交易中心之一。伦敦港同时也是英国第二大的港口，每年吞吐量约5300万吨。伦敦城共有500多家银行（至1991年），银行数居世界大城市之首，其中外国银行有470家，在伦敦拥有的资本总额达1000多亿英镑。伦敦是目前世界上最大的国际外汇市场，它每年的外汇成交总额可以达到3万亿英镑，全球大约31%的货币业务在伦敦交易。伦敦城还是世界上最大的欧洲美元市场，石油输出国的石油收入成交额有时一天可达500多亿美元，占全世界欧洲美元成交额的1/3以上。英国中央银行——英格兰银行以及13家清算银行和60多家商业银行也均设在这里。清算银行中最有名的是巴克莱、劳埃德、米德兰和国民威斯敏斯特4大清算银行。伦敦城是世界上最大的国际保险中心，共有保险公司800多家，其中170多家是外国保险公司的分支机构。在伦敦保险业中，历史悠久，资金雄厚，信誉最高的是劳埃德保险行。伦敦城中的伦敦股票交易所为世界4大股票交易所之一。此外，伦敦城还有众多的商品交易所，从事黄金、白银、有色金属、羊毛、橡胶、咖啡、可可、棉花、油料、木材、食糖、茶叶和古玩等贵重或大宗的世界性商品买卖。伦敦被选为2011全球时尚之都，一举击败法国巴黎、美国纽约，其部分原因也是因为威廉王子和凯特王妃的大婚，但是伦敦是一个名副其实的有着多年历史的时尚之都。

伦敦的魅力来自于其丰富的历史人文景观以及两次世界大战面对德国的飞艇、战机轰炸，甚至导弹来袭，伦敦人民所表现出的英勇、顽强、战斗到底的不屈意志。笔者推荐读者一定要去拜访的六个景点：例如大本钟、威斯敏斯特教堂、白金汉宫、大英博物馆、英国国家艺术博物馆、邦德大街等，你都可以领略到伦敦人的勇敢精神和英国建筑的魅力。但在向读者介绍前，需要向大家建议如何到达伦敦。读者们一定会觉得好笑，在现代发达的航空业和高速列车的帮助下，到伦敦也有问题吗，直接过去就好了，但问题不是那么简单，如何以最快的速度经济地到达你在伦敦的酒店或者居所才是一个好的旅行，有些玄妙是我们读者需要提前了解的。如果读者是跟团到达伦敦，那么也可以从阅读中吸取营养，从而更好地了解旅行社的服务及品质，选择最佳的时间和路线出行，是一个良好旅行计划及实施的关键。一般中国人到达伦敦可以有两种方式选择，通过空中乘飞机到达，或者乘坐欧洲之星快车从欧洲经过海底隧道到达伦敦车站。无论哪种方式都需要单独申请英国签证，因为英国不承认申根签证。读者在去伦敦的时候会发现伦敦有两个机场，希思罗及盖特威克机场。我们先来看希思罗机场，伦敦希思罗国际机场位于伦敦市中心以西 22 公里处，希灵登区南端。机场所在地在亨利五世时称为“Heccelow”，亨利七世时称为“Heccelowfeyld”，1675 年的地图上称为“Heccelow”，1754 年的地图才标为与今日发音相同的地名“Heath Row”，是伦敦环状绿带的一部分。机场跑道呈东西向，导致起降的班机必须飞越市区上空，反观其他欧洲各地如马德里、巴黎或法兰克福机场皆位于市区的南端或北端，以减少班机飞越市区带来的问题。该机场的另一个问题便是其 25 米的低海拔，容易碰到雾而造成班机停飞。国内的航空公司，一般从北京、上海、广州去英国都会首选降落希思罗机场，而希思罗机场也有便捷的地铁通往伦敦市区。笔者前往伦敦旅行的时候也是首先到达希思罗机场，在办完海关及边防检查后，就很方便地发现伦敦地铁的指示牌，在机场地铁站购买了牡蛎卡，就安全地坐上了地铁前往预订的酒店所在区域，拉瑟假日酒店，距离大英博物馆只需 15 分钟的步行时间。但是在你大包小包购物准备满载而归之时，你就会发现希思罗机场非常坑爹了，原因是太多的中国及来自世界其他地区的游客会在退税柜台前大排长龙，等你办完退税，有可能你的航班已经随风而去了，不把你气死也把你折腾得半死。因此为了省去不少烦人的麻烦，建议读者在离开伦敦的时候选择盖特威克机场出行。相对于希思罗，盖特威克机场较小，离伦敦市区也更远，但是游客也少，因此你可以有更多的时间办理退税和登机。

伦敦推荐景点

白金汉宫位于伦敦威斯敏斯特自治区，是伦敦的一处重要旅游景点，历史上每逢英国欢庆或是危机时刻，这儿也是民众一处重要的集会场所。

白金汉宫

1761 年，乔治三世获得该府邸，并作为一处私人寝宫。此后宫殿的扩建工程持续超过了 75 年，主要由建筑师约翰·纳西和爱德华·布罗尔主持，为中央庭院构筑了三侧建筑。1837 年，维多利亚女王即位后，白金汉宫正式成为王宫，此后白金汉宫一直是英国王室的府邸。现仍是伊丽莎白女王的王室住地。女王召见首相、大臣，接待、举行国家庆典和宴请外宾及其他重要活动均在此举行。第二次世界大战期间，宫殿礼拜堂遭遇德国空军的轰炸而损毁；在其址上建立的女王画廊于 1962 年向公众开放，展示皇家收藏品。现在的白金汉宫对外开放参观，每天清晨都会进行著名的禁卫军交接典礼，成为英国王室文化的一大景观。

10 月下旬一个充满阳光的周末早上，我和太太，朋友夫妇与一大群来自世界各地的游客来到了白金汉宫对面的广场上，等待看英国皇家卫兵的出操表演。由于是周末，真是游人如织，观众把广场都挤满了。由于当天有女王的授勋活动，其中就有我非常喜爱的英国网球运动员穆雷。英国警方的安保非常严密，到处都是制服和便衣警察，还有骑着高头大马的骑警。我正忙着拍摄，因为身穿红色军服，头戴熊皮帽的女王近卫军正在音乐的伴奏下列队走过，再不拍下来，我们就白起那么早了。这时候发生了一个有趣的插曲，一名可爱的英国女骑警正在微笑地疏导游人的交通，身下的高头大马打了一个响鼻，然后不失时机地在身后潇洒地拉下一地马粪。我们一帮游人看到后都会心地笑起来了，个别孩子由于实在控制不住，天真的笑声与女王的乐队也有一比。女骑警被大家搞得莫名其妙，在旁人指点下，才发现是坐骑当众糗了一把。她也尴尬地笑笑，赶忙纵马离去。但那一大坨马粪就像一个高傲的苏格兰牧羊犬仰首蹲在白金汉宫的门口，实在是大煞风景。我和朋友开起了玩笑，那名女警和骏马应该以藐视女王罪被立刻逮捕法办，而我等游客作为目击证人有功，应该被邀请免费与女王喝茶，参观白金汉宫。朋友点头称是，但问题是，我们作为证人就得站在那堆马粪边上，还要向现场的警官举报。考虑到早上还有其他的旅游项目，我们只好遗憾地舍弃这一宝贵的立功机会，跟随散场的游人离去了。

滑铁卢桥

来到了泰晤士河边，两岸的景色尽收眼底。远处的伦敦眼转盘高高耸立，坐在轮船向大本钟方向前进，而那曾经熟悉的滑铁卢桥就展现在游人面前。在夕阳的映照下，流淌的泰晤士河和岸边的古典建筑，高耸的城堡建筑伦敦塔，大本钟都让游人感觉历史仿佛凝固在了过去。看到了滑铁卢桥，笔者不禁回忆起了影片《魂断蓝桥》的场景。费雯丽所扮演的女主角玛拉在得知自己从军的爱人罗伊在战场上阵亡之后，伤心欲绝，

夕阳下的滑铁卢桥

但为了生活的重担，依然在伦敦的贫困线上挣扎，最后流落风尘。后来两人再次重逢，虽然玛拉被罗伊的痴情感动，却因罗伊家的贵族传统和守旧观念而主动离开，玛拉在默念对罗伊的爱中在滑铁卢桥上撞向军车自杀。影片中

的经典场面就是男女主人公相依在一起，在舞曲中起舞，在《友谊地久天长》的悠扬婉转之中，两人订下了终身。由于第二次世界大战英国面临灯火管制，乐池中的乐师在演奏完曲目后都吹熄了面前的蜡烛，更加增添了影片的浪漫和伤感气氛。斗转星移，物是人非，第二次世界大战的硝烟和费雯丽那天使一样美丽而纯真的笑容早已远去，而呈现在读者面前的是无尽的游人、游船和远处伦敦金融区高耸的摩天大楼。那令无数影迷和游客怀念的滑铁卢桥还静静地躺在泰晤士河上，向人们诉说着历史的沧桑，我一边举着相机拍照夕阳下的滑铁卢桥，一边大声用英语呼喊着："Vivien Leigh，where are you?"（费雯丽，你在哪呀），旁边走过的英国人看到我这样的呼喊，都报以有趣和理解的笑容，我才不管呢，只要没有人认为我有自杀倾向就行，我就站在那流连忘返，不停地拍摄，直到同伴喊我才依依不舍地离开。远处落日的余晖照耀着泰晤士河和岸上的伦敦塔以及灰白色的河边建筑。英国就像一个青春年华不再的中年妇人，虽然风韵犹在，含情脉脉，但是魅力已逐渐逝去，就像眼前夕阳下的泰晤士河，虽然壮美但是却暮色沉沉。我希望还有机会来看你，运气好的话也许能看到复活的费雯丽，我向滑铁卢桥深情告别。

福尔摩斯故居

来到英国首都伦敦，如果读者们能像我一样可以拥有一些宝贵的游览闲暇时间的话，请一定要去侦探小说家柯南·道尔笔下的福尔摩斯故居一饱眼福。笔者早在高中时代就拜读了这名享誉世界的侦探小说家的名著。其引人入胜的情节，主人公福尔摩斯的机智、幽默和独特的逻辑推理办案理论深深地打动了全世界的读者。

福尔摩斯故居

当我们乘坐伦敦地铁来到贝克街，见到了福尔摩斯故居后，恍惚间真有点时光倒转的错觉。在伦敦特有的阴雨天气中，一群来自世界各地的福粉们站在大街上准备排队进入福尔摩斯纪念馆，而所谓的纪念馆则是一栋伦敦19世纪的老宅而已。一名小伙子穿着19世纪英国警察的装束在煞有其事地查票。我们买票之后进入了福尔摩斯的故居，这所房子最初建于1815年。在1860—1934年，是作为供出租的房舍登记的。而小说中的福尔摩斯是于 1881—1902 年居住于此。后来，有人买下了这所房子，但直到 1990 年，才正式建立了这个在世界上也许是独一无二的博物馆。柯南·道尔先生在写作时，很大程度上借鉴了这一实际的背景，所以，博物馆的结构与小说中并无二致，就连从底层到一层的楼梯数都与小说中讲的一样。相同的结构加上精心的布置，使来参观的福尔摩斯迷如同置身于小说的场景之中。在那间福尔摩斯与华生合用的书房中（其实一角还有个摆着餐具的餐桌），壁炉中火烧得正旺（可惜是煤气，但看上去却相当逼真）。靠近房门的地方是华生医生的写字台，写字台前的椅子上放着一个打开的医生用的皮包，里面放满了医生用的钳子之类的医疗器械。书房的中间，是福尔摩斯和华生医生相对而坐的沙发椅，而书房的另一角，就是小说中让人难以忘记的福尔摩斯的“化学实验室”——其实就是一张书桌，上面摆着各种化学实验用具，旁边的架子上则放满了装着各种化学药品的瓶瓶罐罐。如果你再往上爬，就会发现柯南·道尔小说中的许多坏蛋也被拘禁在这所老宅中，比如说，那个著名的坏人，莫里亚蒂教授，这名博学多才的罪犯，在伦敦建立了属于自己的犯罪帝国，最后抱着我们敬爱的主人公同归于尽！从而让我们这些粉丝伤心欲绝。幸亏柯南·道尔让他的主人公复活了，福尔摩斯有机会继续为了人类的正义事业而战斗，要不然我们这些书迷有可能会不远万里来到伦敦将柯南·道尔他老人家给宰了。而这些栩栩如生的蜡像人物成为访客绝佳的拍照合影目标，因为他们不会拒绝与你站在一起而且从不收小费！你甚至可以安心就坐在福尔摩斯喝咖啡的座位上，戴上他办案的大礼帽，手拿烟斗，然后故作沉思状，你旁边的友人需要赶紧将摆出造型的你摄入画面，此时的你已然化身 19 世纪的伦敦侦探，穿越时光隧道来到伦敦阴暗的街道，准备与黑道世界的小偷、诈骗犯甚至杀人狂魔们大干一场了。

二楼原来是华生医生的卧室，两间小屋上分别标有“哈德森太太的房间”和“华生的房间”的英文字样。“专业”一些的读者自然会从中辨认出他们是哪些角色。尤其有意思的是，在全世界范围内的许多人物的心目中，福尔摩斯这样一个虚构的人物并未死去。博物馆中陈列的一些来信选辑就是证明。我粗粗地翻了翻，里面各国来信都有，除了问候类的之外，甚至还有为某些案子而求助于他的。比如一位日本女孩就在来信中讲到，她的家人在一夜之间就忽然神秘失踪了，尽管邻居向警方报了案，但是警方却一筹莫展。看到这些来信，我只好摇摇头，看来我们纷乱而不安全的世界真需要一名可以捍卫正义、公理而又能智慧地与犯罪分子和黑帮周旋的英雄侦探，这就是像福尔摩斯这样的英雄人物在人们的心目中无人可比的原因吧。我在来访簿上签下了自己的名字，国籍以及对于福尔摩斯、华生医生的祝愿，然后下楼来到旁边一家专门出售与福尔摩斯有关的纪念品商店。再转一个街口，人行道上一座福尔摩斯的全身铜像高高地站在那里。按照底座上所说，它建于1999年，看来，福尔摩斯还是活在各国人民心中的。大街上川流不息的汽车又把我的思绪从19世纪的伦敦带回到了现代社会。看来，福尔摩斯时代的办案工具，例如放大镜、烟斗、手杖、马车都已经不适应了，如果要与现代罪犯斗争，你需要大数据，无处不在的摄像头，甚至无人机来帮忙了。

伦敦眼远眺

伦敦眼（The London Eye），或又称为千禧之轮（Millennium Wheel），是世界上首座，也曾经是世界最大的观景摩天轮。它于1999年底开幕，总高度135米，竖立于伦敦泰晤士河南畔的兰贝斯区，面向坐拥国会大楼与大本钟的西敏市。伦敦眼共有32个乘坐舱，全部设有空调并不能打开窗。每个乘坐舱可载客约25名，回转速度约为每秒0.26米（每小时936米），即一圈需时30分钟。缓慢的回转速度，让摩天轮不停驶也能让乘客自由上下乘坐舱，成人体验的票价为18.5英镑。

伦敦眼本是英国为庆祝2000年的来临而兴建的暂时性建筑，原定5年后拆卸。不过它极受英国人及游客欢迎，截至2002年7月，伦敦眼已累积总乘坐人次达850万。当地市议会（Lambeth Council）于是决定长期保留伦敦眼。由于非常受伦敦市民和游客欢迎，因此来此游玩可能需要面对烦人的人流和排队。但是让我们读者足以欣慰的是，伦敦眼位于美丽而宁静的泰晤士河边，周边壮美的景色可以让我们的国人流连忘返，大本钟、国会大厦、伦敦桥都尽收眼底。因此如果有时间的话，建议读者花上一个小时的时间来排队、买票，在空中俯瞰美丽的泰晤士河以及伦敦市中心的美景，那份从空中欣赏的视角会带给游客一份对于伦敦的美好的回忆。

皇家阿尔伯特音乐厅

皇家阿尔伯特音乐厅外景

1851 年，伦敦海德公园举行万国工业博览会获得了空前成功，当时的女王丈夫阿尔伯特亲王建议兴建一个永久的展览设施。由于该计划进展缓慢，阿尔伯特亲王于 1861 年去世，未能看到他的梦想实现。然而他提议建立的纪念馆还是获得提案通过并开工建造。皇家阿尔伯特音乐厅的开幕式于 1871 年3 月29 日举行。自维多利亚女王在 1871 年为音乐厅开幕后，世界顶尖的艺术家都会出现在该地标。它每年举办超过 350 场演出，包括古典音乐演奏会、摇滚乐和流行音乐音乐会、芭蕾和歌剧、网球颁奖典礼、学校和社区活动、慈善演出和豪华宴会。音乐厅本来是被称为中央艺术科学大厅（The Central Hall of Arts and Sciences），但被维多利亚女王改名为皇家阿尔伯特艺术科学大厅（Royal Albert Hall of Arts and Sciences），献给她已故的王夫阿尔伯特亲王。皇家阿尔伯特音乐厅绝对值得国人一去，音乐厅坐落在美丽的肯辛顿公园旁边，建筑辉煌典雅，在夕阳的映照下，音乐厅红砖白瓦装饰的圆顶闪烁着金色的光芒，烘托出音乐圣殿的庄严和古朴。古朴而不失典雅的英国帝国大学的学院建筑优雅地坐落在皇家阿尔伯特音乐厅旁边的街道上，显得是那样相得益彰，周边的环境也是那么的宁静而优雅，不时有背着书包的学生走过。我和妻子在来英国之前就计划来阿尔伯特音乐厅朝圣，现场聆听一场激动人心的音乐会，许多著名的歌手都曾在皇家阿尔伯特音乐厅举行音乐会，包括享誉世界的摇滚歌手鲍勃·迪伦、披头士乐队、滚石乐队、英国著名歌手 Elton John，甚至大陆歌迷耳熟能详的香港歌手罗文、陈奕迅及容祖儿。

2013 年 10 月我和太太前往阿尔伯特音乐厅去朝拜的歌手是欧美乐坛一位超级巨星葛洛丽亚·伊斯特芬（Gloria Esterfan）。美丽聪颖的 Gloria 1957 年 9 月 1 日生于古巴哈瓦那，本名为 Gloria Fajardo。Gloria 的父亲为前古巴军官，亦为 Batista 总统的保卫官。Gloria 两岁的时候，古巴革命爆发，Gloria 一家移民到美国迈阿密。在读高中期间，一次上音乐课时认识了在该堂课做临时教授的 Emilio Esterfan，当时的 Gloria 在迈阿密机场打工，担任西班牙语与法语的翻译人员。Emilio Esterfan 邀请 Gloria 加入他的 Miami Latin Boys 乐队，他们的第一次合作是在一个婚礼上演唱歌曲，Gloria 还是在母亲的陪伴下才答应出席这次表演，之后在爱情和追求音乐事业的帮助下，Gloria 与 Estefan 喜结连理，二人成为乐坛的黄金搭档，而 Gloria 也成为乐队 Miami Sound Machine 的主打歌手。

1979 年到 1983 年间，Miami Sound Machine 为 CBS 唱片灌录了 5 张西班牙语专辑。1984 年，该团推出了首支英语演唱的单曲 Dr. Beat，结果在英国舞厅大受欢迎，并在全英热门单曲榜上名列第六名。这是 Miami Sound Machine 首度在美国以外的非拉丁语市场获得的成功。

1985 年，Miami Sound Machine 在日本第十五届东京音乐大赛中赢得大奖。同年，迈阿密地区将 Esterfan 伉俪居住的那条街命名为 Miami Sound Machine 大道，褒扬由这对夫妇领衔组成的这支乐队为迈阿密所赢得的荣誉。

1986 年 2 月，一首改编自古巴街头传统舞曲的 Conga 打入了全美流行单曲前十名，紧接着趁热打铁推出的 Bad Boy 和该团第一首英文抒情曲 Words Get In The Way 则在同一年度分获第八和第五。这些歌曲的母专辑 Primitive Love 在全美专辑榜的最高名次为 23 名。自此开始，Miami Sound Machine 就依循着热情拉丁舞曲和 Gloria 创作的抒情歌曲交相搭配推出的模式在乐坛打出自己的名号。

1987 年初，在亚洲地区非常受欢迎的 Falling In Love（Uh Oh）一曲在全美排行名列 25 名，由于 Gloria 耀眼的主角地位已受听众认同，因此乐团在本年度更名为 Gloria Esterfan & Miami Sound Machine。团名变动后推出的第一首拉丁舞曲 Rhythm Is Gonna Get You 获得全美排行第五名，专辑 Let It Loose 则托 1988 年冠军情歌 Anything For You 之福，打进美国专辑榜前十名，最高名次获得第六名，在美国一地就有超过 200 万张的销售纪录。Anything For You 是 Gloria 到目前为止最畅销的一首单曲，它在荣登全美排行冠军宝座后，应听众要求还陆续加录了西班牙语和西班牙、英语混合语版。英语版的 Anything For You 在英国也有第十名的佳绩。另一首自 Let It Loose 中选出的单曲 1-2-3 在英国获得更好的成绩，最高名次为第九名。1987 年底，Gloria Esterfan & Miami Sound Machine 在公告牌杂志年终统计结果中囊获了最受欢迎成人时代单曲、最受欢迎流行单曲、最受欢迎成人时代曲艺人、最受欢迎团体专辑、最受欢迎流行乐艺人、最受欢迎流行乐制作人以及最热门跨榜艺人等多项头衔。

1989 年，Gloria Esterfan & Miami Sound Machine 赢得了第 16 届全美音乐奖的最受欢迎流行/摇滚团体奖项，接下来推出的抒情曲 Here We Are 在美得到了第六名，之前在美国获第六名的另一首情歌 Can’t Stay Away From You 此时在英国得到了第七名，而一张收录过去畅销金曲，只在英国一地发行的精选专辑 Anything For You 更在全英专辑榜上称雄，荣获冠军。

1989 年 7 月时，乐团的名字再次更改，这次更简单地缩减为 Gloria Esterfan，尽管 Gloria 和乐团的合作仍持续进行着，此时的她已以个人姿态出现在大众面前。以个人名义推出的首张专辑 Cuts Both Ways 在美排行名次最高为第八名，销售量亦超过了 200 万张。这张专辑在英国的成绩更好，雄踞英国专辑榜榜首。从中抽出的第一支出自 Gloria 笔下的抒情作品 Don't Wanna Lose You 在英获第六名，在美则为冠军纪录。年底时，第二支歌如其名的单曲 Get On Your Feet 在英美分获 11 和 23 名。1990 年，Gloria 担任了第 17 届全美音乐颁奖典礼的主持人之一。不久之后，Gloria 和乐队与纽约 21 俱乐部获得水晶球奖，表彰他们在本国以外地区唱片销售量达 500 万张以上的杰出成就。

1990 年 3 月 20 日，Gloria 在车祸中负重伤。但她以惊人的毅力复出，不仅以出版新唱片来表现了她强韧的生命力，更在康复后不久即展开全球巡回演出，直接在歌迷眼前展现她毫不逊于以往的热力歌舞。Gloria 复出后耀眼的表现为她赢得了 14 届拉丁音乐奖的终身成就奖。同时 Gloria 也没有忘记康复期间社会各界所给予她的支持鼓励，除了参加多项公益活动演出外，还赞助许多慈善机构，向穷人提供经济援助。种种义举使 Gloria 在 1992 年时获 28 届音乐及表演艺人人道主义特别奖。回顾 Gloria Esterfan 的音乐生涯，全球累积超过 7000 万张的专辑销售，三座格莱美奖与 1 座拉丁格莱美奖。这一切写下流行乐坛史上最成功的拉丁跨界艺人纪录。其热情奔放的舞台动作，音域宽广的嗓音，以及其战胜车祸及伤痛的战斗意志，使得 Gloria 成为笔者最崇拜的西方现代歌手之一，因此虽然不远万里来到伦敦观光，也要挤出宝贵时间来向一位坚强的母亲，追求艺术完美的音乐人致敬。

购买阿尔伯特音乐厅的门票流程十分简单，在网站上使用关键词搜索伦敦皇家阿尔伯特音乐厅，然后去其官方网站上注册一个个人账号，你就可以在网上访问音乐厅的演出档期，在发现你心仪的演出或者歌星后，你可以在网上使用信用卡直接购票。购买成功后，可以让音乐厅给你寄来，由于笔者是在国家区域购买的演出门票，我选择了在演出开始前个人带上购买确认单去自取。

皇家阿尔伯特音乐厅内景

演出开始前，我和太太在附近溜达了半天，尽其所能地拍摄了夕阳下美丽的音乐厅外景，这才从容地去售票处取票。售票处的老太太非常友好，看到我们这样的亚洲面孔，非常热情地问我们从哪里来。我也大方地答复，我们来自中国的北京。老太太睁大了眼睛看着我说："啊，那么远的地方，我没有去过。一定很好玩，这是你们的门票，欢迎来伦敦，祝你们观看愉快!"真是太客气了，我非常礼貌地向老太太脱帽致意，就和太太走进了演出大厅。由于提前了一个小时，我们都有点饿。好在英国人想得十分周到，演出大厅都有现成的咖啡厅售卖咖啡、饮料和快餐。已经有许多观看演出的伦敦观众在排队了，我也赶快挤过去买了两个三明治啃起来。顺便观察了英国人的着装，由于是正式的音乐会演出，我有点担心我们的行头有些不合时宜。我们都穿着牛仔裤、休闲鞋，而英国伦敦素有世界绅士之都的美誉，我在想象着男人们都会穿燕尾服、西服，女士们会穿晚礼服出席。要是那样的话，我们这对来自中国的夫妇就糗大了。不过还好，尽管中老年伦敦观众都还是穿着西服、连衣裙等正装出席，还是有不少年轻观众来捧场，他们的穿着就随便多了，尽是休闲服装加上牛仔裤。我松了一口气，否则真有点担心礼貌而较真的英国人会把我们这对远方的客人拒之门外，那样的话就只好扫兴地退票了。

演出即将开始，观众越来越多，我们跟着大家鱼贯而入。由于对 Gloria 的敬意，我买了二楼的包厢席，每个包厢内可以坐 8 个人，分两排落座，事后证明这是一个非常得体的安排。音乐厅的装修富丽堂皇，使人有肃然起敬之感。演出正式开始了，美丽的 Gloria 穿着红色的连衣裙就像一个绽放的牡丹一样，满含笑意地站在观众面前。有部分热情的观众起立为她鼓掌，我和太太都有一种预感，Gloria 今晚将用她那热情奔放的舞蹈和嘹亮宽广的歌喉给伦敦观众带来一个光芒耀眼的演出，观众将会如痴如醉地被她的魅力所引导。果然，在唱了几首传统的拉丁情调的情歌以后，Gloria 将其节奏感极强的歌 Don't Stop（你不能停止！）带给了观众，在强劲的打击乐伴奏下，Gloria 优雅地脱掉了她那肥大的连衣裙，在观众的惊呼声中露出了她那健美的身躯。我们包厢内的观众还算比较内敛，大厅一楼的观众算是彻底疯狂了，他们都站了起来，排起了人浪，就着音乐的节拍，与 Gloria 一起跳了起来。看到全场观众们的热情都沸腾到了极点，Gloria 又适时地跳入了观众中，接受人们的鲜花和拥抱。我们在包厢中已经看不到歌手了，只有乐队在乐池中列阵，以及欢乐的人群和歌声的海洋，舞台顶部强光灯束在音乐的强烈节奏下来回扫射人群，使得音乐会进入了高潮阶段而久久不能退去。我都有点不敢相信自己的眼睛，一向以矜持、守旧和绅士派头著称的伦敦人如何像南美的巴西人那样如此热情奔放呢。也许是 Gloria 太会调动观众了吧，看着已过中年的 Gloira 在那又蹦又跳，满头大汗地歌唱，我心中真是深深地佩服。真是一位不知疲倦的女性，你真的就如你那歌曲一样，人生奋斗的脚步从不停止呀，今晚属于你，美丽的 Gloria，我们为你的才华和战斗精神而倾倒！也赞美伦敦，你的才华，你的魅力在此时此刻属于世界！如果读者有机会来到伦敦，也请花费一个晚上来欣赏伦敦最有特色的音乐会吧，那会让你大开眼界，看到伦敦人民热情奔放的另一面。

如果有机会来到阿尔伯特音乐厅，也不要错过观赏壮观的阿尔伯特纪念亭（Albert Memorial）。

位于英国伦敦肯辛顿公园，皇家阿尔伯特音乐厅北侧。它是维多利亚女王为纪念她 1861 年死于伤寒的王夫阿尔伯特亲王，由乔治·吉尔伯特·斯科特设计，哥特复兴风格。1872 年 7 月，维多利亚女王为其揭幕，1875 年举行了阿尔伯特亲王雕像安放仪式。阿尔伯特纪念亭包括一个华丽的凉亭，一个哥特式风格的祭坛。在纪念亭的中央端坐着金质的阿尔伯特亲王雕像。穿过岁月的沧桑，阿尔伯特亲王那深邃的目光在注视着伦敦的成长，见证着战火、硝烟、和平的阳光，纯真的爱情和人民对于美好生活的向往。阿尔伯特纪念亭高 176 英尺（54 米），建造历时 10 年之久，花费 12 万英镑。

阿尔伯特纪念亭

大英博物馆

访问英国和伦敦，如果没有机会去一趟大英博物馆，我的朋友，我只能说，你真的是白来了。大英博物馆，我向读者们推荐，应该是我们必去的第一景点，这就是笔者和朋友来到伦敦一定要选择酒店就在大英博物馆附近的原因，没事就可以去转一圈。无论是大英博物馆的藏品，其媒体主办的各种专题展览、演讲会还是其正在演变的多媒体演示环境，大英博物馆都应该是世界最好的博物馆之一。这里的藏品包罗万象，体现了大英帝国昔日的辉煌，因为不少珍贵的展品都是英国军队以及探险家从当地“偷”来的。例如在其展览的巴特农神庙祭祀仪式雕刻的说明中，英国人有趣地描写道：由于当地希腊政府疏于管理，盗窃和气候的破坏，这里的古迹濒临灭绝。为了挽救人类建筑历史的瑰宝，英国探险家冒险将有关石雕运往英国加以妥善保护。而在旁边阅读有关描述的希腊游客显然不领受这份“友情”，他举起双臂大声叫道：“这就是赤裸裸的抢劫。”我点点头，表示同意，因为我们国家的艺术珍宝也被英国人不小心“送”到了这里。这里最著名的展品有埃及的木乃伊，古希腊的巴特农的神庙及其人物、宗教仪式雕像，古罗马帝国的人物雕像，那位著名的独裁者恺撒的雕像（半边脸已经被历史给劈掉了），中国古代伟大的书法家王羲之的真迹，中国明清两代著名书画家的字画，以及中国宋代以后的精美陶瓷艺术，你都可以在大英博物馆中一览无余。这里是人类艺术和历史古迹的圣殿，人类文明探索的宝库。因此，在这里逛上一两天绝对是物有所值。在看展览的时候，看到一队队的英国中小学生在老师的带领下，手拿画板和笔记本对着一些古埃及，古罗马的石雕进行素描，我真的是羡慕得流口水，真希望穿越到伦敦的小学中与他们一起来欣赏人类文明的宝藏。

大英博物馆

英国国家艺术博物馆的肖像画

丘吉尔雕像

当你来到伦敦议会广场，在举起手机拍照的时候，就会发现一个老头雕像矗立在议会广场对面的街心花园里。这尊雕像就是英国历史上最伟大的首相，温斯顿·丘吉尔。请注意笔者的言辞，最伟大的首相，没有之一，而丘吉尔对于人类社会的主要贡献就是带领英国，某种程度上也引领了世界人民，击退了纳粹德国的猖狂进攻，联合了苏联、美国的力量，将纳粹主义及其创始人希特勒埋葬在了柏林的废墟里。

1940 年 5 月 8 日，由于前首相张伯伦遭到不信任质疑动议，被迫辞职。5 月 10 日下午 6 时，国王召见丘吉尔，令其组阁；一小时后丘吉尔会见工党领袖艾德礼，邀请工党加入内阁并获得支持。3 天后丘吉尔首次以首相身份出席下议院会议，发表了著名的讲话。这样的讲话即便在今天的和平年代来观赏，也让人们不禁热血沸腾。

丘吉尔塑像

“我向国会表明，一如我向入阁的大臣们所表明的，我所能奉献的唯有热血、辛劳、眼泪和汗水。我们所面临的将是一场极其严酷的考验，将是旷日持久的斗争和苦难。若问我们的政策是什么？我的回答是：在陆上、海上、空中作战。尽我们的全力，尽上帝赋予我们的全部力量去作战，对人类黑暗、可悲的罪恶史上空前凶残的暴政作战。这就是我们的政策。我们务必认识到，没有胜利就不复有大英帝国，没有胜利就不复有大英帝国所象征的一切，没有胜利就不复有多少世纪以来的强烈要求和冲动：人类应当向自己的目标迈进。”

上任后丘吉尔首先访问法国，他惊讶地得知法国即将投降，但是他向世界表明，即使法国被打败了，英国仍将继续战斗。5 月 26 日，丘吉尔下令撤出在法的英军，代号为“发电机计划”的敦刻尔克大撤退开始。在短短的 8 天中，被围困在敦刻尔克周围一小块地区的盟军奇迹般的撤出 33 万多人，英国政府号召英国沿海居民利用自己的小艇救援在海峡对岸的士兵，连海军部的军官们也加入救援行列。6 月 4 日也就是整个欧洲被纳粹铁蹄践踏，英国最为孤立无援的黑暗时刻，丘吉尔在下议院通报了敦刻尔克撤退成功，但是也提醒“战争不是靠撤退打赢的”。

之后丘吉尔就发表了大概是第二次世界大战中最鼓舞人心的一段讲话：

“我们将战斗到底。我们将在法国作战，我们将在海洋中作战，我们将以越来越大的信心和越来越强的力量在空中作战，我们将不惜一切代价保卫本土，我们将在海滩作战，我们将在敌人的登陆点作战，我们将在田野和街头作战，我们将在山区作战。我们绝不投降，即使我们这个岛屿或这个岛屿的大部分被征服并陷于饥饿之中——我从来不相信会发生这种情况——我们在海外的帝国臣民，在英国舰队的武装和保护下也会继续战斗，直到新世界在上帝认为适当的时候，拿出它所有一切的力量来拯救和解放这个旧世界。”

我不能说我个人是重感情的人，但是亲爱的读者，每当我与大家来分享上述丘吉尔的讲话，我都不禁热泪盈眶。这老家伙真是拼命了，英国作为一个伟大的民主国家，其人民非常幸运地在其最艰难凶险的时刻拥有像丘吉尔这样勇敢无畏而睿智精明的政治家，带领英国民众反对纳粹的暴政。此时此刻，站在伦敦的心脏，面对丘吉尔的雕像，笔者只能默默地举起相机向这位英勇无畏的领袖发起出自内心的敬意。在光明与黑暗、自由与恐怖战斗的关键时刻，人民的心在颤抖，善良而无助的人们在流泪，失去父母的孤儿们在啼哭，我们需要钢铁般意志的领袖来带领我们前进，而丘吉尔就是那位命运之神所眷顾的幸运儿。德国空军从1940 年的 11 月 3 日，以每晚平均 200 架飞机的数量连续 57 天对伦敦进行轰炸，仅头两天就造成 800 多人死亡。许多伦敦最美丽的建筑被炸成了瓦砾，美丽庄严的圣殿大教堂就遭到了燃烧弹的攻击。但伦敦人民没有屈服，英国人民没有屈服，英国的军队也没有屈服，他们在空中，海洋和陆地上战斗，就像丘吉尔演讲中所描述的那样英勇不屈，没有被德国空军的攻势所吓倒。因此当我们来到伦敦旅游，在我们徜徉在宁静的泰晤士河边，在我们登上伦敦塔瞭望两岸美丽的景色之时，我们应该记住，伦敦是一个经历了血与火考验的城市。在强大的敌人面前，面对自己被摧毁的家园和大街上亲人面目全非的尸体，伦敦人民没有屈服，他们选择了战斗。从而为千百万被纳粹暴政奴役的人民带来了最后的希望。

二、诺贝尔奖的圣地：牛津和剑桥

我们来聊聊牛津。牛津因闻名于世的美丽学府和遍布教授、学生的大学城，使它成为人们极度梦想的城市。9 世纪建立，距今有 1100 多年历史的牛津城是英国皇族和学者的摇篮。大学城，遍布城市各个角落的创新企业，特别是高科技产业使牛津这座古老的城市焕发了青春的活力。

牛津市从7世纪已有人在那里居住，到912年，它已成为英格兰的一个要地。“津”意为渡口，泰晤士河和柴威尔河在此汇合，当时河水不深，用牛拉车即可涉水而过，牛津由此得名。两地河流依然，原来的桥和牛车涉水过河的痕迹早已消失，但牛津桥却越来越多地吸引着世界各地的来访者和游客。而如潮来的访客主要是奔着牛津大学（Oxford University）。这个大学城在过去800多年中，为全世界培育出许多杰出人士。1167年英格兰与法兰西战争之际，一些在巴黎大学研究的学者离开巴黎至牛津定居，同时吸引更多学者前来；12世纪末，牛津大学已成规模；13世纪中期之后各个学院陆续成立，开始牛津大学的璀璨岁月。

作为英国乃至世界最古老的大学之一，牛津大学为世界贡献了无数跨越历史长河的英豪才俊，在近800年的历史中，牛津大学培养了至少来自7个国家的11位国王，6位英国国王，26位英国首相（其中包括格莱斯顿、艾德礼、撒切尔夫人和布莱尔）、来自19个国家的53位总统和首相（如美国前总统克林顿）、47位诺贝尔奖获得者，12位圣人，86位大主教以及18位红衣主教和一大批著名的科学家，如经济学家亚当·斯密、哲学家培根、诗人雪莱、作家格林、化学家罗伯特·玻意耳、天文学家哈雷等。而中国近代著名文学家钱钟书与妻子杨绛亦在牛津大学获文学博士学位，毫不夸张地说牛津是世界优秀人才的大本营。

构成牛津大学的学院有许多在13—16世纪创立，基督教会学院是1525年渥西枢机主教创建，作为培训主教的教会学院。默顿学院是牛津最古老的学院（1264年）。其他有：新学院（1379年）、皇后学院（1695年）等。每所学院均有其辉煌的历史、神话般的建筑遗迹，可以描画出各种有趣的史实。17世纪内战期间许多战役在牛津附近开打，此地曾为受学生支持的查理一世的总司令部。当保皇党员被迫逃离牛津时，克伦维尔自封为大学的校长。创立于1525年的基督教会学院（Christ Church College），是牛津大学最大的学院，曾在内战时作为查理一世的临时首都，最引以为傲之处就是在近代200年内产生了16位英国首相，不过也是门票最高的学院。

进入基督教会学院后，仍要依循游客参观路线行进，以免打扰学生与教职员的工作作息。基督教会学院的参观重点包括古色古香的回廊和大教堂（Cathedral），回廊的历史可追溯至15世纪，而基督教会教堂虽然是英格兰最小的教堂，但建筑本身和内部设计都值得细细浏览，特别是圣坛旁名为圣凯萨琳之窗（St. Catherine's Window）的彩色玻璃窗，把《爱丽丝梦游仙境》中爱丽丝的姐姐爱蒂丝（Edith Liddell）描绘成圣人，相当有趣。

1264年建立的摩顿学院（Merton College）是牛津大学的第一个学院，中世纪时就在科学研究领域享有盛名，机械、几何、物理等成就均相当杰出，摩顿学院同时拥有牛津最古老的学院建筑，以及建于1378年全英格兰最古老的图书馆。1348年的黑死病夺去许多人的生命，其中也包括许多教职人员，为了让教育能延续不绝，被称为英国公立教育之父的威廉（William of Wykeham），特地在牛津创立新学院（New College）教授传道士学问知识，以递补死于黑死病的教士。瓦德汉学院（Wadham College）的成就是瓦德汉夫妇的一段传奇故事，虽然这个学院是由瓦德汉先生所创建，但他死后由瓦德汉夫人发扬光大。75岁的瓦德汉夫人是一位意志坚毅的教育者，在瓦德汉先生死后，她仍致力于瓦德汉学院的事业，甚至从她家乡请来自己的建筑师整建学院，瓦德汉学院礼拜堂的彩绘玻璃即为其中一绝。

与摩顿学院比邻而居的基督圣体学院（Corpus Christi College），有两大吸引游客之处，首先是学院中庭的日晷柱，从17世纪起耸立于此地，可见证牛津科学之昌明，参观完日晷柱之后，记得绕往学院后方，从这里可以直接欣赏基督教会学院绿油油的广大草原，也是《爱丽丝梦游仙境》童话故事的背景起源。

牛津坐落于伦敦西北约90公里，伯明翰东南的70公里。连接伯明翰及伦敦的M40快速公路途经牛津市，A34亦途经牛津市并形成西面的绕道。

牛津火车站提供铁路前往英国多个地区，包括伦敦帕丁顿车站、伯明翰等。

从牛津到伦敦帕丁顿的火车每30分钟一列，单程票价14.9英镑，1小时到达；

从牛津到考文垂的火车每30分钟一列，单程票价15英镑，1小时到达；

从牛津到伯明翰的火车每30分钟一列，单程票价18英镑，1.5小时到达；

从牛津到伍斯特的火车每30分钟一列，单程票价11.5英镑，1小时20分钟到达；

从牛津到赫里福德的火车每30分钟一列，单程票价14.7英镑，5小时到达。

公路

从伦敦到牛津

可以在伦敦Marble Atch、Notting Hill Gate地铁站或维多利亚车站乘坐到牛津的巴士，行车时间1小时40分钟，每15—20分钟一班，往返票价11英镑。

从希思罗机场到牛津

希思罗机场中央车站有到牛津的班车，往返票价20英镑，行车时间约1小时20分钟。

前往其他地方的大多由National Express公司经营：每天有5班车前往伯明翰，9.25英镑，2小时。

人文荟萃的牛津是英国知识的殿堂，连书店都相当有看头，拥有存书2万册以上的布雷克威尔书店（Blackwell's Bookstore）已经成为游客造访牛津的观光点之一，在此可一窥牛津知识宝库之究竟，不仅沐浴在牛津学术风中，还可选购几本喜爱的书。充满学术氛围的牛津，书店的密度也相当高。在这里可以买到世界各地出版的书籍，即使书店没有现货，也可以代为邮购。世界上最大的学术书店Blackwell，就位于博德莱安图书馆对面。

牛津附近的折扣村Bicester是欧洲最著名的名牌折扣村之一，各种欧洲一线品牌常年打折，尤其是英国本地品牌，是最佳的购买地点。

地址：Bicester Village

交通：在牛津格罗切斯特·格林汽车站坐X5号公共汽车，到Bicester Village下车，车程约20分钟，往返票价8英镑。或者在兰道夫旅馆门口坐27号公共汽车，票价稍低，不过要花40分钟左右。

彼斯特名牌购物村

彼斯特名牌购物村（Bicester Village）是英国最著名购物村之一，又可称之为“名店村”，和巴黎的 La Vallé Village 齐名。这里是许多游客购物必经之地，每年有很多欧洲游客圣诞节之前专门到这里来买东西。

基督教会学院教堂

牛津的夜生活很安静，很少有喧闹的酒吧，学生们更喜欢在咖啡馆和俱乐部中高谈阔论。演出实验戏剧的小剧场、放映经典影片的电影院也是学生们的最爱，也为大学城增添了浓浓的书卷气。在白天，划着船游览牛津各个学院也是一件赏心乐事。曼达琳桥、Folly 桥或 Bardwell 路都可以租到小船。划船还是一项传统的竞技活动，主要的院际划船比赛在 5—6 月持续 8 个星期，8 月则会举行盛大的牛津城市皇家赛舟会。牛津市不大，但麻雀虽小五脏俱全，为了满足来自世界各地的学生的需要，各种风味美食都不难找到，当然也有中国人开的中餐馆。想要找便宜可口的饭菜可以去 Cowleylu 路上的学生一条街。

剑桥大学（University of Cambridge）成立于 1209 年，最早是由一批为躲避斗殴而从牛津大学逃离出来的老师建立的，亨利三世国王在 1231 年授予剑桥教学垄断权。剑桥大学和牛津大学齐名，为英国的两所最优秀的大学，由于这两所古老的大学在办学模式等很多方面都很相似，故常被合称为“Oxbridge”（牛剑）。

剑桥大学位于伦敦北面 50 公里以外的剑桥镇。剑桥镇本身是一个拥有大约 10 万居民的英格兰小镇。这个小镇有一条河流穿过，称为“剑河”（River Cam 又译“康河”）。剑河是一条南北走向、曲折前行的小河，剑河两岸风景秀丽、芳草青青，河上架设着许多设计精巧、造型美观的桥梁，其中以数学桥、格蕾桥和叹息桥最为著名，剑桥之名由此而来。剑桥大学本身没有一个指定的校园，没有围墙，也没有校牌。绝大多数的学院、研究所、图书馆和实验室都建在剑桥镇的剑河两岸以及镇内的不同地点。

跟牛津大学一样，剑桥大学一开始也没有自己的房子。他们在租来的房子里讲课和生活，哪里有地方就在哪里。大学生们从一开始就住在旅舍（hostel）里，由店主负责监督。1280 年，在这种私人旅舍被有着自己的校舍和捐款的学院取代之前，全城已经有 34 家这种大学生公寓了，捐款能保证学院的持久性和独立性。

1284 年，艾利修道院的休·德·巴尔夏姆主教创办了剑桥的第一所学院彼得豪斯学院，学院章程依照的是比牛津早 20 年的主教学院、默顿学院的模式。彼得豪斯学院设有一位院长和十四名院士，两位大长老负责每天的礼拜，两名财务主任负责财务管理，一位募捐负责人，能付得起钱的时候还请一名门房。除去二三名贫困学生，这是一个获得学位者的群体，一个高级大学生机构，按照巴黎索邦学院的模式。直到爱德华二世创建的国王学院，才在 14 世纪初期形成了指导性方案：以学院作为学生的学习和生活集体。人们称那些学生为国王的孩子们，入学年龄为 14 岁左右。

第一次世界大战期间剑桥是一座卫戍城市。护士们住进了学院里，战地医院设在板球场上。不久，礼拜堂里就开始没完没了地举行悲伤的追思祷告了。到 1918 年 11 月 11 日圣玛丽大教堂敲响宣告停战的钟声为止，仅剑桥就有 2000 名学生阵亡。20 世纪 20 年代的情形，仿佛爱德华时代又回到了学院里，永远年轻、迷人的鲁珀特·布鲁克的精神，美人和智者围聚在他周围，一个撑船比赛、五朔节集会和布鲁莱利口酒的世界。两场大战之间的剑桥是一个快乐优雅和知识论争的地方，代表人物有伯特兰·罗素、梅纳德·凯恩斯、路德维希·维特根斯坦。哲学、经济和自然科学发达，学生戏剧和道德科学俱乐部赫勒蒂克斯或所有俱乐部中最高档的使徒俱乐部等辩论协会也很兴旺。希特勒的上台让这些争论变成了血淋淋的现实。弗吉尼亚·沃尔夫的侄子朱利安·贝尔及其朋友约翰·康福德就属于在西班牙内战中阵亡的年轻的剑桥志愿者，书包里装着《资本论》。

1933 年后，很多大学生和教师觉得马克思主义是唯一值得钦佩的选择。国王学院的院士、历史学家埃里克·霍布斯鲍姆甚至直到 1990 年都还是共产党员。不光是克格勃在剑桥知识分子的这个优秀环境里征召像基姆·菲尔比和安东尼·布兰特这样的名间谍；英国情报部门也在那里为它的布莱奇利公园里的密码破译小组找到了了不起的人才，首先是数学家艾伦·图林，他为破译德国国防军的恩尼格玛密码作出了重要的贡献。仅仅在1938—1939年就有近4万犹太人逃亡到英国寻求避难。他们中有一位是来自蒂宾根的18岁的戈特弗里德·埃伦伯格，他以杰弗里·埃尔顿的名字在剑桥成为国内最重要的都铎史历史学家之一。在希特勒时代，只有1/10的避难申请者能被英国接受，这是限制性英国移民政策的结果。大学援助委员会是于1933年开始工作的援助组织，当时，在它的帮助下，首先是流亡的自然科学家在剑桥找到了避难所，其中有维也纳化学家马克斯·佩鲁茨，他于1947年建立了享誉全球的分子生物学实验室。因为他的毕生事业，对血红蛋白的研究，佩鲁茨于1962年和他的同事约翰·肯德鲁一起荣获诺贝尔奖。

今天穿行在剑桥大学，几乎在所有的学院都能看到第二次世界大战阵亡者纪念碑，单在彼得豪斯学院这样一所小学院里，纪念碑上就刻有60个名字，三一学院有389个。1945年后废除了在夜色降临后上街必须穿长袍的规定——大变化的一个小信号。学生人数剧增，从不足6000人（1938年）上升到1.2万人（1984年）。今天大学共有31所学院，约1.7万名学生。新建的学院里有些是纯粹的研究生院：达尔文学院、沃尔夫森学院、克莱尔学堂。大学大大超出了市中心。这一发展始于1934年新建的大学图书馆，到20世纪末就在城西出现了一个新校园。自然科学在那里占主导地位，这不是没有道理的。

1970年，由三一学院发起的科学公园成了高技术研究和经济、“市镇”和“学院”之间的催化剂。剑桥以自然科学为主，但也没有丢弃它在社会科学各学科中的传统优势。由工程系发展成了一个独立的新学院——工学院。这一切发生的背景都是那只将剑桥（和牛津）看作古老的教育精英遗物的高校政策。牛桥的目标是培养绅士，而不是培养商人：撒切尔政府从萧伯纳的名言中得出了惨重教训。大学也应该遵循新的、商业化的优先政策。引进了效率检查、产品证明，大幅度削减了政府补贴。人员众多的导师制受到的影响尤其大。工党政府也对剑桥继续推行节约和惩罚方针。托尼·布莱尔和玛格丽特·撒切尔两人都是牛津的毕业生，对将他们培养出来的这种大学精英原则结成了近似弑父的同盟。工党理论家们不是改进国家的教育制度，而只是非难私立学校的优势。尽管如此，相对于私立学校仍然比例过大的47%，剑桥大学在1999年还是成功地将国立学校的新生比例提高到了53%。它执行一种尽可能是精英阶层的入学政策，坚持既促进机会均等又不放弃要求成绩优异的原则。

剑桥大学的辍学率至今仍是全英国最低的（英国为1%，德国为

50%左右）。剑桥大学有31个学院，3个女子学院，2个专门的研究生院，每个学院都有各自的风格。剑桥大学最大的特色是学院制，剑桥大学中央不过担当一个像联邦政府的角色，掌管一些宏观的事情，35所风格各异的学院史背景不同，每个学院在经济上自负盈亏，因此各个学院在行政财务、招生教学上都有很大的自主权。各学院内部录取步骤各异，每个学院在某种程度上就像一座微型大学，有自己的校规校纪。在毕业典礼上，每个学生都要由学院院长牵手引到校长面前跪下，接受祝福，象征由学院教导成才。历年来有90多位教职员曾获诺贝尔奖。

剑桥大学有教师（教授、副教授、讲师）1000余名，另外还有1000余名访问学者。剑桥大学共有全职学生18071名，其中包括5969名研究生，70%的研究生来自其他大学，研究生中38%是欧盟以外的留学生，全校学生中女生占46.7%；全校各专业，各年级留学生总人数美国留学生最多大约680名，来自中国的次之，约620人。大学校监为森斯伯瑞男爵，设一名常务副校监主持日常工作。剑桥大学以其高素质的教学和研究水准而闻名。剑桥大学的学生参与多种业余活动，其中划船是最流行的体育运动，剑桥大学各学院间经常比赛，而且剑桥大学每年都会与牛津大学举行划船比赛。各学院间还举行其他各种体育比赛，包括橄榄球、板球、国际象棋等。2009—2010年度剑桥大学总收入约19.8亿美元，位列全英第一（前三甲为牛津大学，约14.5亿美元，伦敦大学学院UCL，约12.6亿美元），为世界最富有的大学之一。学校近800年的历史，涌现出牛顿、达尔文等一批引领时代的科学巨匠；造就了培根、凯恩斯等贡献突出的文史学者；培养了弥尔顿、拜伦等开创纪元的艺术大师，从这里走出了多位英国首相以及70多位诺贝尔奖获得者，这些都为剑桥大学奠定了世界近现代学术文化中心的伟大地位。

漫步在剑桥那绿草如茵、风景如画的校园中，你会不由自主地去寻找徐志摩描述的那座康桥，你会回忆起自己的大学和学生时代的美好时光。在蒙蒙细雨中，你是否会感觉到剑桥学子那种探索科学的执着，快乐和任性呢。让我们荡起双桨吧，我们跟随着众多的游客走到桥下，让一位特有教授范的英国人做了我们的船夫，为我们在雨中划起了剑桥河中的一页扁舟。我们又看到了无数美丽的桥，我觉得它们都像康桥，又都不是。管它呢，前面剑桥著名的数学桥映入眼帘，由于其独特的支撑结构完全由数学公式引导，从而不需要一根河中的支撑柱加以支撑，从而称为数学桥。我为剑桥人的独具匠心深表赞叹。能够穿越历史而永恒的是真理和科学。

三、不屈的苏格兰

当笔者和家人、朋友乘坐火车从伦敦前往苏格兰的首府爱丁堡的时候，我就非常激动地用手机沿途拍摄所经过的各个车站的境况以及英国大地的田园景色，不仅仅是我们心中对于苏格兰的热爱和向往，而且笔者心底的梦想即将实现，在有生之年去拜访《勇敢的心》男主人公的故乡。对，一定要去，去看看他生长的土地，去看看他为之奋战一生的人民，去看看他不屈不挠、战斗不息的精神源泉。这个人是谁呢，我想读者们已经猜到了。他就是苏格兰最伟大的儿子，威廉·华莱士。我记得是在千禧年在美国开始工作的时候，观看了好莱坞的史诗巨片《勇敢的心》。影片讲述了苏格兰农民在威廉·华莱士的率领下，奋起反抗英格兰的暴政，保卫自己家园的历史故事。威廉·华莱士的扮演者，澳大利亚人梅尔·吉布森是笔者最喜爱的男演员之一，其主演的《致命武器》系列在影迷中的口碑经久不衰。影片中最令人难以忘怀的场景是华莱士率领数千苏格兰勇士在高地上迎击英王爱德华一世的军队。面对一望无际的英格兰重甲骑兵、步兵方阵、威尔士长弓手整齐的阵容，苏格兰农民手持的武器却是木棒、耙子，穿着也是破烂不堪，很多人还穿着苏格兰特有的短裙。苏格兰年轻人在战斗还没有开始就颤抖了，有的人扔下了手中的武器，准备随时拔腿开溜，苏格兰的抵抗决心眼看就要一触即溃。就在军心完全涣散的关键时刻，华莱士骑马手持短剑奔驰到苏格兰人的防线之前，他用有力的目光环视众人，发表了他那永垂不朽的战斗演说："战斗，你也许会死；逃走，你会活下去……你们今天愿意用这些来交换一个机会吗，就是在今天，回到这里告诉我们的敌人，他们可以夺走我们的生命，但他们永远夺不走我们最宝贵的资产，那就是自由。"在他的激励之下，苏格兰人热血沸腾了，数千农民发出了捍卫家园、绝不后退的怒吼。在华莱士的带领下，苏格兰农民变成了誓死不退的勇士，手提刀剑、棍棒向英格兰大军冲去。英王军队的防线在苏格兰人的猛烈冲击下崩溃了，英格兰人四散奔逃，很多人都成了苏格兰勇士砍杀的对象，横尸遍野。影片的场景来自于历史中的一段真实的战斗。威廉·华莱士的阵前演讲激励了无数不堪压迫和屈辱的苏格兰人，千百年来，在那片青山绿水间，悠长的风笛声中从来就伴随着自由和独立的呐喊，苏格兰人民从来就没有被征服。

四、城堡的圣殿：爱丁堡

爱丁堡，一个人口只有60多万的古城，向我们诉说着苏格兰那悠久的历史。爱丁堡到处都有让游客流连忘返的美丽城堡和教堂，以及数不清的历史雕像。如果你有幸清晨走在爱丁堡古朴的砖石街道上，就有机会与晨跑和遛狗的市民擦肩而过，而友善的爱丁堡人都会对你报以善意的微笑，那比说一句"早上好"更让你心旷神怡，愉快地接受爱丁堡的友好和美丽。

笔者是秋季来到爱丁堡的，挂满枝头的红叶和远处绿色山峦的黄色让秋天的气息沁人心脾。来到了爱丁堡车站，远处山上的城堡与现代的车站相映成趣，在朝阳的光芒照耀下，蔚蓝的天空作为背景，整个城市建筑和城堡都被染成了金色，成为童话王国中的宫殿，游客们都情不自禁驻足拍照，美丽的世界是短暂的，让我们尽情享受这人间的美丽吧。在走出车站的那一刻，已经记不清使用相机拍摄了多少张照片，就是不停地在按动快门，数码相机的时代是真好呀，除了消耗电池和内存以外，不需要花费一毛钱。为了方便拍摄随行的友人，我甚至占到了大街上。爱丁堡的人民非常友好，知道我们是游客，没有人鸣笛或者驱赶，我们因此有了宝贵的几秒钟来拍摄车站和背后城堡的全貌。出了车站，我们乘坐公交车来到预订的假日酒店，发现酒店的位置正好在爱丁堡动物园附近，满大街都贴着爱丁堡动物园最珍贵的贵宾照片，中国政府租借的大熊猫。我们都开玩笑说，应该掏钱买张门票去向大熊猫打个招呼，因为我们可能是最虔诚的崇拜者。从大熊猫的故乡，不远万里，花费无数购买飞机票、火车票、汽车票、酒店住宿费和门票来看你，我们容易吗！

由于爱丁堡位于山丘之上，你会发现城市周围都有许多的山丘将城市的建筑包围。而聪明的苏格兰人则将许多建筑，例如教堂、城堡，甚至别墅建立在山峦上。就这样的建筑特点，笔者观察分析，极大地增加了建筑成本，但在古代战乱年代，这样的建筑就有了善于防御的优点，还避免了火灾和洪水的威胁。大家来到苏格兰，　定要去参观爱丁堡的城堡。其中最著名的一座就位于市郊的爱丁堡城堡（Edinburgh Castle）。因为位于死火山花岗岩顶上，在市中心各角落都可看到。爱丁堡城堡在6世纪时成为皇室堡垒，1093年玛格丽特女王逝于此地，爱丁堡城堡自此成为重要的皇家住所和国家行政中心，延续至中古世纪一直是英国重要的皇室城堡之一，一直到 16 世纪初荷里路德宫（Palace of Holyroodhouse）落成，取代爱丁堡城堡成为皇室的主要住所，不过爱丁堡城堡依然是苏格兰的重要象征。从公元 12 世纪到 16 世纪一直是苏格兰皇家城堡，见证了苏格兰的多次战争。17 世纪起成为军事基地，当前归属于苏格兰文物局。城堡的大多数建筑在 16 世纪的长期围城（Lang Siege）事件中被毁，但也有少数建筑挺过这次围城，其中最著名的便是建造于 12 世纪早期的圣玛格丽特礼拜堂。城堡如今对公众开放，其内的一些建筑也允许游客参观。它是苏格兰最受欢迎的旅游景点之一，每年能迎接从世界各地前来的超过 120 万名游客。城堡内有军事博物馆，内陈列有各类实物，并记述有苏格兰、英国及欧洲的军事历史。笔者登上城堡的时候，正值秋季，在寒冷刺骨的冷风和秋雨中，站在城堡中可以清楚地俯瞰爱丁堡市区。城堡的垛口中安装有火炮，游客可以体验一下炮手的感觉。城堡中有博物馆记述了苏格兰军团征战世界的历史图片，以及苏格兰军人的军服、军旗，使用的武器等，其中有许多珍贵的苏格兰军人在第一次、第二次世界大战参战的历史图片，很值得游客观看。爱丁堡的魅力在于它的古老。爱丁堡城堡于 6 世纪就成为苏格兰皇室的堡垒，比英格兰的利兹城堡早 200 多年，比温莎城堡早 400 多年，比德国的海德堡城堡更是早 600 多年。从古代战争的意义上说，爱丁堡无疑是最坚固最险要也最难攻克的堡垒。爱丁堡城堡筑于一个海拔 135 米高的死火山岩顶上，一面斜坡，三面悬崖，只要把守住位于斜坡的城堡大门，便固若金汤，敌军纵有千军万马，对它都无可奈何。这也是其他古城堡难以匹敌的。

爱丁堡城堡最让苏格兰人自豪的，是爱丁堡城堡在政治和文化上的位置。爱丁堡曾是苏格兰一国的政治、文化的中心，这是哪个古城堡都不曾有过的地位。也正因如此，它经历了许多痛苦和沧桑、政治和军事的斗争，但它始终处在中心角色的位置。在苏格兰和英格兰的漫长的争斗历史中，爱丁堡人表现出来的强悍和不屈的精神，也体现了苏格兰民族的精神风格。但这种历史品格和传统精神，当前我们在和平年代中似乎已无从体验。中世纪以来的各种兵器和军装，那 5 英尺长的稀世巨剑，都只能作为城堡中的展品显示，那门于 15 世纪制于比利时的著名大炮，在经历了 200 多次战役之后，如今只能被安置在爱丁堡城堡的地窖里。

苏格兰人的历史风貌，只体现在城堡上的古炮、城墙、战争纪念馆和博物馆之中。名副其实的“刀枪入库，马放南山”。在追求和平与发展的时代里，我们可以触摸得着、感受得到的，则是一种文明的创造与建设。这种创造和建设，有悠久也有现代，成果都让爱丁堡人自豪。建于420多年前、全世界历史最早的大学之一的爱丁堡大学，使他们感到骄傲，他们的大学教育具有开创性；三四百年前就开始建造十几层的高楼，使他们敢于调侃美国人：那时的纽约，不过是个小村庄和贸易站！我们已看不到战争造成的破坏，却处处看得到建设带来的美丽。

爱丁堡大学是英国享誉世界的综合大学之一，是成立于1583年的世界顶级学府，同时也是全英第六古老的综合研究型大学。根据2014—2015年的QS世界大学排名，爱丁堡大学被列为苏格兰首位，英国第六位，世界排名第十七位，被英国高等教育界公认为可以与“G5超级精英大学”（牛津大学、剑桥大学、伦敦大学学院、帝国理工学院和伦敦政治经济学院）相媲美的大学；2014年12月18日，英国唯一由官方每7年发布一次的REF英国大学科研实力（原RAE）排名中，爱丁堡大学高居全英第四位，仅位于牛津大学、伦敦大学学院和剑桥大学之后。与此同时，爱丁堡大学也是最受中国留学生欢迎的英国大学之一。爱丁堡大学产生过18名诺贝尔奖获得者和3位英国首相，并为罗素集团、Universitas 21、科英布拉集团及欧洲研究型大学联盟成员。截至2014年底，爱丁堡大学一共有超过32000名在校学生攻读超过900种学位课程，其中包括有超过12000名来自130多个国家的国际学生分别攻读本科、硕士、博士学位课程和进行博士后研究，且国际学生比例已超过37.5%。这一比例说明爱丁堡大学是一所名副其实的国际化大学，亦是英国大学中为数不多的在校学生规模超过3万名的超大型大学。尽管如此，爱丁堡大学有一套非常严格的录取选拔机制，每年的新生录取比例仅为10%—11%，亦是英国大学中入学竞争最为激烈、申请难度最大的大学之一。和友人驾车驰过市区，就经过爱丁堡大学的校园。校园占地很大，占据了市区的一大片土地。有多趟公交车经过校园，交通十分方便。街头上到处都是背着书包、手拿平板电脑的学子，俨然一个大学城。因此来到爱丁堡，你就会发现这里的学生、教授非常多，因此爱丁堡整个城市都焕发着学术自由、青春浪漫的气息。

苏格兰的乡村尤其值得大家一看。由于苏格兰的乡村幅员辽阔，拥有田园牧歌般的诗情画意，建议读者在游玩时间充裕的条件下，可以骑自行车欣赏。笔者由于时间有限，选择了另一种交通工具拥抱苏格兰，那就是汽车。由于笔者所居住的假日酒店旁边就有一个enterprise rental

的租车店，笔者和友人抱着试一下的心态来到了车店。我们填写了租车申请表，递交了护照、驾照原件和复印件、信用卡，结果竟被批准了。而我们先前尝试在伦敦租车却被拒绝了，而原因呢，就是驾照上名字部分是中文名字，虽然照片与护照相符，但是英文名字对不上，虽然看得懂中文的人都可以确认两本证件属于同一个人，但英国佬看不懂中文呀。在比较了价格之后，我们租了一辆奔驰 C 级轿车，检查了汽车的轮胎、车身上的划痕及保险文件后，我们就上路了。在进入爱丁堡市区后，我们就开始进入瞎逛之旅。由于对于汽车的位置定位，需要在手机的谷歌地图中打开 GPS，为了不产生高额的网络流量账单，我们就沿着路标和城市地貌往前走。由于爱丁堡市区并不大，除了误打误撞地驶入大学城，以及回酒店的时候迷了路，我们大部分的汽车旅行还是十分愉快的。我们进入了爱丁堡的环城高速，尝试了英国的高速公路网，也从高速的出口下来，挺进在苏格兰绿草如茵的田野之中。我们也闲庭信步地来到了苏格兰的乡村，走入了苏格兰人的街心公园，站在山丘上远眺北海。苏格兰的乡村非常干净、休闲，每户人家都精心维护了自家的小花园和草地，街道整洁而宁静，我们进入了爱丁堡郊区的一个百货超市。货架上的商品琳琅满目，价格与当地民众的平均收入水平来说，真是物美价廉。我们采购了一车的苏格兰巧克力、苏格兰威斯忌、香烟和红酒，这才满载而归。在异国他乡使用汽车旅行真是方便呀。

五、英国购物和美食

英国位于最发达的资本主义国家之列，其经济和军事实力不容小觑，也拥有众多世界名牌。例如埃斯顿·马丁跑车、路虎越野车、劳斯莱斯豪车、罗尔斯罗伊斯航空发动机、百宝丽风衣，甚至电影中的王牌间谍007 都成为英国的品牌化身。因此全世界各地的游客在来到英国欣赏美景也没忘了打开钱包。那么购物之前，在了解你手中的采购火力的同时，也要了解与游客购物直接相关的退税政策。

首先是退税的税率，一般是 11%。其次是商店，并不是所有的英国商场和商品都接受退税。例如你来到英国乡下旅游，误打误撞来到当地一个零售商场，你在其中大肆采购买了食品、水果、衣服和烟酒，上述采购都没有退税，因为英国政府就没想到你会摸到乡下去游览。因此购物前，一定要确认你采购的商店接受退税，也就是有退税单给你。购物完成后，需要商家帮你填写正确退税信息，例如姓名、护照号等，然后交给你，才能有了享受退税的条件。许多中国人完成购物后，拿到退税单，往往为了与团队或者亲友集合，而忘记了他们重要的作业，来到购物的商城服务柜台填写退税信息。因此希望拿到退税的国人千万不要心急，有三个技巧可以帮助喜欢购物的朋友省钱。

第一，尽量集中火力一次性购物。由于英国政府和商家对于符合退税政策的商品金额设定了最低消费额，因此要仔细制订自己的采购计划，争取在一个商场内就将心仪商品都买齐，以便最大限度地利用退税的方便。

第二，合并购物。由于中国人喜欢组团，或者扎堆购物。因此可以将多人的采购物品集中在一个人身上，由他提供护照号等信息进行退税，然后再把返回的金额通过现金，或者支付宝来退给大家，这样就节约大家分别填写表格，以及在服务台自己人排队相互浪费时间的现象。

第三，给自己留有充足的时间。来到英国的哈罗德百货，或者是邦德大街，你会发现伦敦真是一个全球消费者的购物天堂，来自世界各地的消费者都在这大把地抛送金钱进行购物狂欢，因此你要为自己的采购制订合理的计划。例如先是去集中名表、首饰的奢侈品柜台，还是需要为自己的宝宝或者亲友采购英国的食品、奶粉而要在食品柜台消耗一些时间，最后是否还需要买一个百宝丽的围巾，看似是漫不经意地设计，但往往细心的消费者能安排不走回头路，错峰采购来避开人流、高峰时间以及退税柜台前面的排队，而给自己争取了宝贵的观光时间。

来到伦敦，如果不花个一整天时间好好逛逛，那就真的是对不起世界购物中心的盛名了，由于伦敦四通八达的地铁网络，你可以从伦敦的任意角落很方便地到达伦敦的最著名的购物中心。向大家推荐两个最好的购物中心哈罗德百货、赛尔福里奇百货（Selfridges）。两家都是百年老店，有着悠久的历史和传统，每一家都值得中国游客逛上一整天。

哈罗德百货

哈罗德百货是伦敦最负盛名的高档百货公司，每天世界各地的游客都会挤满哈罗德百货的各个购物楼层。而人们前来购物还有另外一个原因就是来看看戴安娜。哈罗德有330多个品牌。内部装修充满埃及特色，体现了前拥有者Mohamed Al－Fayed的埃及血统。Mohamed Al－Fayed的儿子正是与戴安娜王妃同在车祸中遇难的男友，因此商场内还设有缅怀戴安娜王妃的雕塑。许多人包括笔者都会特意前来拍照，来纪念和缅怀这位传奇的王妃。除了购买顶级商品以外，底层琳琅满目的食品部也不要错过，甚至可以在那里买到猪尾巴、羊排等在伦敦难得一见的食材，不过你要是仔细看看价格标牌就会吓一跳，直呼伦敦的物价也不负其世界之都的盛名。当然如果你逛累了，也可以来到遍布百货公司的各个快餐及咖啡厅享受一下西式快餐。但是你需要当心，由于来访的消费者太多，你可能需要站着吃饭，因为哈罗德百货是寸土寸金之地，每一家餐厅能提供给顾客的座位都少得可怜。因此建议你在大包小包扫货之前，先集中精力填饱肚子再说。

哈罗德百货内戴安娜和其男友的雕像

哈罗德百货的缺陷也一目了然，由于位于伦敦的黄金地段，因此很难动用有限的资金进行大规模升级，因此商场空间略显狭小，但是装潢精美，周末为了感谢如潮的顾客，商场会在旋转楼梯安排歌手为大家现场演唱意大利歌剧，使得人们有一种宾至如归的感觉。由于可以刷银联卡，因此中国游客在哈罗德一点都不客气，建议选购的高性价比商品有：男士西装、高级手表、苏格兰威士忌、皮鞋、羊毛衫、大衣、女士风衣、孩童服装、玩具、电子产品、英国的图书、婴幼儿产品、儿童推车、化妆品，等等。

哈罗德百货 Harrods

地址：87—135 Brompton Road，SW1X 7XL

交通：地铁 Piccadilly Line，Knightsbridge 站。

营业时间：周一至周六 10：00—20：00，周日 11：30—18：00。

逛完了哈罗德百货，你可以来到热闹非凡的邦德大街逛逛，体验英国顶级购物中心的奢华和好客。鳞次栉比的商店，灯红酒绿的嘈杂，以及来自世界各个角落不同肤色的游客，你会有一种被亮瞎双眼的迷茫，而不时出现的街头艺人的表演又会把你拉回到现实。不管是穿着忍者神龟服饰的行为艺术家，还是怀抱电吉他为你弹唱的歌手，你尽可以报上淡淡的微笑，或者赐予一些女王头像的硬币给予鼓励就好了。在这一刻，你才体会到伦敦的魅力和脉搏。她虽然历经战火和岁月的沧桑而失去了其往日的容颜，但她依然在尽力向你展现她最美丽的一面，好好享受邦德大街的夜生活吧，在这里你能看到最高档的流行女装店、时尚精品店、珠宝店、古董店和艺术画廊。在邦德街上能买到许多世界顶尖名牌，从阿玛尼（Armani）到范思哲（Versace），从玛百莉（Mulberry）的手袋到著名的英国教堂（Church's）皮鞋，都可以在这里找到。

邦德大街的夜景，从双层公交巴士座位拍摄

赛尔福里奇百货

Selfridge & Co. 是一间英国高端奢侈型百货公司，由 Harry Gordon Selfridge 在 1909 年 3 月 15 日创立。旗舰店位于伦敦牛津街 Oxford Street，是继哈罗德之后英国第二大定位于高端人群的商店。你来到邦德大街，其新颖别致的建筑风格和门前熙熙攘攘的人流会立刻让你认出赛尔福里奇百货。而赛尔福里奇百货内部装潢也是极尽奢华，希望打造高端购物中心旗舰的王者风范。这里的购物环境明亮、宽敞，明显盖过哈罗德。赛尔福里奇百货对于购物区域的划分非常合理，其购物导向和区域指示牌也设置得非常醒目，从而有效减少游客晕头转向、找不到人的尴尬。其六层楼高的购物区拥有欧洲最大的化妆品部门，年轻人最爱的 Spirit 区，孩童天堂的玩具游乐区，雪茄区等。这里的餐饮区汇集了来自全世界的诱人美食——新鲜的意大利面食、传统的印度咖喱、特别的中东甜点等，绝对会为你带来一场购物狂欢之后极度需要的美食大餐。

地址：400 Oxford Street，W1A 1AB
交通：地铁 Central Line/Jubliee Line，Bond Street 站。
营业时间：周一至周六 9：30—21：00，周日 11：30—18：00。

对于走遍世界的行者和游客们来说，美食的诱惑永远是难以抵挡的。来到伦敦这样的世界之都，不找个好餐馆来报答我们饥肠辘辘的胃口未免有点说不过去，毕竟长时间的走动和旅游是非常需要能量补充的。笔者和太太前往英国国家艺术博物馆参观后来到了著名的特拉法尔加广场，这里游人如织，喷泉与巨形铜狮相映成趣。广场最突出的标志是南端的纳尔逊纪念柱，高 53 米。此柱纪念着拿破仑战争中的海军上将，英国最著名的海军将领纳尔逊上将。柱顶是将军的铜像，柱底四周是四只巨型铜狮俯瞰广场四周。特拉法尔加广场象征英国的海上霸权，正是在 1806 年特拉法尔加海战中，纳尔逊率领的英国舰队彻底击败了法国和西班牙的联合舰队，从而确保了大英帝国的未来将近 150 年的海上霸权，直到美国在第二次世界大战中的崛起。逛完了广场，我们真是饿了。根据地图的指引，我们希望走到附近的唐人街，去吃吃海外风味的小笼汤包，但由于天色已晚，实在找不到了，我们就近来到了广场边上的一家英国餐馆来填饱肚子。

英国的牛排和意大利面

我们要了一份英国牛排，要七成熟的，太熟的会有烤焦的风险。一份意大利面，一个地中海风味沙拉和一份英式烤鸡配洋葱汤。配上两份饮料，花了大约 30 英镑，含 10% 的账单小费。价格还不算太贵，合人民币大约 270 元。餐厅的环境也还好，英国人就餐都很安静，因此我们喝汤都需要小心翼翼，免得惊扰了旁边的客人。坦率地说，英国人烹制的牛排还是不错的，英国烤牛肉是用鲜而嫩的上等牛里脊添加芥末烤成，肉质细腻滑润，不塞牙，配上英式酱汁，最好再加上一杯加冰的红酒，让你的味蕾战斗力更加充分地调动起来。但是英国人喜欢吃土豆的风俗还是在餐桌上淋漓尽致地表现出来，土豆泥、烤薯条，等等。曾经有一名同事去英国出差，回来后大呼再也不愿去英国溜达了，我问为何，原来他每顿饭都要面对英国人的土豆、土豆汤、土豆泥、炸薯条、土豆沙拉，他宣称自己得了土豆恐惧症，每顿最喜欢的就是来一碗热腾腾的炸酱面或者就着米饭来一勺贵州老干妈，而这些食物在英国都成了奢望。

第五部分：热情似火的意大利

位于南欧亚平宁半岛的意大利作为欧洲文明的发源地，其灿烂的古罗马文明，热情好客的人民，令人称绝的美食以及美丽的地中海海岸线每年都吸引着全世界的游客来到这里观光游览。源于意大利的文艺复兴运动给欧洲文明的前进提供了一个全新的时代，达·芬奇、拉斐尔和米开朗琪罗等艺术天才为人类贡献了数不尽的艺术精品。达·芬奇所创作的《蒙娜丽莎的微笑》成为一幅传世经典的名画，享誉世界。意大利人发明的比萨、通心粉等美味食品也早已被全世界的食客趋之若鹜。元老院，独裁官恺撒，以及相对应的奴隶起义领袖斯巴达克斯都构成了灿烂的意大利历史最激动人心的部分。

意大利安全旅游贴士

当你来到历史悠久的意大利，其充满古罗马风格的异国风光会深深地吸引你的目光，很多游客都会驻足在风景名胜之中，用自己的相机拍下这美妙的瞬间，但是在你流连忘返之际，也有一帮不速之客会把手伸进你的口袋，拿走你的钱包、手机等个人财物，为你留下伤心的一刻，因此提高防范意识，注意人身安全是比旅游更为重要的计划和安排。

意大利位于南欧，属于著名的“笨猪四国”，其国民失业率在2008年金融危机时一直位于欧洲前列，因此社会治安一直不太好。在其著名的旅游城市，例如罗马、米兰和那不勒斯，中国游客可能成为当地劫匪、小偷的重点目标。究其原因，主要是中国人喜欢携带大笔现金，在购买名牌皮包、手表、首饰、艺术品所展现出的炫耀性消费都成为招惹贼人目光的根源。由于语言不通，对当地的法治缺乏了解，遭抢以后疏于报案，又为小偷劫匪们提供了继续抢劫的理由，从而形成了犯罪的恶性循环。因此国人在意大利旅游，务必要睁大双眼，看好自己的钱财，如果发生被劫、被偷的倒霉事，不要尝试依靠个人或者亲友解决，应该及时报警，寻求当地警方的支持，必要时可以给当地中国领事馆打电话，寻求中国政府的帮忙。意大利警方可以不理你的案子，但是如果中国大使馆或者意大利外交部有人打电话询问治安案件，那么警方必须迅速行动起来，否则骄傲的意大利人会认为，如果政府连几个横行地方的蟊贼都搞不定，那么将是纳税人和政府执行力的耻辱。

如果是跟团出游，可将护照交给领队统一保管。携带的现金等贵重物品可以锁在房间的保险柜中，一般也没有问题。如果是自由行，房间也没有保险柜，可以将现金放入信封，点好后封口，与其他物品一起使用袋子或者小包放好，放入前台交酒店保管。酒店前台一般有多人值守而且有摄像头监控，一般不会出现失窃现象。

上街闲逛要注意安全，意大利的街道经常有风驰电掣的摩托骑士经过，游客由于视界的限制，可能看不到路边的行人，因此为了避免被撞倒，国人最好挑人行道远离机动车的一边行走。在主要景点游览，例如威尼斯水城、比萨斜塔、古罗马斗兽场、罗马许愿池喷泉、西班牙广场、米兰百花大教堂等地，由于游人多，景色优美，国人都非常兴奋，常常聚集在一起拍照，欢声笑语，尽情享受旅游的快乐。中国人出行，一般都有携带食品、热水和外套的习惯，而使用相机拍照的时候往往要舒展双臂才能保持身体的平衡，拍摄出有质量的相片，因此不得不将肩上的背包放在地上，或者交予他人看管。欧洲的惯偷在仔细观察国人的游览习惯后，往往会利用这个时机行窃。他们下手的时间精准，迅速出手后，立刻消失在如织的人流中，让你防不胜防。有些参加团队的中国游客由于在拍照或者购物时候放松警惕，将自己的手提物品放置在地上、椅子上甚至车座上，一眨眼的工夫，包包或者相机就有可能不翼而飞。有些高智商的窃贼喜欢团队作案，玩残你没商量，首先派出一到两名诱饵，有时候可能会是美女，以游客的身份要求中国人帮忙拍照。异国他乡助人为乐乃一大好事，许多国人欣然答应，然后趁你不注意的时候隐藏在人群后面的小偷就会下手行窃。

罗马街头小偷众多，给海外游客们留下了难忘的印象。要知道，在国际“偷窃界”，罗马被称为“圣地”。因为在这里，来自世界各地的小偷们会一起切磋偷技，甚至有人说，罗马是全世界小偷的“高级博士后研修班”。凡是在罗马偷过东西的贼，注定将在其不名誉的贼史上留下重重的一笔。这一点前奥运会百米冠军、昔日的世界纪录保持者本·约翰逊感慨颇多。2000年，约翰逊在罗马使馆区附近的维内托大街闲逛时，他装有4000美元现金以及信用卡的钱包被一群吉卜赛女郎悄悄顺走。据说钱包被掏走时，当时已经觉察到端倪的约翰逊只是露出了不屑一顾的神情。他或许以为凭借自己百米冠军的奔跑速度，这么几个吉卜赛女孩绝跑不了。不过，后来吉卜赛女孩利用熟悉地形和超强的加速能力，轻易地从他的视线中成功逃脱。而据当地人说，这几个小偷在罗马的偷窃圈中只能算“初中毕业生”。

在长期打击抓捕猖獗的罗马小偷过程中，意警方为游客总结了小偷们作案的几个特点：低龄化是意大利小偷的一个特点。在罗马街头，人们经常可以看到三五成群的孩子们在人行道上趁人不备之时下手，而手持单反相机，拿着苹果手机，斜挎路易威登皮包的中国游客是这些小毛贼的绝佳目标。每年在意大利的著名景点，例如梵蒂冈、圣马可广场、许愿池都不知道有多少游客着了这些小窃贼的道。小窃贼们四处游走，相互掩护，偷到财物后往往迅速转移，因此即便有游客识破也拿他们没办法，就是当地警察对付这群惯偷往往也束手无策。

罗马小偷最集中的地段就是火车站和梵蒂冈两大区域。罗马小偷大都具有“火眼金睛”，他们相互一搭眼就能判断出游客是哪里人。一般来说，身体相对瘦小的中国人比较容易成为他们行窃的对象。在火车站，小偷们惯用的技巧是从车上“卸行李”。意大利的火车均为包厢，一侧为座位，另一侧为走廊。当游客独自坐到包厢中时，小偷往往会走进包厢用意大利语装作向听不懂的中国人询问。再加上他们的语速极快，一般会让听者有一头雾水的感觉。但几乎就在同时，另一个小偷会在火车站台上靠近列车窗口的位置用英语也请受害者指路。就在受害人的注意力被这样转移后，站在车厢内的小偷便开始动手“卸行李”了。

在梵蒂冈地段，小偷们一般采用特别的伎俩来设计观光客。如果中国游客遇到炎热的夏日，突然被人用矿泉水泼洒到身上，然后连声向你说“对不起”，并掏出纸巾帮你擦拭时，可千万别心存感激，因为小偷已经用两只手在你的身上搜索着钱包和值钱物品了。中国人在欧洲旅游，还要小心识别“假警察”。一位刚到布鲁塞尔的中国男游客第二天就在街上遇到两名自称是警察的人要检查他的护照。这位游客很听话地把护照拿给他们看。这两个人接着说比利时警方正在进行“打击假币行动”，要这位游客把随身携带的钞票拿出来验证。游客想都没想就把身上的5000美元现钞拿了出来，并递给“警察”，结果可想而知。

在其他国家，中国游客也可根据景点的提示，注意看管自己的钱物。一般来说，有提醒标志的地方，往往是小偷最常出没的地方。例如，在巴黎埃菲尔铁塔入口处就有“警惕掏包”的标语牌；在巴黎卢浮宫外还流传着这样一句话：“挂在前面的包是你的，背在后面的包是小偷的。”此外，如果有人和你套近乎，或要帮你抱孩子，或要提醒你衣服上有污痕，甚至帮你掸，或是主动为你当导游和免费办事，等等，都是需要你提高警惕的时候。

由于信用卡和银联支付的流行，许多中国游客在意大利购物时都喜欢刷卡，在购买了喜欢的意大利皮包、红酒、西装和珠宝以后，潇洒地一刷卡，那份惬意和品位，甚至让许多当地人羡慕。但是欧洲职业犯罪团队也盯上了这一块大“蛋糕”。欧洲犯罪团队会采取多种手段套取顾客信息，例如在支付柜台预装微型摄像机偷拍顾客刷卡的重要信息。然后会有另一批高智商窃贼制造与顾客信用卡完全相同的卡，小偷们就会使用这些伪造的卡片前往高级珠宝店、时装中心，甚至车行进行大额消费，等到客户惊讶地收到手机短信，它们在遥远的国度产生巨额和连续的消费而向银行报警时，损失已经无可挽回。等到警方接到报案采取行动之后，往往只抓到一些帮助收货、提款的小龙套，而真正的犯罪集团主谋往往逍遥法外。

因此国人在欧洲购物时，在付款环节需要比在国内更加小心。如果需要购买奢侈品，付款时候需要使用大笔现金，最好身边有多人保护，形成防御圈以防止个别窃贼大胆冲入将现款卷走，付款地点最好远离公众区域，高级时装店、高级购物中心或者专卖店都是不错的选择。在付款刷卡的时候需要有意识遮掩密码。由于也经常有伪钞集团在市场上投入伪造的欧元，因此在进行大额现金付账的时候要做好准备，商家有可能动用验钞机来检验假币。而使用信用卡付款的时候，国人更需要瞪大眼睛，在整个交易过程中不能让信用卡离开你的视线，要注意自己的签名与信用卡的笔迹一致。如果有商家的收银员有意通过各种借口延缓交易速度，甚至故意要求拿你的卡去后台交易，请一定要提高警惕，必要的时候要取消交易，不能心存侥幸。在国内交易，还可以使用交易密码和签字的双重验证，而在国外没有银联线路就只认信用卡签名，国人一定要注意自己的签名。小学生式的签名一定不可取，签名最好要体现自己的个性，最好在签字中加入别人很难识别的暗号，他人不能轻易模仿。信用卡一旦被窃或者丢失，需要立刻向有关银行报警和挂失。为了避免自己的支付能力在一次失窃后被小偷一网打尽，最好在个人外出的时候，在自己的行李（最好上锁）中保留至少一张国际信用卡和少量现金。也有细心的国人在出国前，将个人的护照、信用卡、银行卡全部使用手机或者复印机做了拍照和复制，一旦发生意外就很方便挂失。信用卡和手机也分别存放，一旦发生失窃或者由于自己的疏忽丢失，也能避免财物全军覆没的惨剧。

酒店安全

中国游客到意大利旅游，如果是团队游览很多时候会选择入住经济型酒店，由于在欧洲的行程紧凑，游客们往往晚上才拖着疲惫的身躯，睡眼惺忪地进入酒店，而导游往往会在大堂要求大家一定在早上7：30甚至更早的时间集合，以免误了下一个景点的行程，因此大家又急不可耐地赶往酒店房间，打包行李和采购的战利品，却往往忽视了入住酒店的一个细节，那就是查找和确认安全通道。但是酒店安全通道的意义和救命价值再怎么强调其重要性都不过分。在黑夜之中，突然警报拉响，然后人声嘈杂，你惊慌失措地披着睡衣，光着脚追随着众人奔跑，没有照明，没有电梯，有的只是众人恐惧的面容，绝望的喊叫，妇女和小孩的呼声，刺鼻的烟雾，而你此时可能最需要的就是一条湿毛巾和逃生通道的方位了。为了避免意外事件下的慌不择路，读者们在入住酒店的时候，最好要浏览下酒店房间的逃生图，亲自勘查下逃生通道。欧洲的酒店对于逃生通道一般都有明确的指示箭头和指示牌，游客可以方便地找到，重要的是要做到心中有数，才能临危不乱。

一、抛硬币寻找爱情的城市

罗马城的起源，据古罗马作家瓦罗（前116 —前27年）推算，罗马城奠基的日期应该是公元前754—前753年。以后，古罗马人习惯以公元前753年4月21日为纪元。关于罗马建城有一个著名传说：公元前753年，居住在拉丁平原西北一片绿洲上的几个农牧业部落，便在距台伯河口约25公里处建造起原始的公共古城，相传第一个领导建城的人叫罗慕洛，“罗马”就是因他而得名的。据传说，罗慕洛为它奠基时，赶着公牛和母牛，只是犁了一道不深的沟，便算作罗马的城界，在准备开城门的地方，把犁子抬了抬，便作为城门的通道。神话传说罗慕洛是战神马尔斯的儿子，他和勒莫是一对孪生兄弟。他们生下来不久，他们的母亲西里维娅就被人杀死。他们的外祖父当时是意大利半岛上的一个国王，他的弟弟为了篡夺王位，把他们装入筐内，投入台伯河。他们起初被一只母狼救起，靠吃狼奶活着，后被一个牧人抚育长大。所以，罗慕洛能征善战，勇悍异常。兄弟俩长大后，杀死篡位者，后来在当初得救的地方建起了新城——罗马城。至今，在意大利的罗马博物馆里，还陈列着一尊“母狼乳婴”的铜像。母狼铸于公元前5世纪，两个男孩是在文艺复兴时期添铸的。

公元前27年到公元476年罗马处于帝国的全盛时期。在罗马由共和向帝制转变的过程中，中间有一种过渡形态。这就是前后两次“三头政治”。前三头同盟：庞培（Pompey）、克拉苏（Crassus）、恺撒（Caesar）。两头并立，恺撒独裁。后三头同盟：安东尼（Antony）、雷比达（Lepidus）、屋大维（Octavius）。公元前27年，元老院授予屋大维“奥古斯都”和“人元帅”的尊号。他直接控制行省的总督，规定税收标准，严密控制军队的指挥权。通过中央集权制度的建设，屋大维建立了有效的行政管理体系，确保了200多年帝国政体的稳定。

屋大维之后的4个皇帝被后人认为是暴政的象征：提比留（公元前14—公元37年）、卡里古拉（公元37—41年）、克劳狄（公元41—54年）和尼禄（公元54—68年）。但后来又出了所谓的“五贤帝”：涅尔瓦（公元96—98年）、图拉真（公元98—117年）、哈德良（公元117—138年）、安东尼·庇护（公元138—161年）和马可·奥勒利乌斯（公元161—180年）。在“五贤帝”统治期间，罗马帝国的疆域达到最大范围，其文化处于极盛时期。罗马文明的传播和繁衍成就和造诣了西方文明的基础。如果中国人需要了解西方世界的强大原因，其文化和精神力量的起源，就需要来访问罗马和希腊，并好好参观当地的博物馆，文艺复兴时期的艺术品和古建筑。

330年，罗马皇帝君士坦丁一世在古代希腊移民建立的城市拜占庭的旧址上建立新的帝国首都，改名为君士坦丁堡。随着新首都的建立，帝国东部与西部利益集团的分化倾向日益暴露。东西两部的分立已经难以避免。罗马大将狄奥多西在379年当了罗马帝国的皇帝。395年他死时将帝国分为东西两半，给他的两个儿子。这样从395年开始，罗马帝国就分裂成东、西两部。东罗马帝国建都在君士坦丁堡，西罗马帝国建都在罗马城。在西罗马帝国，经济萧条，社会矛盾尖锐，人民起义不断，外族也在不断侵蚀。特别是从巴尔干半岛来的西哥特人对西罗马的威胁最大，410年，西哥特人兵临罗马城下，罗马城内的奴隶乘机造反，西哥特人占领了罗马城。452年，匈奴军队进犯意大利；455年，汪达尔人又攻占了罗马城。476年9月，罗马的日耳曼雇佣兵首领多亚克废黜了罗马末代皇帝罗慕卢斯·奥古斯图卢斯，西罗马帝国灭亡。

罗马是一个充满历史和浪漫的城市，值得你花费时间好好游览，去体会西方文明的起源以及其未来发展的历史驱动力。这里的众多景点都深刻地影响了欧洲和世界的历史。例如古罗马斗兽场、君士坦丁凯旋门等。建议读者在罗马多逗留几天，好好体会和观察欧洲文化的宝贵胜地。

君士坦丁凯旋门

笔者2012年9月到达该门，对其深远的历史影响力赞叹不已。该门位于罗马斗兽场旁边，是中国旅游团旅游的必经之地，因此非常值得一看。

君士坦丁凯旋门（意大利语：Arco di Costantino）是罗马的一座凯旋门，位于罗马竞技场与帕拉蒂尼山之间。君士坦丁凯旋门是为了纪念君士坦丁一世于312年在米尔维安大桥战役中大获全胜而建立的。通过该战役罗马帝国皇帝君士坦丁一世击败了威胁其统治的劲敌马克森提乌斯的军队，为基督教在罗马帝国乃至最后在全欧洲取得统治地位铺平了道路。君士坦丁凯旋门也是罗马现存凯旋门中最新的一座。君士坦丁凯旋门高21米，宽25.7米，纵深7.4米。它拥有3个拱门，中央的拱门高11.5米，宽6.5米；两侧的拱门则高7.4米，宽3.4米。拱门上方由砖块砌成，表面则有雕刻图案。君士坦丁凯旋门主体是由几根分开的圆柱及刻有铭文的顶楼所构成，而拱门的下半部则被认为是建筑师参考更古老的纪念碑来设计的。君士坦丁一世此次战役的胜利为确保其罗马帝国的统治和历史地位起到了决定性的作用。君士坦丁一世也是世界历史上第一位信仰基督教的皇帝，曾在313年颁布米兰诏书，承认基督教为合法自由的宗教。并于330年将罗马帝国的首都从罗马迁到拜占庭，将该地改名为君士坦丁堡。此外，他的一系列改革措施为欧洲从奴隶社会向封建社会的过渡起到了重要作用，他被称为西方的“千古一帝”。他信仰基督教并制定出鼓励该教发展的许多政策，使基督教从一个在地中海地区备受迫害和歧视的教派转变为在欧洲及全球占统治地位的宗教。在当今世界，众多的西方国家例如美国、英国、意大利等，你会发现基督教在当地拥有众多的教堂、信众和基金会，不管你的工作和生活有多忙，作为一名虔诚的基督徒，西方人都会在周日上午与家人一起来到他或者他教区的教堂做礼拜，与新来的邻居们打招呼，与牧师谈论生活的烦恼，参加教会组织的唱诗班和圣餐活动，也会留下一张支票来支持教会的建设和运作。据统计，2012年世界上的基督徒总数已经达到21.8亿，分布在五大洲的各个地区，而基督教在世界的传播能取得如此的成就，其第一功臣不是《圣经》，而应该是君士坦丁一世。如果没有这位皇帝的支持和倡导，基督教很可能只是一个地区性的小教派而已。因此笔者推荐读者来到罗马，应该来看一下这座拥有世界影响力的拱门从而体验西方文化走向世界的起点以及背后那位推动历史前进的明君。

君士坦丁凯旋门的正面

古罗马斗兽场

竞技场由韦斯巴芗（Vespasian）皇帝下令修建，在其儿子提图斯（Titus）在位期间建成，下一位皇帝图密善又曾修建它，是古罗马帝国标志性的建筑之一。竞技场建在另一个罗马皇帝尼禄（Nero）的“金宫”（拉丁语：Domus Aurea）原址之上。竞技场是古罗马举行人兽搏击表演的地方，参加的角斗士要与一头猛兽搏斗直到一方死亡为止，也有人与人之间的搏斗，非常残忍，但古罗马的贵族和公民却非常沉湎于观看这样血腥的表演。根据罗马史学家卡西乌斯·狄奥（Dio Cassius）的记载，竞技场建成时罗马人举行了为期100天的庆祝活动，宰杀了11000头动物。217年，竞技场遭雷击引起大火，受到部分毁坏，但是很快在238年又修复，继续举行人与兽或人与人之间的搏斗表演，这样的活动一直到523年才被完全禁止。442年和508年发生的两次强烈地震对竞技场结构本身造成了严重的损坏，在中世纪，该建筑物并没有受到任何保护，因此损坏进一步加剧，后来干脆被用来当作碉堡。15世纪，教廷为了建造教堂和枢密院，拆除了斗兽场的部分石料。

竞技场这种建筑形态起源于古希腊时期的剧场，例如埃庇道努剧场（Epidauros Theater），约公元前330年，设计师是皮力克雷托斯（Polykleitos the Younger），当时的剧场都傍山而建，呈半圆形，观众席就在山坡上层层升起。但是到了古罗马时期，人们开始利用结构设计将观众席架起来，并将两个半圆形的剧场对接起来，因此形成了所谓的圆形剧场，而且不再靠山而建。罗马竞技场就是罗马帝国内规模最大的一个椭圆形角斗场，它长轴187米，短轴155米，周长527米，中央为表演区，长轴86米，短轴54米，地面铺上地板，外面围着层层看台。看台约有60排，分为五个区，最下面前排是贵宾（如元老、长官、祭司等）区，第二层供贵族使用，第三区是给富人使用的，第四区由普通公民使用，最后一区则是给底层妇女使用，全部是站席。在观众席上还有用悬索吊挂的天篷，这是用来遮阳的，天篷向中间倾斜，便于通风。这些天篷由站在最上层柱廊的水手们像控制风帆那样操控。

竞技场的看台由三层混凝土制的筒形拱围成，每层80个拱，形成三圈不同高度的环形券廊（即拱券支撑起来的走廊），最上层则是50米高的实墙。看台逐层向后退，形成阶梯式坡度。每层的80个拱形成了80个开口，最上面两层则有80个窗洞，观众们入场时按照自己座位的编号，首先找到自己应从哪个底层拱门入场，然后再沿着楼梯找到自己所在的区域，最后找到自己的位置。整个斗兽场最多可容纳5万名观众，却因入场设计周到而不会出现大家蜂拥入场的拥堵混乱，这种入场的设计即使是今天的大型体育场依然沿用。竞技场表演区地底下隐藏着很多洞口和管道，这里可以储存道具和动物，以及角斗士，表演开始时再将他们吊起到地面上。竞技场甚至可以利用输水道引水。248年就曾这样将水引入表演区，形成一个湖，表演海战的场面，来庆祝罗马建城1000年。

站在宏伟的古罗马斗兽场遗址旁，笔者感慨良多。在东方建筑中没有可与古罗马斗兽场相媲美的伟大剧院式建筑，尽管我们拥有“万园之园”圆明园、宏伟的故宫太和殿、皇家祭祀的天坛祈年殿，但那都是皇家园林、国家议事场所和皇家祭拜老祖宗的场所，却没有一个为普通老百姓和贵族所建造的剧院或者是体育场，我想可能有以下两方面的原因。

古罗马斗兽场外景

第一，中国的古老建筑体系和理念。

如果我们有机会走遍中国的千山万水，你就会发现中国的古代建筑大多以木质结构为主，雕梁画栋，绿瓦红砖，很少有以花岗岩和大理石为建筑材料的建筑。而木材的承重性和抗腐败性与石头无法同日而语，因此房子都造不高。木头的防火性能也差，往往一把大火就会被付之一炬。例如曾经被誉为万园之园的圆明园就被英法联军的一场大火彻底摧毁，而西方建筑学在立体几何、数学、建筑学、材料学、架构学等方面的造诣在古罗马时期无疑是领先世界的，他们设计的剧院、教堂以及文艺复兴时期兴建的哥特式建筑历经千年而不倒，其伟大的建筑成就来自于其建筑材料采用坚固的大理石、花岗岩，而建筑师在设计时可以采用拱形结构将建筑从不同角度托起，从而加强了建筑的抗震性。架构学和几何学在房屋设计中发挥了重要的作用，西方建筑师在设计理论上也领先于同时代的中国同行。因此他们设计的教堂、宫殿和斗兽场在大殿的支撑设计，房屋大殿的通透、采光以及利用地形和圆柱进行房屋承重的支撑都体现出了令人称奇的聪明才智。

第二，中国的公民社会和民权意识。

在古罗马时代，西方的民权意识已经有一定的发展。帝国政府有元老院，元老院由元老组成，对国家的事务例如法律、政府的选举和国家官员的任命，甚至军队的调动都拥有很大的发言权。元老由提名举荐和世袭相结合，尽管后来的执政官队伍中涌现出了许多猛人，例如恺撒、庞培、克拉苏等，他们利用手中的军权废除了元老院的权力制衡体系。但是西方社会在逐渐的演进变化中找到了制衡猛人专权的方法，那就是对于法律和制度的普世遵守。中国虽然早于欧洲进入封建社会，但在2000多年的封建社会演进中却一直没有摆脱君权神授的枷锁，因此国家虽然拥有壮美的宫殿、奢华的王府，却没有为其国民建成任何一座雄伟的剧院、运动场等公众娱乐设施。由于皇帝和大臣牢牢控制着权力，因此百姓没有国家的参政权和议事权，尽管宫中贵族、权贵和皇帝可以声色犬马，打造私人行宫和剧院来欣赏体育表演和戏剧，但是普通民众却没有机会作为国家的主人来建筑一个属于国家和人民的公众体育场和戏院与政府的官员一起欣赏。

海神喷泉

作为欧洲最古老的都城，罗马市内有许多宏伟的建筑是必须去游览的，而众多的喷泉雕塑则集中展现了古罗马人的智慧。虽然已经过去了数百年，但从这些喷泉中仍然涌出汩汩清流，这要归功于罗马的水道。早在罗马帝国时期，已经修建了14条大型水道，为罗马全城的150万居民提供用水。当时统治者在全城各处修建了众多喷泉和供水口，罗马也因此被称为“喷泉之都”。罗马帝国衰败时，这些水道也遭到了哥特人的大肆进攻。在整个中世纪，罗马市民都深受用水匮乏之苦。直至文艺复兴时期，几位教皇修复了一些水道。为了庆祝重新有了用水，于是建造了一些堪称艺术品的喷泉，我们今天能看到的就是其中的杰作。其中海神喷泉特别值得一看，它位于罗马那沃纳广场的北端。16世纪时，海神喷泉（没有雕塑）和在广场另一边的摩尔人喷泉均由Giacomo Della Porta设计，由教皇额我略十三世资助。下部采用白色大理石，上部采用当地石材。在接下来的300年，喷泉保留，没有雕像，直到1870年意大利统一，罗马成为意大利首都后，于1878年，增加了“海王星与章鱼的战斗”雕塑。

罗马众多喷泉中为大众所熟悉的要数特莱维喷泉，可能说起许愿泉或是少女喷泉，知道的人会更多。这座修建了30年才完工的喷泉是罗马现存的最后一件重要的巴洛克风格作品。在以罗马为背景拍摄的《罗马假日》《甜蜜生活》等影片中都可以看到它的身影。据说背对着喷泉，从肩上投出一枚硬币，如果能投进水中，就能梦想成真。至今仍有无数游客每天挤在泉边，抛出硬币许下心愿。池中有一个驾驶马车的巨大海神，四周环绕西方神话诸神，每一个雕像都神态各异，栩栩如生。喷泉的主体在海神前面，泉水由雕像之间涌出，流向四面八方最后又汇集一

特莱维喷泉

处。特莱维在意大利语中意为三岔路，而喷泉前面有三条路向外延伸，因此也成为喷泉名字的由来。

这里要提一下美国爱情电影《罗马假日》，该片由美国著名导演威廉·惠勒导演，格利高里·派克与奥黛丽·赫本联袂主演。赫本所扮演的一个欧洲国家公主前往罗马访问，受到意大利政府和民众的盛大欢迎和礼遇，但是盛情之下却出现意外，公主由于不愿意忍受王室的繁琐礼仪而毅然出逃，混迹罗马的街头巷尾，而偶遇了派克所扮演的美国记者。派克灵敏的记者嗅觉让他调动了各路资源来和公主套近乎，希望可以捕捉这一轰动世界的大新闻。而纯情的公主则利用这短暂的时光像一个自由的小鸟一样在派克的保护下，翱翔在罗马的名胜古迹之中。旅途中与罗马警察，王室的侦探发生了各种啼笑皆非的冲突，最后公主不得不屈从世俗势力的压力而回到王宫，而派克由于和情窦初开的公主情投意合而拒绝了报社的压力，把全部拍摄的照片借助记者招待会的时机交还了公主。两位演员精湛的演技，与罗马美丽的市容和其热情奔放的市民生活交织在一起，成为了罗马一个绝美的旅游宣传片。全世界的影迷都看到了特莱维喷泉、斗兽场、西班牙广场。连笔者我一个忙着准备复习考试的小中学生在看了这部影片之后也立下决心，要追随男女主人公的脚步来游遍罗马。还记得男主人公编的那个故事吗，如果有人说假话就会被上帝惩罚，派克假装自己的手被石像吞食而将公主吓得花容失色吗，电影中那个可以吃人手的石像也为世人所熟知，它就是位于科斯梅迪圣母教堂的真理之口，这是一块刻着海神头像的圆盘，它来源于古罗马时期的井盖，1632 年在教堂外墙边被发现。在罗马，科斯梅迪圣母教堂算不上显眼，教堂很小却因为《罗马假日》而声名鹊起。每天都有全世界各地的游客在铁栅栏外排队，围观和拍摄那些排队把手放进真理之口的勇敢者。《罗马假日》为我们带来了众多有关罗马的美好回忆，而当我们通过旅行团的大巴进入这座城市之后，我们才由衷地感觉罗马城的伟大和浪漫，真的不是浪得虚名，她不愧是欧洲的名都呀！如果有机会的话，我强烈建议读者能够自己有机会来体验罗马。

西班牙广场

西班牙广场位于意大利罗马的一个山坡上，山上天主圣三教堂（Trinità dei Monti，由法国波旁王朝的国王资助建造）就位于与西班牙广场相接的西班牙阶梯（意大利语：Scalinata della Trinità dei Monti）顶端。西班牙广场上有一个巴洛克艺术的喷泉，被称为破船喷泉（La Fontana della Barcaccia）。是由意大利雕塑家济安·贝尼尼（Gian Lorenzo Bernini）的父亲彼得·贝尼尼（Pietro Bernini）所设计，于1627—1629年建造完成。彼得·贝尼尼于1623年起成为特莱维喷泉（Acqua Vergine）的主建筑师。传说教皇伍朋八世因为在台伯河水灾中对一艘被冲到此地的船有深刻的印象，所以在此建造了破船喷泉。在西班牙广场与西班牙阶梯相接的右侧，有一栋黄白色的建筑曾经是诗人约翰·济慈的住所，1821年济慈也在这里去世。而现在这栋黄白色济慈生前的住所变成博物馆，以此纪念济慈。同样在西班牙阶梯的右侧，15世纪的枢机主教Lorenzo Cybo de Mari的宅邸也坐落在此。

二、上帝的门徒

梵蒂冈是位于罗马市区的国中之国，是世界天主教徒的政治中心，当选的教皇就住在这里。来到梵蒂冈，人们印象最深的就是圣彼得大教堂，它是罗马基督教的中心教堂，欧洲天主教徒的朝圣地与梵蒂冈罗马教皇的教廷，是全世界第一大圆顶教堂，登上教堂正中的圆穹顶部可眺望罗马全城；在圆穹内的环形平台上，可俯视教堂内部，欣赏圆穹内壁的大型镶嵌画。其中比较著名的有米开朗琪罗的《大卫》雕像、《创世纪》天花板壁画、拉斐尔的《雅典学院》油画等。圣彼得大教堂是目前世界上最大的教堂，总面积2.3万平方米，主体建筑高45.4米，长约211米，最多可容纳近6万人同时祈祷，只不过游人必须衣冠整齐并通过安检才可以进入教堂。

教堂最初是由君士坦丁大帝于326—333年在圣彼得墓地上修建的，称老圣彼得大教堂。16世纪，教皇朱利奥二世决定重建圣彼得大教堂，并于1506年破土动工。在长达120年的重建过程中，意大利最优秀的建筑师布拉曼特、米开朗琪罗、德拉·波尔塔和卡洛·马泰尔相继主持设计和施工，直到1626年11月18日才正式宣告落成，称新圣彼得大教堂。1870年以来的重要宗教仪式均在此举行。教堂为古典主义和巴洛克式建

圣彼得大教堂

筑风格，登上教堂正中的圆穹顶部可眺望罗马全城，笔者去参观的时候没有看到有登顶的收费选项，好奇的读者应该再去找找。在圆穹内的环形平台上，可俯视教堂内部，欣赏圆穹内壁的人型镶嵌画。圣彼得大教堂正前的露天广场就是闻名世界的圣彼得广场，建于1667年，主持设计施工的是一位那不勒斯人，他的手笔赋予了广场上排成4行共284根托斯卡拉式柱子永恒的生命，柱子上方那美妙绝伦的圣者塑像400年来一直诉说着当年这个才华横溢的建筑天才的名字：贝尼尼——巴洛克艺术之父。彼得是耶稣的12个门徒之一，也是耶稣最亲密和忠诚的门徒。彼得原名叫西门，跟随耶稣后耶稣给他起名叫彼得。据说圣彼得就埋在这座教堂内，1940年梵蒂冈的发掘者声称，他们在圣坛下发现了彼得的遗骨。罗马天主教神学界把彼得确认为其教堂的第一任首领和罗马第一任大主教。他的纪念日是6月29日。在圣彼得大教堂内有圣彼得的铜制雕像，据传人们触摸他的右脚能得到神

排队等待进入圣彼得大教堂的人流

的保佑和好运。所以现在他的右脚已被磨损得明显小于左脚。

圣彼得广场

圣彼得大教堂的建筑风格具有明显的文艺复兴时期提倡的古典主义形式，主要特征是罗马式的圆顶穹窿和希腊式的石柱式及平的过梁相结合。圣彼得大教堂是一座长方形的教堂，整栋建筑呈现出一个希腊十字架的结构，造型是非常传统而神圣的。教堂内部金碧辉煌，光线幽暗，神秘莫测，用大理石砌筑而成，里面的所有画像用不同颜色大理石拼接成图，工程十分浩大，因不允许使用三脚架和闪光灯拍摄，游客进入时需要注意有关的规定，以免遇上警卫和教会人员的警告。

圣彼得广场长 340 米、宽 240 米，可以容纳 30 万人，被两个半圆形的长廊环绕，长廊由 284 根高大的圆石柱支撑着长廊的顶，顶上有 140 个教会史上有名有姓的圣男圣女的雕像，这些人物大都为了忠于《圣经》中人类道德的理想而殉难，他们被作为殉道者而被后人永久仰望。雕像人物神采各异、栩栩如生。广场中间耸立着一座 41 米高的埃及方尖碑，是 1856 年竖起的，它是由一整块石头雕刻而成的。方尖碑两旁各有一座美丽的喷泉，涓涓的清泉象征着上帝赋予教徒的生命之水。所有走进圣彼得广场的人无不为这宏大的场面所震撼。

由于天气晴朗，在蓝天和白云的映照下，整座广场庄严而神圣地投射出白色的色彩，给游人一个仰望和肃穆的氛围，广场上游人如织。由于圣彼得教堂的正门已经打开，游人都自觉地排队，队伍蜿蜒有 500 多米长。大家站在烈日下，沿着广场的拱柱和长廊安静而有序地向前涌动，没有人喧哗，也没有人加塞，队伍秩序井然，也没有警察来维持秩序，好像所有人都在神的殿堂前接受心灵的洗涤和思索，大家都在用自己的言行来维护神圣殿堂的安宁。我也拿起相机与爱人手挽手在长长的队列之中排队，等待参观圣彼得教堂。进入教堂后，那高耸的穹顶和华丽的玻璃幕墙让人叹为观止，进门口的右边走廊里，有米开朗琪罗 23 岁时的作品《彼得》。现在只能隔着玻璃欣赏，但是仍然能打动世人的心灵。前面的第三礼拜堂 Cappella del Sacramento 里有贝尼尼所建的祭坛，只有祈祷的人才能进入，不是信徒禁止入内。正中央右边有圣彼得的青铜像，由于来参观的信徒的吻和手的触摸，铜像闪耀着金色。左侧以及与第二、第三礼拜堂相对的墙面上有波莱渥罗为伊诺欠兹奥八世建造的青铜纪念碑。登上圆顶的入口在面向教堂外侧的正面时的右手边，尽管有电梯，但要到屋顶庭园还必须要登330级台阶。中央的圆顶是由米开朗琪罗设计的，两重结构，内部很明亮。圆顶下是教皇的祭坛，用贝尼尼创作的青铜华盖覆盖着。那扭曲的粗圆柱似的独特形状很引人注目。下面的礼拜堂里有圣彼得的墓，墓前跪着的是由新古典主义雕刻家卡诺巴做的教皇庇奥六世像。里面上部有彩色玻璃做的鸽子，下面装饰着贝尼尼做的巨大的“圣彼得的椅子”，里面包着据说是圣彼得使用过的木质的传教座椅，左边的楼梯通往教皇的地下陵墓。另外，面前的左边有珍宝馆的入口，那些豪华的圣器皿类显示着梵蒂冈和教会的财富和力量。

圣彼得大教堂的壮观穹顶

圣彼得大教堂门前左边树立着圣彼得高大的雕像，他神情自若、面带微笑，右手握着两把耶稣送给他通向天堂的金钥匙，左手拿着一卷耶稣给他的圣旨。他头上的缕缕卷发、脸上的条条皱纹、下巴上的根根胡须和身上长袍褶皱无一不被雕琢得细腻、逼真。如果把脸和头发涂上真实的颜色，有可能重现真神下凡的魔力。彼得是耶稣的12个门徒中的第一个，耶稣去了天堂后把金钥匙交给了他，彼得成为基督教的首领，他来到罗马传教，后来，罗马的皇帝为了嫁祸基督教，放火烧了罗马城，然后归罪于基督教，并处死了彼得，圣彼得大教堂就是为纪念彼得而修建的。教堂门前的右边竖立着另一座高大精美的雕像，据说那是耶稣的另一得意门徒保罗，耶稣在世时，他总是与彼得一起跟随耶稣的左右。

圣彼得大教堂外观宏伟壮丽，正面宽115米，高45米，以中线为轴两边对称，8根圆柱对称立在中间，4根方柱排在两侧，柱间有5扇大门，二层楼上有3个阳台，中间的一个叫祝福阳台，平日里阳台的门关着，在重大的宗教节日时教皇会在祝福阳台上露面，为前来的教徒祝福。教堂的平顶上正中间站立着耶稣的雕像，两边是他的12个门徒的雕像一字排开，高大的圆顶上有很多精美的装饰。

大教堂左边的大门有皇家卫队守卫，皇家卫队就是梵蒂冈国家的军队。卫士们个个高大魁梧，他们身穿红黄蓝三色条纹的古代骑士服装，手握长戟，威风凛凛。他们都是瑞士人，据说在16世纪初教皇受到了哈布斯堡王朝查理五世军队的进攻，为了保卫教皇，100多名瑞士卫兵战死在教堂外，当时的教皇非常感动，于是决定世世代代雇佣瑞士卫兵保卫教堂。由于梵蒂冈特殊的风景线和卫士们奇特的服装，有许多游人会拿起相机与教会卫士合影，大多数情况下他们都不会拒绝，但是游人也要注意不要去拉扯卫士的制服以及触摸卫士手中的长矛，尽管那是象征性的，我们也要尊重教会的权力和习俗。

圣彼得大教堂的内部雕塑

走进大教堂先经过一个走廊，走廊里带浅色花纹的白色大理石柱子上雕有精美的花纹，从左到右长长的走廊的拱顶上有很多人物雕像，整个黄褐色的顶面布满立体花纹和图案。再通过一道门才进入教堂的大殿堂，殿堂的宏伟令参观者惊叹，殿堂长186米，总面积15000平方米，能容纳6万人。高大的石柱和墙壁、拱形的殿顶，到处是色彩艳丽的图案、栩栩如生的塑像、精美细致的浮雕，彩色大理石铺成的地面光亮照人。

圣彼得教堂不仅是一座富丽堂皇值得参观的建筑圣殿，它所拥有多达百件的艺术瑰宝更被视为无价的资产。参观这座教堂的几个重要特色一定要把握，因其占地广阔，进入之后会不知从何看起。

教堂内部装饰华丽，华丽到令人惶恐不安，令人窒息。现在我们见到的教堂中央著名大拱形屋顶是米开朗琪罗的杰作，双重构造，外暗内明。这个大圆顶，曾有过百年的波折，最先是布拉曼特于1506年设计，1514年他去世后拉斐尔接替了他。6年后，拉斐尔也去世了，教会对教

圣彼得雕像

堂顶部借鉴哥特式的设计，强调黑暗与光明的对比，采用了玫瑰花窗，于是出于对教堂入口处的光线对比效应的考虑，圆顶被取消。后来米开朗琪罗在71岁高龄时接替了这项工作，以“对上帝、对圣母、对圣彼得的爱”的名义，恢复了圆顶。圆顶廊檐上有11个雕像，耶稣基督的雕像位于中间，廊檐两侧各有一座钟，右边的是格林尼治时间，左边的是罗马时间。整个殿堂的内部呈十字架的形状，在十字架交叉点处是教堂的中心，中心点的地下是圣彼得的陵墓，地上是教皇的祭坛，祭坛上方是金碧辉煌的华盖，华盖的上方是教堂顶部的圆穹，其直径42米，离地面120米，圆穹的周围及整个殿堂的顶部布满美丽的图案和浮雕。一束阳光从圆穹照进殿堂，给肃穆、幽暗的教堂增添了一种神秘的色彩，那圆穹仿佛是通向天堂的大门。

大殿内有很多巨大的雕像和浮雕，大殿的左右两边是一个接一个的小的殿堂，每个小殿内都装饰着壁画、浮雕和雕像，最著名的是米开朗琪罗的圣母哀痛雕像和一座圣彼得的青铜塑像。我最喜欢的是刚走进大门处的两个小天使捧圣水缸的雕塑，从形象上看小天使只有1岁的样子，然而雕像的实际高度有2.5米。众多的统治者、勇士、殉难者的雕像给人们留下了太多的威严、冷峻和痛苦的记忆后，再看到这天真可爱的小天使时，一种安慰、一种美好的感觉油然而生。艺术家把小天使和圣水放在一起，是因为那时的人们视水为上帝赐予人的圣洁之物，水是生命之源。

进入圣彼得大教堂，你一定会被各种艺术珍品迷住了眼，但两位艺术大师的杰作是一定要仔细欣赏的。一位是被称为“巴洛克艺术之父”的天才雕塑家贝尼尼；另一位当然就是米开朗琪罗。

梵蒂冈的警卫

大教堂内部的壁画

米开朗琪罗的雕塑

除去教堂外，位于台伯河上的圣天使堡也属于梵蒂冈的领地。最早的城堡是罗马皇帝为自己家族所建立的墓地。据说509年罗马传染病大肆流行，当时的教皇主持完弥撒后经过此地，突然出现一个拿宝剑的天使，自此以后传染病销声匿迹，所以改称此堡为圣天使堡。城堡和教堂之间有城墙相连，因此教皇从圣彼得大教堂到天使堡不用经过意大利的土地。

圣天使堡前横跨台伯河的圣天使桥是罗马城中最美的桥梁，桥上有

12 尊天使的雕像，每个天使手上都拿着一样耶稣受刑的刑具，这 12 尊天使都出自贝尼尼之手。

教堂北面有著名的梵蒂冈望景楼，一座有几百英尺长的建筑物，把梵蒂冈宫和由罗马教皇英诺森特八世在一座小山顶上建造的望景楼别墅连接起来。

三、与水战斗的城市

威尼斯是一个别致的地方——朱自清这样评价威尼斯。177 条水道和 401 座桥把 118 个小岛连成一个城市，船便是日常的交通工具。圣马可博物馆如果读者有时间的话，可以去参观一下，12 欧元的门票可看四个展区：总督府、科雷尔馆、国家考古馆和马尔恰纳图书馆。

总督府院中有 30 级大理石的台阶，台阶最高层竖立着战神和海神的巨大雕塑，因此这里被称为“巨人梯”。楼内有一条著名的“金梯”，因为墙壁、房顶遍贴黄金，满目金光，辉煌一片。室内装饰以油画、壁画为主，加以大理石雕塑，其中不乏维罗内塞的《威尼斯的胜利》、提埃坡罗的《海神向威尼斯献礼》等传世之作。二层大评议员会议室中是丁托雷托的《天堂》，取材于但丁的《神曲》，长 22 米，宽 7 米，画中绘有 700 多个各色人物，被喻为世界最大的油画。宫内还有中世纪到近代的各种兵器陈列。向下通过一人窄的楼梯，可以到达地下室的监狱，中间连接的小廊桥就是著名的“叹息桥”了。古时的囚犯跨过这里就难再活着回来，于是在桥上的小窗上最后叹息回望，中国有句古话，浪子回头金不换，而来到威尼斯的叹息桥，你就是想后退也来不及了，前面等着你的不是大刀就是绞索。

科雷尔馆中陈列着总督的肖像和新古典主义雕塑家卡诺瓦的雕像，以及古钱币、造船厂示意图、古地图等。还按照年代展示着威尼斯历代的绘画作品，如安特尼罗·达·梅希纳的《圣母和三天使》、贝尼尼父子的作品等。

国家考古馆中收藏了许多希腊、埃及的画像、雕刻、青铜器等古物。很多庞贝废墟中出土的器物在此也能看到。考古馆中还设美术馆，有拉斐尔、齐齐亚诺等人的名画。最为精美的要算镶嵌画《亚历山大大帝大战波斯皇帝大流士》，画中细致地绘制了各色动物、百姓的日常生活，还有当时的音乐名流，甚至柏拉图和他的学生对答的情景。

马尔恰纳图书馆是意大利最大的图书馆之一，收藏了100多万册图书、众多的手抄本和航海图。最值得一提的还有15世纪由Nauro修士所绘制的平面天体图。

从图书馆出来就是圣马可广场，它被拿破仑赞为世界上最美丽的客厅。东西长170多米，东宽80米，西宽55米，南北西三面都被宫殿建筑环绕。宫殿建筑群中的圣马可大教堂融汇了多种建筑风格：俯视图呈希腊风格的十字形，正面华丽装饰和5座圆形穹顶是土耳其的拜占庭风格，15世纪增加了哥特式的尖拱门，17世纪又增加了文艺复兴时期巴洛克式的栏杆和装饰。大教堂如同一个尽职的史官，忠实地记录着每一个泛地中海文明的兴衰。白天游客徜徉在广场之中，眼望静静的蓝天白云，身边环绕着无数叽喳欢闹的鸽子，有游客们用手中的面包喂食，广场边当地人坐在桌边安静地喝着咖啡，那份淡定，你会感到欧洲的安宁和那厚重的心跳，再没有战乱、饥饿和环境的污染，人们就在这蓝天下享受生活的宁静，重温祖辈的荣光，作为东方的游客，你会情不自禁地融入这份宁静、祥和，放下相机和背囊，弯下腰，站在圣马可广场中央来享受一下生活。伸出手来，拿出一份面包，看着可爱的鸽子在你肩部和头部环绕，争相享受你慷慨赠予的美食，而你会快乐地大笑，你的包容快乐与广场的人流融为了一体，让同伴举起相机来记录下这开心的一刻吧，此时此刻，威尼斯属于你，美丽的水城属于你。美丽的威尼斯和圣马可广场用她的包容迎接着世界各个角落的来客。你可以随时在广场一角的咖啡厅坐下来，点一杯浓浓的卡布奇诺，一边惬意地喝着浓香的咖啡，一边注视着广场上的鸽子和人流，欣赏着水城的夕阳，听着远处传来的教堂钟声。你才体会到人生的意义，才体会到不远万里飞行的辛苦旅途所带给你的温暖回报，那就是心境的平和和思绪的悠远，以及你的心灵和肉体与威尼斯融为一体的那份惬意和舒适。再来到圣马可广场已经是黄昏了，伴着教堂的钟声，我们从一个小巷转身出来，几乎是立马撞见了广场的人流，顿时就被眼前一片的金黄所折服和倾倒。广场周围建筑的每个拱门和尖塔都透出金色，原本白色石面的教堂金碧辉煌，傍晚的阳光洒在了水城的桥梁、游艇和水面上，大地披上了金色的长袍，水道中的波澜泛起了炫目的波光。我们陶醉在这迷人和令人振奋的美景之中，谁都不愿意挪动脚步。威尼斯最美丽的时刻在向我们展现，那就是她的黄昏夜色。

再造访圣马可广场是在涨潮时。10月中旬的威尼斯是多雨的，所幸

威尼斯圣马可广场

雨水并不恋战，来去匆匆。终于赶上了一个久违的晴天。云开日出，蔚蓝的天空下潮水在上涨，广场被淹没后就如同被披上了一层水晶地毯，周围的建筑物在海水的映照下显得更加玲珑剔透，清新可人。广场洪水来自亚得里亚海的倒灌，现在每年潮水都会把圣马可广场以及教堂、商店、民居的低洼处淹没数百次。与潮水奋战的经验让威尼斯人有了一套行之有效的应对方法。每当潮水来临之前，人们会用铁架和木板在原来街巷上搭出一条条半人高的通道，商家也会给游客推出形形色色的雨靴。威尼斯建于452年，城市以每百年超过1厘米的速度下沉，加之地球气候变暖使海平面逐渐上涨，威尼斯的水患便也逐年上升。被洪水推高的还有生活和居住成本，于是当地的人们纷纷搬离这水中城堡，居民从1957年的17.4万降到目前的6万。威尼斯正在逐渐变成一个只有游客，没有居民的水城。据说到2050年城市大部分地区将沉入海中。眼前是即将消逝的美景，后世或将成为一个美丽的传说。因此读者朋友有时间的话，一定要赶在威尼斯城区被全部淹入水下之前，来游玩欧洲最美丽的水上小镇，来缅怀她那昔日的荣光。

来到威尼斯，如果不亲自体验一下威尼斯特有的贡多拉，那将成为终生遗憾。穿着蓝白相间的水手服，戴着夸张的大礼帽，有的水手脖子上还系着红丝带，大声地用意大利语、西班牙语、英语、德语、日语甚至汉语向游客打招呼，他们为清一色的男性，都拥有宽阔的臂膀，健壮的身材和南欧人特有的棕色皮肤，成为水城的一道亮丽风景线，吸引许多游客与其合影留念。他们胯下的宝马神驹就是名闻遐迩的贡多拉。每条贡多拉都漆成黑色，长度超过5米，可以舒服地容纳5—6名游客，贡

威尼斯的桥

多拉的明显特征就是船头和船尾都急剧翘起，因此游客上船的时候要听从船夫的指挥，帮助保护船舷的平衡和吃水，你要是不听话，很有可能就会尝试一把免费落汤鸡的待遇。贡多拉在前进的时候，船夫一般会站在船身的后部，一方面是方便视野，另一方面是帮助提高贡多拉的前进速度，可以让船头的阻力减小。由于水城的水道狭窄悠长，因此贡多拉在前进的时候需要避让前方的来船和障碍物。乘坐贡多拉的一大乐事就是听船夫唱起那嘹亮而婉转的意大利民歌，你一边听着那悠扬的歌声，一边穿越水城那古色古香的街道，远眺前方教堂白色的穹顶，思绪也会随着贡多拉的前进而飞扬婉转。这时候你会想起什么呢，也许是罗密欧与朱丽叶那传颂千古的爱情悲剧，远方的亲人，你读书和工作期间追求和朝思暮想的梦中情人，甚至水城的街景也会让你回忆起中国美丽的江南水乡？此情此景，是那么熟悉而遥远，萦绕在我们的心中久久不能忘却。水城的风光就像一个婀娜多姿的少女，披着白色的轻纱，沐浴在金色的夕阳之下向众人展示着她的美丽，她的轻柔，她的轻声细语，她的浪漫，似乎在诉说着她那悠远的历史，在向远方的来客倾诉她那美丽面容下的惆怅，就像船夫那动听的歌声一样，余音绕梁，挑动游人的思绪和衷肠。威尼斯呀，我们真不愿意向你说再见，希望你的美丽永存在人类历史前进的长河中永放光芒。

四、佛罗伦萨

佛罗伦萨位于意大利北部，是意大利重要的经济城市。一直到中世纪后期，无论从富有程度、军事力量还是文化发展等角度来看，佛罗伦萨在和周边的比萨、西耶那等地的竞争中还并没有太大优势。但经济基础决定上层建筑，佛罗伦萨在中世纪末期的资本主义的萌芽，最终在佛罗伦萨开出了文艺复兴的花，并且迅速蔓延至欧洲各地。

路线和景点

建议的旅行路线：佛罗伦萨学院美术馆 —主教堂广场（圣母百花大教堂—圣乔凡尼洗礼堂—乔托钟楼）—但丁故居—领主广场—旧宫— 乌菲兹美术馆—老桥—碧提宫。

佛罗伦萨美术学院（Accademia delle arti del disegno）

开放时间：周二到周日上午 8：15 至下午 6：50（每周一、1 月 1 日、5 月 1 日、12 月 25 日闭馆）

票价：6.5 欧元（不含预订费），对欧盟地区以外的公民无学生票、青年票、老年票等打折票。凭门票还可进入乐器博物馆参观。

地址：Via Ricasoli 60，Firenze

联系方式：（+39）055 2388612

预订：http：//www. b - ticket. com/b - ticket/uffizi/shopper. aspx？venueId =7（预订费：4 欧元）

主教堂广场（Piazza del Duomo）

佛罗伦萨主教堂广场的教堂建筑群包括：圣母百花大教堂（Cattedrale di Santa Maria del Fiore）、乔托钟楼（Campanile di giotto）、圣乔凡尼洗礼堂（Battistero di San Giovanni）。

具体开放时间：http：//operaduomo. firenze. it/en（主教堂区域的景点不能提前预约、订票）

地址：Piazza Duomo，17 - 50122 Florence

网址：http：//www. duomofirenze. it/

联系方式：（+39）055 215380，info@ duomofirenze. it

圣母百花大教堂（Cattedrale di Sante Maria del Fiore）

参观信息：

（1）大教堂部分：

开放时间：每周一、周二、周三、周四（7月到9月）、周五上午10：00至下午5：00；5月和10月的周四：上午10：00至下午3：30；其他月份的周四：上午10：00到下午4：30；每周六：上午10：00至下午4：45；周日及其他宗教节日：下午1：30至4：45；1月1日、主显节、复活节、圣诞节关闭。

票价：免费。

圣母百花大教堂钟楼

雄伟的圣母百花大教堂外观

（2）圆顶部分：

开放时间：周一至周五：上午8：30至晚7：00；周六：上午8：30至下午5：40；周日、1月1日、主显节、复活节、6月24日、8月15日、9月8日、11月1日、基督降临节前一周、圣诞节、12月26日关闭。

票价：8欧元，无折扣票。关闭前40分钟停止入内。共463级台阶，没有电梯。

领主广场

领主广场（Piazza della Signoria）

票价：6欧元。

开放时间：周一至周五：上午9：00至晚上7：00；周四及其他节假日：上午9：00至下午2：00；1月1日、复活节、8月15日、圣诞节闭馆。

地址：Piazza della Signoria，Firenze

联系方式：（+39）055 2768325

帕拉汀美术馆（Galleria Palatina）和现代艺术美术馆（Galleria d' Arte Moderna）：

开放时间：周二到周日：上午8：15至晚上6：50；每周一、1月1日、5月1日、圣诞节闭馆。

票价：8.5欧元（也可凭此门票进入现代艺术美术馆参观）。

地址：Piazza Pitti 1, 50125 Firenze

联系方式：(+39) 055 2388614，galleriapalatina@polomuseale.firenze.it

网址：http://www.palazzopitti.it/site.php?

网上预订：http://www.b-ticket.com/b-ticket/uffizi/shopper.aspx?venueId=6?（预订费：3欧元）

服饰美术馆（Galleria del Costume）、陶瓷博物馆（Museo delle Porcellane）、美第奇家族珍宝馆（Museo degli Argenti / The Medici Treasury）和博博利花园（Giardino di Boboli）

开放时间：

11月至2月：上午8：15至下午4：30；

3月、夏时制结束后的10月：上午8：15至下午5：30；

4月、5月、9月、10月：上午8：15至晚上6：30；

6月至8月：上午8：15至晚上6：50；

每月第一个和最后一个周一、1月1日、5月1日、圣诞节关闭。

票价：7欧元（包含上述三个博物馆和博博利花园）。

其他推荐

圣米尼亚托大殿（Basilica di San Miniato al Monte）

夏季时间：上午8：00至晚上7：30；

冬季时间：上午8：00至中午12：30；下午3：00至6：00。

地址：San Miniato al Monte，Via del Monte alle Croci

联系方式：(039) 055 2342731

网址：http://www.museumsinflorence.com/musei/san_miniato.html

布兰卡契小堂（Capella dei Brancacci）

开放时间：工作日的上午10：00至下午5：00；节假日：下午1：00至5：00；每周二、圣诞节、1月1日、1月7日、复活节、5月1日、7月

16 日、8 月 15 日关闭

票价：4 欧元。布兰卡契小堂和领主宫的有套票：8 欧元。

地址：Brancacci Chapel，Piazza del Carmine - Firenze

联系方式：(+39) 055 2768224

网址：http://www.museumsinflorence.com/musei/Brancacci_chapel.html

巴杰罗美术馆（Museo Nazionale del Bargello）

开放时间：

11 月 2 日至 12 月 24 日：周二至周五、每月的第一、第三、第五个周一：上午 8：15 至下午 2：00；每周六周日：上午 8：15 至下午 5：00。

12 月 26 日至 1 月 10 日：周二至周日、每月第一、第三、第五个周一：上午 8：15 至下午 5：00。

每月第二、第四个周一，圣诞节和 1 月 1 日闭馆。

票价：4 欧元。

网上预订：http://www.b-ticket.com/b-ticket/uffizi/shopper.aspx?venueId=15

圣十字圣殿（Basilica di Santa Croce）

票价：5 欧元。

开放时间：工作日的上午 9：30 至下午 5：30；周日及其他节假日：下午 1：00 至 5：30。

地址：Opera di Santa Croce di Firenze，Piazza Santa Croce，16，50122 Firenze

联系方式：(+39) 055 2466105

圣马尔古大殿（San Marco）

开放时间：周二到周五：上午 8：15 至下午 1：50；周六：上午 8：15 至晚上 6：50；1 月 1 日、5 月 1 日、圣诞节关闭。

票价：4 欧元。

地址：San Marco Museum，Piazza San Marco，3 - Direction：Via G. La Pira，1

电话：(+39) 055 2388608 (+39) 055 2388704

圣老楞佐大殿（Basilica di San Lorenzo）

开放时间：工作日的上午10:00到下午5:00；每周日的下午1:00至5:00。

票价：2.5 欧元。

地址：Piazza San Lorenzo，9，Florence

联系方式：（+39）055 21402

五、美食及饮食礼仪

意大利的美食与她的历史名城以及热情好客的人民一样闻名世界。到了美丽的意大利，如果不趁此机会，大饱口福的话则太对不起意大利之旅了，反正我在意大利可没有错过机会，逛街、购物的同时也不放弃享用美味。

意大利地处欧洲南部的亚平宁半岛，约有人口6000多万，绝大多数信奉天主教。自公元前753年罗马城兴建以来，罗马帝国在吸取了古希腊文明精华的基础上，发展出先进的古罗马文明，从而成为当时欧洲政治、经济和文化中心。以佛罗伦萨城为首的王公贵族们，纷纷以研究开发烹调技艺及拥有厨艺精湛的厨师来展现自己的实力与权力，并以此为尊贵和荣耀。因此，当时一般的平民百姓认为只要能成为烹调料理的高手，就有置身贵族圈的机会，以至全国上下弥漫在烹调技艺的研发乐趣之中，顺势将餐饮业发展推向鼎盛时期，进而奠定出欧洲美食先锋的神圣地位，并影响了欧洲的大部分地区，被誉为“欧洲大陆烹饪之始祖”。

意大利人对西餐文化贡献很大。1533年，意大利公主凯瑟琳·狄·麦迪奇下嫁法国王储亨利二世时，带了30位厨师前往，将新的食物与烹饪方法引介至法国。法国人则将两国烹饪上的优点加以融合，并逐步将其发扬光大，创造出当今最负盛名的西餐代表——“法国菜”。另外，意大利人发明餐用叉子，为餐桌文化留下重要的一笔。

意大利菜肴源自古罗马帝国宫廷，在世界上享有很高的声誉。意大利菜多以海鲜作主料，辅以牛、羊、猪、鱼、鸡、鸭、番茄、黄瓜、萝卜、青椒、大头菜、香葱烹成。制法常用煎、炒、炸、煮、红烩或红焖，喜加蒜蓉和干辣椒，略带小辣，火候一般是六七成熟，重视牙齿的感受，以略硬而有弹性为美，形成醇浓、香鲜、断生、原汁、微辣、硬韧的12字特色。这都表现在佛罗伦萨牛排、罗马魔鬼鸡、那不勒斯烤龙虾、巴里甲鱼、奥斯勃克牛肘肉、扎马格龙沙拉、米列斯特通心粉、鸡蛋肉末沙司、

意大利比萨

板肉白豆沙拉子、青椒焖鸡、烩大虾、烤鱼、冷鸡、白豆汤、火腿切面条等名食之中，四方游客及希望大饱口福的美食家络绎不绝来到意大利。

与大菜相比，意大利的面条、薄饼、米饭、肉肠和饮料更上一层楼。意大利面条也叫意大利粉或者意大利通心粉，拥有享誉世界的美誉。它分为线状、颗粒状、中空状和空心花式状四个大类，用面粉加鸡蛋、番茄、菠菜或其他辅料经机器加工制成。其中最著名的是通心粉、蚬壳粉、蝴蝶结粉、鱼蓉螺丝粉、青豆汤粉和番茄酱粉，有白、红、黄、绿诸种颜色。这些粉大都煮熟后有咬劲，佐以火腿、腊肉、蛤蜊、肉末、鱼丝、奶酪、蘑菇、鲜笋、辣椒、洋葱、虾仁、青豆和各色作料，馨香可口。意大利年产各种面条多达200万吨，每年人均食用30公斤。相比高热量的比萨，笔者更加愿意品尝意大利粉。浇上西红柿汤或者牛肉汁，配上鲜虾、洋葱或者牛肉，那份刺鼻的香气让人不禁唾液升腾，入口之后滑而不腻，还有一种与牙齿纠缠的筋道，实在是世界各地美食家不能拒绝的佳肴。

海鲜意面

意大利人习惯该国传统餐饮，即意式西餐，以意大利各大区的地方传统风味菜、大餐为主。就西餐烹饪来讲，意大利应是始祖，可以与法国和其他西欧国家的大餐媲美。因此，意大利人请客人吃意式大餐时也津津乐道，以此为骄傲。意大利人重视晚餐，重要的请客活动往往都安排在晚上，偕配偶同往。中午一般称为工作餐，比较简单，一个小时结束，不带配偶。晚餐时间就比较长，用餐时往往边喝酒，边聊天，有的兴趣一来，在音乐的伴奏下，还要跳舞。一顿饭要吃两个多小时甚至更长时间，他们比较推崇慢餐运动，认为这是真正的饮食文化。意大利餐会提供全套菜牌，包括开胃头盘、汤、面食、比萨、主菜以及甜品。先吃头盘，汤或面称为第一道菜，主菜等于第二道菜，然后是沙拉、甜品或乳酪，最后是咖啡或饭后酒，每道菜肴选一款即可。

第一道菜包括汤、面食、利梭多饭、玉米糕或比萨。

第二道菜包括海鲜盘和肉盘。意大利餐里海鲜的烹调方式比肉类多。传统菜单会保留配菜一栏，受欢迎的配菜有香菜炒保鲜尼菌、番茄芝士沙拉等，而现代主菜会配以更多的蔬菜和淀粉食物来平衡营养，无须另选配菜，驰名的主菜有酿花枝、香草生腿煎牛仔肉片和烧牛柳配蘑菇红酒汁等。

意大利面

主菜享用完毕之后，自然是甜品了。意大利的甜品是琳琅满目，包括糕饼、雪糕和酒香水果等，比较出名的有意式芝士饼、西西里三色雪糕、提拉米苏等；在享用甜品之后，侍应生会推上芝士车，芝士在意大利是十分普遍的食物，种类大概有400种，可以入菜或者伴红酒进食；常见的意大利芝士有苏芬些拿芝士（Gorgonzola）、宝百士（BeiPaese）、芳天娜芝士（Fonfina）、柏尔马臣芝士（Parmesan）、布旺伦芝士（Provolone）和莫撒拿芝士（Mozzarella）。用餐后，可以喝一杯浓缩咖啡 Expresso 或者泡沫咖啡 Cappuccino 帮助消化，最好伴一点杏仁曲奇。意大利菜分量比较大，为了避免浪费，几道菜可以分开点，也可以两三人分吃一整套的意大利餐。这里要特别提醒各位，吃意大利菜一定要佐以葡萄酒（Vino），否则就是美中不足了。基本上，口味重的牛、羊、猪肉类配红葡萄酒，口味清淡的鸡肉、海鲜类则配白葡萄酒。

葡萄酒及饮酒礼仪

古代希腊人把意大利叫作葡萄酒之国（enotria）。意大利的葡萄酒历史久远。共和制时代的雄辩家西塞罗，皇帝恺撒都曾沉迷于葡萄酒。由于维苏威火山爆发而一夜之间化为死城的庞贝古城的遗迹里仍保留有很多完整的葡萄酒壶。据说古代罗马士兵们去战场时，和武器一块儿带着葡萄苗，领土扩大到哪就在哪种下葡萄。这也就是从意大利向欧洲各国传播了葡萄苗和葡萄酒酿造技术的开端。深受自然环境之惠的意大利葡萄酒，占世界葡萄酒生产量的1/4，输出、消费量都堪称世界第一。南北呈细长形的意大利自然环境也各式各样。在北意大利严酷的自然环境中产生了世界有名的品质优良的浓厚红葡萄酒和意大利产起泡酒（spumente）等。而中部杉木林立，在低缓的丘陵上遍布葡萄园。这里的葡萄可制成充满生气的柔和的奇安帝（chianti）葡萄酒。而充分享受太阳恩泽的意大利南部，则生产酒精含量高、烈性的葡萄酒。在集合了充满变化、具有丰富个性的葡萄酒的意大利，希望你一定体验一下酒神给予我们美丽世界的魅力，与热情的意大利人一起，饮酒高歌，尽管你唱的中国歌曲，可怜的意大利人一句也听不懂，那也没关系，因为你的歌声展现了中国人的豪放和开朗，而好客的意大利人一定会用意大利语回敬你一首当地歌曲。

吃鱼喝白葡萄酒，吃肉喝红葡萄酒是常识，但意大利人喝葡萄酒没有这么死板，想喝酒喝吧，但让我们了解一下能更好品味美酒的规则也好。一般鱼和白肉（仔牛、鸡肉等）配白葡萄酒，肉菜配红葡萄酒或粉红色葡萄酒。根据当时的口味，膏状物、菜粥等根据其调味酱来决定葡萄酒，鱼贝类的调味酱配白葡萄酒，若是带肉的就用红葡萄酒或粉红色葡萄酒。要想更好地品味经久酿造的美酒，至少要在吃饭之前两小时拔栓。根据情况也有在两天前就拔栓的。但是，在餐厅里是在你点了之后才拔栓的，称为（倾析），就是把葡萄酒倒入餐桌上的玻璃容器里也叫醒酒器。这是为了让昏睡多年的葡萄酒睁开眼睛，赶快把它本来浓郁的香味散发出来。

葡萄酒用语大略

rosso 红葡萄酒
bianco 白葡萄酒
rosato 玫瑰红葡萄酒
frizzante 弱起泡性
spumante 起泡性，最优良的不劣于香槟
liquoroso 利口型的甜葡萄酒
secco 干酒
abboccato 微甜
amabile 半甜
dolce 甜
classico 自古特定的葡萄园中制成的葡萄酒
riserva 超过最低成熟期的规定成熟的葡萄酒
superiore 超出法定酒精度 1 度以上的

意大利冰激凌

17 世纪意大利就已经有冰激凌了，在意大利的很多大城市，从米兰到巴勒莫都有传统的冷饮店，它们是从 19 世纪末开始出现的。每个好的冷饮店都自己制作冰激凌：奶油冰激凌的主要配料是鸡蛋、糖和牛奶，水果冰激凌的主要配料是新鲜的水果、蛋清和糖。一个好的意大利冷饮店有 15—20 种冰激凌，有些店甚至有更多的品种。每个冷饮店都有一种最有特色的冰激凌，有时候它们会成为全国流行的冰激凌，比如 Bacio 和 ginaduia 这两种冰激凌的名字来源于著名的意大利巧克力糖。人们还制造了能“减肥”的冰激凌，比如酸奶冰激凌、大豆冰激凌或者豆芽冰激凌。除了完全冷冻的冰激凌外还有半冷冻的冰激凌（冰糕）。它们可以在冰柜中保存，比如 Cassata（用巧克力、鲜奶油和蜜饯做成的三角形冰激凌）或者 Zuccoto（把鲜奶油、巧克力和樱桃烧酒调制的鸡尾酒放在装有米酒的素瓷盘中做成的圆形冰激凌）。此外，还有放在冰箱冷藏后再吃的甜食，比如 Zuppa Inglese 或者 Tiramisu。笔者在罗马访问的时候，就发现街角和路边就有很多这样的冰激凌店，游客只要走进去，使用现钞甚至信用卡就可以买到香甜可口的意大利冰激凌，甚至你都不需要说英语或者意大利语，只要你用手指指向橱窗中你希望购买的冰激凌种类，例如香草、巧克力或者是草莓等，然后店主就会心领神会，在搅拌机的帮助下，将打出的冰激凌放入甜筒中，一个模样精致小巧的冰激凌就做好了。当你站在街角，面对特莱维喷泉前穿行的人流，与你身边的爱人、亲友甚至不曾相识的游客共享一筒冰激凌吧，你会感觉生活是那么甜蜜和美好，此情此景永驻心中。那浪漫的情调，令人赞不绝口的意大利美食，以及心中圣殿般膜拜的美景，那传颂千古的许愿喷泉，你生活中最美好的部分将在你的记忆中拥有一个永恒的位置。

最应该去的旅游季节

这个就仁者见仁智者见智了，一般来说，去欧洲旅游需要避开旅游旺季，例如寒暑假以及当地的重大节假日，例如圣诞节和新年假期，否则你将会被旅游胜地汹涌的人潮所吞噬，而且在各主要景点和博物馆面前都可能要大排长龙，让你等得筋疲力尽。因此如果可以避开的话，尽量回避旺季出游。笔者是 10 月份到达意大利的，感觉环境和气候非常舒适，天气晴朗，多云少雨。由于是工作季，没有遇到大批游客人流，可以尽情拍照。

建议的旅行路线

建议读者首先去意大利的首都罗马，由于罗马是欧洲的历史古都，因此值得花上三天甚至一个星期的时间来游览罗马的名胜，体会欧洲文化的魅力，然后以罗马为中心，前往佛罗伦萨、威尼斯、米兰、那不勒斯、西西里等历史名胜及古迹。

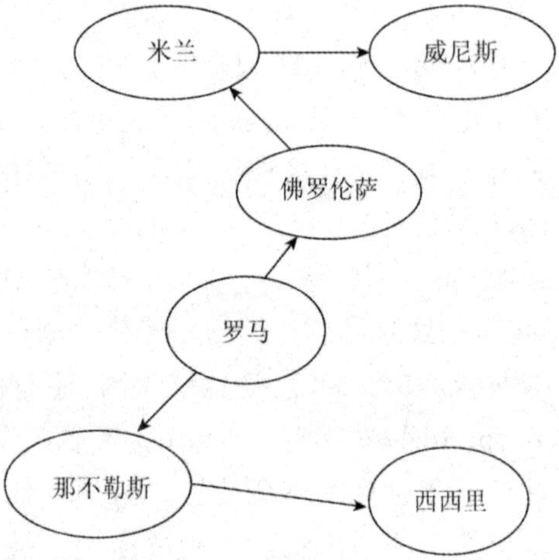

六、趣闻逸事

意大利足球

意大利人喜爱足球，意大利足球更是以防守见长，甚至被称为混凝土防守。意大利人对于足球的喜爱竟然与法西斯头子墨索里尼有关。话说20世纪30年代，意大利深受世界经济危机的影响，国内失业率飙升，老百姓在贫困中挣扎，对于政府怨声载道。意大利政府首脑墨索里尼看到了乌拉圭主办世界杯比赛所取得的巨大成功之后，大受启发。他下令意大利政府不惜一切代价取得了1934年的世界杯主办权，为确保意大利夺冠，从世界各地网罗足球明星加盟意大利队，其中就包括参加首届世界杯决赛的阿根廷足球队名将蒙蒂。为了提高世界杯的上座率，墨索里尼亲自排队买票，并命令意大利报纸加以图片报道，并下令世界杯比赛要由电台进行实况直播，从而极大地调动了意大利百姓观球的积极性。为了保证意大利队将冠军收入囊中，墨索里尼更是无所不用其极，亲自任命丹麦人艾克伦德为裁判，成为半决赛和决赛的法官。此君也不负众望，厚着脸皮在场上做了许多有益意大利人的裁决，帮助意大利队成为本届世界杯的冠军。还有其他传说，墨索里尼曾经亲自安排法西斯军官威胁球队，如果场上输给对手就送他们进监狱。在不胜就要进班房的威胁下，意大利人在足球场上表现得无比英勇，他们真的是在为自己的自由而战。意大利人在世界杯上的收获，给了墨索里尼政府巨大的政治胜利及经济成果，不仅转移了老百姓的注意力，也增加了就业机会，在国际体坛上增加了意大利的声望。从此意大利人爱上了足球。

当然由于意大利政府对足球比赛的过度干预，国际足联在尴尬观望的同时也在赛后及时地出台了两个新规则，并且一直沿用至今，世界杯裁判员由国际足联任命，东道主不能插手；球员一生只能代表一个国家参赛。

意大利军队的表现

聊完了意大利足球，我们再来聊聊意大利军队。在第二次世界大战期间，意大利法西斯政府追随希特勒德国参与了对于欧洲和北非国家的侵略战争。作为德国军队的伙伴，意大利人本来希望搭个顺风车，结果却是偷鸡不成蚀把米，还要经常麻烦德国军队来帮助打扫战场，才能全身而退。1940 年，德国发动了对英法的进攻战役，德军装甲部队通过阿登山区绕过了马其诺防线，包抄了英法联军的主力，使得英军狼狈退出欧洲战场，展开了敦刻尔克大撤退。眼看法国就要被打败，墨索里尼政府立刻对法宣战，派出意大利军队进攻法国，但没承想在法国边境遭到了法国军队的顽强抵抗。直到法国维希政府向德国投降，意大利军队都没能在法军的防御阵地面前前进一步。意大利军队的糟糕表现使墨索里尼在德国人面前丢尽了脸面。英国军队和军官们发现在北非战场上，意大利人往往不能组织有效的防御，在面对英国人的大炮轰击，飞机轰炸及坦克部队的攻击下，意大利人往往抛弃阵地闻风而逃，或者更干脆的，举出白旗列队投降。美英军队在北非战场上俘获了 20 多万意大利军队。正是意大利军队在战场上糟糕的表现直接导致了墨索里尼政府的倒台。

意大利人的浪漫

由于受地中海温暖而潮湿的气候影响，意大利人的工作态度在欧洲人中稍显懒散，但不失浪漫和幽默。笔者和太太参加旅游团曾经在佛罗伦萨附近的一个小镇与当地的意大利人共进晚餐。在我们落座以后，在服务生送上面包的环节，当地的意大利人就开始在麦克风前面引吭高歌，在演唱了多首意大利民歌之后，竟然还有人唱起了著名美国流行歌曲 YMCA，在欢快的歌声和鼓点中，餐桌边的意大利人载歌载舞，将晚宴的气氛推向了高潮，让我们这些远方的来客见识了意大利人的多才多艺。

意大利的黑帮

意大利西西里岛的黑帮在全世界都非常有名。他们中的“佼佼者”在移民美国以后，继续在异国他乡保持祖国的“优良传统”，使用黑社会的打手和武装来进行有组织的犯罪活动，例如拥有高额利润的贩毒、赌场经营等活动。为了保住地盘和惩治不忠诚分子，黑帮之间经常会进行火并。意大利黑帮在美国的活动引起了美国警方甚至联邦调查局（FBI）的注意，在经过了缜密的调查、监控，以及收买黑帮内部分子做污点证人，意大利黑帮团伙被严重摧毁，许多骨干都锒铛入狱。但其发展壮大的传奇故事被好莱坞搬上了银幕。由传奇导演科波拉执导的《教父》及其续集勇夺奥斯卡金像奖，由著名演员马龙·白兰度扮演的教父，其狡猾凶残但又不失慈爱人父的银屏形象，不仅为白兰度赢得了奥斯卡最佳男演员奖，也影响了全世界的黑帮电影，许多演员和导演都把《教父》中的情节和主人公形象加以克隆，放入自己的黑帮电影之中。在《教父》及其续集中出演的演员还有艾尔·帕西诺、罗伯特·德尼罗。他们都是意大利裔美国人，凭借自己的才华和勤奋在美国影坛取得了巨大的成功。特别值得一提的是艾尔·帕西诺，这位仁兄个头矮小长相一般，却拥有精湛的演技。他在电影中扮演教父的小儿子，在影片中虽然长相文弱，却性格坚强，凶狠狡诈，深得乃父的真传。在教父遇刺受伤住院后，就是他赶赴医院，发现医院的岗哨被对手买通的警察驱离，聪明的小儿子立刻意识到对方的杀手将随时赶来追杀受伤的父亲。他立刻赶到医院门口与帮内来访的小弟，竖起风衣的衣领，将手插入衣袋中。果然杀手的汽车拍马而至，但看到二人守卫又有带枪的迹象，不得不取消暗杀计划。影片中艾尔·帕西诺坚毅的面容，竖起的风衣衣领及手插裤袋随时准备拔枪射击的场景成为全世界黑帮电影中打手们永恒的风景线。

第六部分：玩转东南亚

东南亚由于距离中国大陆较近，同属亚洲国家，拥有近乎天堂般美丽的海滩，神秘的热带雨林和合乎亚洲游客口味的美食，所以一直深受中国游客的青睐。

东南亚安全旅游贴士

东南亚多姿多彩的海岸线是中国游客前往旅游的重要驱动力，但美丽背后的风险也必须及早防范。下面介绍一些去东南亚旅游需要注意的事项。

1. 不要在公共场所例如酒店大堂、购物中心、电影院、地铁、机场和火车站大声喧哗或者露财，从而引起小偷甚至劫匪的注意。

2. 在选择航空公司时，要考虑安全飞行记录，机票折扣，是否对托运的行李征收附加费用，等等。需要提醒的是，不要贪图机票的便宜而忽略了安全。

3. 旅行期间的天气情况。如果需要在森林、野外公园和山区进行徒步和登山活动，最好避开雷雨季节。如果需要在野外露营，最好查一下当地地区的安全记录，不要成为劫匪的抢劫目标。如果旅行团队中有年轻女性，可能会使被抢劫的概率增加，因此需要特别注意及更多的安全准备，如有必要，建议购买武装护卫。

4. 东南亚某些地区为高犯罪率区域，例如泰国的穆斯林聚集区、菲律宾马尼拉、印尼雅加达的贫民窟区域，因此旅游时应尽量避开这些高风险地区。

5. 东南亚地区气候长期高热潮湿，对于老年人及小孩的健康构成重大威胁，因此最好携带防暑药和血管舒张药物，例如藿香正气水、乘晕宁、清凉油、硝酸甘油、速效救心丸等，以便紧急时刻使用。如需下海，从事冲浪、香蕉船、汽艇、浮潜等水上活动，请注意携带创可贴、防晒油、消毒酒精等药物。由于东南亚国家日照强烈，防晒油是必需的防护神器。笔者有一次与家人在菲律宾宿务旅游，为了享受海水及沙滩的诱惑，租了一艘游艇航行到近海区域去进行浮潜和钓鱼活动。尽管已经事先在全身涂抹防晒油，但由于全天都暴露在阳光下，回国一周后，肩膀就开始脱皮了，瘙痒疼痛难忍，因此大家一定要注意东南亚一带的骄阳，做好防晒措施。

如果是新婚燕尔的小情侣，建议前往海岛国家，面对一望无际的蓝色海洋和白色的沙滩，铭记生命中最美好的瞬间，在蓝天白云的映衬下，站在柔软的沙滩上，面对自己最爱的人，那是多么难忘的回忆呀。如果是一家人还有小孩，那就去马来西亚的槟城、兰卡威、马六甲，新加坡、越南也不错。既可以享受海滩的休闲、大海的美丽，也有机会来到当地的市镇，进行富有当地特色的采购，小吃街的探秘，还有机会去购物中心，Outlet享受一下购物的乐趣。如果是中学生、大学生或刚毕业进入社会的青年才俊，希望通过海外游学来增加阅历和知识，我建议去柬埔寨的吴哥窟，泰国北部的清迈，缅甸的曼德勒，马来西亚的吉隆坡，印尼的雅加达一带从而感受强烈的佛教文明。

可能还有读者会问，那么是选择跟团呢还是自由行。这要因人而异。如果是初次前往，而且不会说英语，为了避免舟车劳顿的麻烦以及安排上的差错，还是老实点跟团比较好，相对行程安排简单易行，和团友们在一起也有安全感；如果去过某些地区，部分或者非常了解当地风俗人情，可以说英语，那么最好自由行或者完全自己安排，这样会有成就感，也可以灵活地安排行程和旅行项目，还可以免去购物和吃团餐的尴尬。

一、佛的国度：泰国

如果是自助游，出发前一定要做好充分的准备，对泰国的风土人情进行充分的了解，泰国的4—10月是旅游旺季，尽管从每年的3月开始，泰国进入了夏季，但是相对于雨季来说，阳光明媚的日子还是好过雨季，所以，4—10月期间，也非常适合前往旅游，那时的平均气温白天在30—38℃，晚上气温则在25—30℃，而11月至次年1月，是泰国最为凉爽的季节，所以也可以称为旅游泰国的最佳季节。

泰国签证比较方便，只要持有有效护照并带有不少于人民币3000元的美元或者人民币，可以在泰国的国际机场直接办理落地签证，签证一般3个月有效，只限一次进入。为了节约在机场排队等候落地签证的时间，建议中国游客还是在国内将入泰签证办好再飞往目的地，这样到达的时候可以节省不少时间。进入泰国以后，可以兑换人民币的银行和服务中心很多，一般繁华的闹市，例如笔者最希望去的普吉地区，都有现钞兑换所，非常方便兑换人民币，兑换的利率也好于机场和酒店。

笔者用的是全球通，可以在泰国普吉当地漫游，信号也很好，与国内的通话质量差不多，感谢泰国政府在通信设施方面的投入，中国移动的收费是通话每分钟7.9元，短信每发一个2元。如果大家在泰国停留时间不长，直接入网漫游好了，如果超过一定时间，例如停留一个月以上还是购买当地的手机卡比较划算。

我们住的酒店是旅行社安排的，离普吉市区较远，好处是比较安静，田园度假村的风光，而且有酒店的私人海滩，紧邻印度洋。如果是自己出来玩而且喜欢晚上去酒吧，消夜，购物等娱乐活动，建议大家选择巴东地区的酒店安排行程。泰国的电源插头是两星圆孔，电压110V，因此需要大家自备电源转接器给自己的相机、手机甚至笔记本充电。在这里要特别提醒大家泰国的小费制度，笔者在世界很多地方旅行，发现只有美国是小费公然普及和被大众接受的国家，公司方面对于美国的出差报销也对小费的支出有专门的规定。一般在高级餐厅用餐，公司准许报销消费金额的15%，作为小费的合理费用。而到了泰国，使我惊讶的是这里的小费文化也很普及，中国导游要小费，司机需要小费，酒店的枕头下也需要小费，可能酒吧的服务生也需要打点一下。

夕阳下的西瑞湾威斯汀酒店

在选择酒店时，中国游客一般喜欢热闹的地方，因为便于购物和餐饮。欧美游客则喜欢安静和靠近海滩的地方而且对酒店的西餐口味和环境都十分挑剔。所以中国游客可以选择巴东地区的酒店，巴东地区的酒吧、电器店、服装店、大排档林立，昼夜营业，是游客购物和娱乐的天堂。笔者曾经专门抽出一晚在巴东最大的购物中心考察了一把。购物中心的设计，停车场的安排，完全是按照美国的模式建造的。芭东海滩最大的购物中心就是 Jungceylon，后面就是 Carrefour，还有 Robinson，我觉得如果只是买手机和普通的衣服，这里就够逛的了。Carrefour 的水果很便宜。Jungceylon 的 levi’s 比国内的稍稍便宜一些，只看到极少部分冬款的在做特价，价格是国内正品的一半不到，当然码数是不齐的。Robinson 中的电器店没什么，可买的大部分都是日韩的产品，而且电压也与国内不匹配。那些在国内攻城略地的品牌例如联想、长虹、康佳什么的，这里几乎没看到，看来中国品牌要走向世界，还有很长的路要走。

在同一家店内购物超过 2000 泰铢可以退税。举例：在 Carrefour 买了含税商品超过 2000 泰铢可以退税，一般泰国的退税政策是，当天在同一家商场消费的全部物品超过 2000 泰铢就可以享受退税，因此建议大家可以先收集要买的商品价格信息，然后集中采购，一次就买齐，这样可以最大限度地利用退税政策的优惠。在很多店门口都可以看到 VAT 标志，就是指可以办理退税。你买的商品的小票和粉红色的退税单要全部保留，购物的时候不需要携带护照，但在商场填写的时候要准确地报出自己或者亲友的护照号码。到达机场的时候，要注意给自己预留至少 45 分钟的时间来办理退税。在普吉机场，退税的柜台设在机场安检区内。因此办完登记手续后，需要先通过边防和海关检查，然后你才有机会办理退税。而让中国游客悲催的是，在退税窗口往往有一个长队在等着焦急的你来忍受，90% 的概率都是中国人。因此你要一边攥着护照和退税单、小票，一边听着身边各种中国方言的熏陶。等你好不容易办完退税手续，拿着一把泰铢的时候，你就开始崩溃了。你会发现抠门的泰国政府在你即将离去的最后时刻又恶心了你一回，竟然在机场安检区内没有设立任何银行来帮助你兑换人民币或者美元什么的。你不禁要大骂泰国政府，哥们儿又不是娶了个泰国美眉，哪有机会每年都到你们国家消遣，因此握有一堆泰铢回到国内还不如一卷卫生纸有价值。但是牢骚发完之后，大笔消费的中国游客只好跑到机场免税店去消费，因此同样的人潮又在免税店中欢乐重聚了。大批的中国游客手举着价值不菲的香水、香烟和洋酒围着柜台结账。现在轮到泰国机场免税区的服务员们崩溃了，望着她们忙碌的身影，我决定远离战区，去买些巧克力和咖啡算了。

海滩和浮潜是普吉最激动人心的地方，如果多年后你问我去了普吉什么景色最让我难忘？我的回答是那里的沙滩和碧蓝的海水。普吉与其他旅游地最不同的地方是去哪玩都需要动用快艇，如果你没有一副铁胃和光荣无瑕的无晕车和晕船的历史，那么欢迎来到普吉，这里将是你的人间天堂和生命的故乡。如果达不到以上条件，那建议你上船之前，一定要准备一个塑料袋和给自己喂几片晕船灵。我们从普吉本岛去小 PP 岛，海上行程大约 1 个小时，快艇上的团友吐得翻江倒海，到了目的地人整个脸都绿了。

海上浮潜一般都会选择在大小 PP 岛附近的海面，碧蓝的天空和淡绿色的海水，以及水中依稀可见的彩色热带鱼，会让你感觉宛如置身人间天堂。在欣赏了海面上那酷似桂林山水的山脉和岛屿之后，你就有机会和海水来一次最亲密的接触了。由于以前在三亚已经尝试了深潜了，因此此次泰国之行就只玩浮潜了。每个浮潜点有 45 分钟时间停留，船直接停在海中央，我穿上救生衣，选了一个带有大号泳镜的面罩戴上，再练习完用管子呼吸后，就直接跳入了大海的怀抱。海底世界的斑斓和美丽是无法用语言来形容的，五彩缤纷的鱼儿在你的周围游来游去，似乎唾手可得但一伸手，它们又离你而去，好似你年少追逐的初恋情人，只能相望于江湖，而不能长相厮守。海面下的礁石和珊瑚在阳光的照耀下，发出时隐时现的幻彩，让你感觉好像是来到了东海龙宫的花园，唯一不足的是没有龙王来给你客串导游一下。银色的珊瑚礁上镶嵌了很多紫色、蓝色的海胆，就像春季盛开的牡丹，姹紫嫣红，美不胜收，金色的阳光就像来自天堂的宝剑，一把把从海面上刺入，照亮了金色的海床和斑斓多姿的珊瑚礁盘，而成群的热带鱼就像是海中宝藏的卫士，在你的周围环绕而不愿离去。此时此刻你所拥有的唯一愿望就是荡漾在水中，静静地听着自己的呼吸，向上帝祈祷，但愿此刻地久天长，但愿我们人类能与美丽的自然共处，希望我们的活动永远不要打搅海底世界的宁静和美丽，我们的子孙后代才能继承一个绿色的世界。那些美丽的热带鱼实在是太可爱了，我决定抓几条回去，作为炫耀的战利品。但是如何让它们上钩呢，我想起了快艇上的面包。把面包撕碎后，我用手掌做成一个桶状，希望使用这个人工陷阱来抓住它们，但是鱼游得太快了，在享受完我的诱饵之后，很快就逃之夭夭。屡战屡败之后，在儿了的帮助下，终于找到了正确的方法。还是用撕碎的面包作为诱饵，同时准备一个空的塑料袋，必须保证结实和不漏气哦。在下水以后，把面包放入塑料袋中，贪吃的鱼进来之后就成了瓮中之鳖了。终于抓到了一条热带鱼，大概有半斤的重量。

这里不得不说泰国的环保警察，他们经常在海滩和旅游热点地区巡逻，抓捕和处罚破坏环境的不法之徒。在采取行动之前，他们一般会拍照和取证，因此如你我等这样的外国人还是少惹这样的麻烦为好。导游立刻跑过来，让我赶快放生。

大小 PP 岛位于泰国的甲米府，与普吉的船程大约是一个小时，而海滩的干净和沙粒的细软，以珊瑚岛的印象比较深刻，因此推荐在珊瑚岛上住宿一晚，享受海上田园的秀美和热带雨林的宁静。让我比较喜爱的是岛上的酒店没有电视，因此你有机会在宁静中酣然入睡。鸡蛋岛的感觉很一般，而且礁盘林立，游泳和浮潜在海浪的冲击下很容易受伤。该岛由于经常有外国元首访问，当地导游为了讨好游客直接叫它帝王岛，但是该岛却只是一个弹丸之地，海滩也很一般。去猴子岛上游玩和拍照需要小心一点，岛上的猴子可能会破坏客人财物，而且干了坏事以后你还不能上法庭打官司。

来往普吉与 PP 岛的轮船每天有两班，早上一趟往返，中午一趟往返。大部分人都是在酒店或各个中介机构那里买的，包酒店接送。中国游客可以在客栈和酒店找当地人订，每人 800 元往返。

在一天的劳累以后，建议大家让当地导游安排去享受一下泰国的 SPA，与我在印尼巴厘岛所经历的 SPA 服务比较，当地小姐的指法更加娴熟，让你有全身心放松的体验，而巴厘岛的 SPA 更强调自然环境的优美，人与自然天地合一的意境。

说起泰国的美食，大家到泰国来，行前一定要节食呀，把肚子空出来品尝泰国的美食。这里的水果真是太好吃了，菠萝、木瓜、杧果、西瓜、山竹、红毛丹等不说了，非常新鲜而且味道甜美可口，有一种水果国内可能吃不到，叫释迦，取佛祖的名号，果肉白嫩而且口感细腻多汁，路边的大排档都可以砍价，就看你的本事了。泰国杧果是笔者的最爱，一定要尽情扫荡，通过果皮颜色，有两种供游客选择：一种为青杧，果肉比较硬，需要放一段时间再吃，非常可口；还一种为黄杧，一般果肉比较细软，咀嚼起来甜润多汁。海鲜餐和小吃，推荐大家杀向巴东，一条街都是美食和美味，一不留神还能撞上个帅哥美女，请一定带上充足的银两。泰国特产推荐腰果，各种水果干，冬阴功汤料，锡器制品，暹罗燕窝，深海珍珠，咖喱调料等。

说起普吉岛的夜市，还是巴东好玩。入夜后，巴东海滩街上亮起闪烁的霓虹灯，白天在海边拥抱阳光、海水的游客们回到岸上开始另一段生活。饱餐一顿，从生猛海鲜到精致料理应有尽有。想小酌一杯，各色酒吧任君挑选。想看一场泰拳，想买一些伴手纪念品，巴东夜市足以消磨一整夜的时间。巴东夜市沿着海滩旁 Thaweewong 路到 Bang－La 路，大街小巷的商家什么都卖，从贝壳手链、海滩沙龙布、各项手工艺品到泳装、拖鞋、背袋、仿名牌运动鞋等应有尽有。酒吧街——Bang－La 路口高挂着以灯泡穿成 Welcome to Patong 的字样，入夜后，亮黄的灯光映着沿街林立的小酒吧，芭东海滩的夜生活正式展开。说这酒吧街的小酒吧不计其数，一点也不夸张。除了街边独立店面的酒吧，过了 Ocean Plaza Bangla 购物中心，几乎每一条和 Bang－La 路成垂直的巷弄里都是一间间紧接着的小吧台，包括海龙巷 Soi Sea Dragon、艾瑞克巷 Soi Eric、老虎娱乐中心 Tiger Entertainment，以及人妖酒吧 pjdly. comMoulier Rose Cabaret & Restaurant。其中最引人注意的莫过于老虎娱乐中心和人妖酒吧。老虎娱乐中心的正门入口处高高挂着老虎头，像是人造丛林的一楼就将近有 20 多间酒吧台。每个吧台旁都挂着一只小锣，这面锣可不是叫唤伙计用的，敲一下，就表示要请场内全员喝上一杯，你可千万不要敲错了，要不然你的钱包就要哭泣了，全场埋单这可不是开玩笑。

巴东海滨的水果摊

二、天堂的终点站：巴厘岛

巴厘岛即巴厘省，是印度尼西亚行政区之一，著名的旅游胜地。省会设于岛上南部的丹帕沙，距印尼首都雅加达 1000 多公里，与爪哇岛之间仅有 3. 2 公里宽的海峡相隔，面积约 5630 平方公里，人口约 315 万。巴厘岛的美丽在于其无边的绿色所带来的宁静和神秘感。在微风吹拂脸庞的清晨，走在岛上乳白色的沙滩上，眺望天边，一望无际的绿色，给人以心旷神怡之感。1 月份的巴厘岛阴雨连绵，乌云满布的天空偶尔闪过一丝清晨的朝阳。

巴厘岛的居民主要信仰印度教，少数信奉天主教、基督教和佛教。住在岛上的华人很少，绝大多数都已经归化为当地居民。由于印尼在1965年发生军事政变，以共产党可能发动政变为借口，大肆屠杀左翼分子和工会领袖，使得众多华人无辜受害。很多华人财产被没收，背井离乡。苏哈托在政变后任总统，连续颁布多项排华法律，禁止华人拥有中文报纸、电台、电视台甚至中文学校。其中最为严格的一项法令是禁止华人拥有中文姓名，如果不服从的话，就不能申请印尼的户籍和护照，从文化上对华人实行彻底封锁的政策。由于宗教、文化等方面的原因，华人尽管由于勤劳刻苦，拥有了很多的财富，但是却很难融入当地的主流社会。因此国家和社会上一有风吹草动，政府和军队就往往拿华人开刀，转移愤怒民众的视线，嫁祸于人。笔者跟团游览巴厘岛的时候，接待我们的地陪就是一个居住在巴厘岛的华侨，谈起过去印尼华人的屈辱往事，团友们也都不禁一洒同情之泪。

巴厘岛位于南纬8度，属于南半球，是印度尼西亚各个群岛中一个独立的小岛。面积5633平方公里，人口312万，省会是登巴萨（DENPASAR）。可乘坐印尼航空的航班，在雅加达转机，转机时不用出关，有专门的转机通道。有的航班需要在新加坡经停大约45分钟，同样不能出关，除非你持有新加坡签证。由于印尼航空的空难事故记录，因此已经被国际航空协会列为不安全的航空公司之一。2007年，印度尼西亚民航发生了3起重大事故，有关事故的调查进展缓慢。美国联邦航空管理局（FAA）对印度尼西亚民航的飞行安全管理能力提出了质疑。而国内的旅行社为了压低团费，一般都会为游客推荐印尼航空或者是台湾的“中华航空”的航班。印尼航空是经停雅加达，而“中华航空”是经停台北，两家航空公司的飞行安全记录都不怎么样，因此强烈建议大家乘坐最安全的国泰航空公司的航班从香港直飞DENPASAR，毕竟出来玩，安全是第一位的，不要为了省几个钱，而去用生命冒险。

气候：属于热带气候（在赤道附近），全年一般只分5—10月的干季和11月至次年4月的雨季，每年7—9月稍微凉爽些，更适宜旅游。

时差：印尼首都雅加达比上海晚1个小时，但巴厘岛与北京相同。

官方语言：印度尼西亚语，但当地人之间用巴厘语。由于是度假胜地，每年有大批欧洲、澳洲及亚洲的日韩人士前往，一般英语通用。

签证：巴厘岛可以落地签，但是需要跟一个旅游团。落地签证费用为：20美元/人。如果是自己去也可以在机场办理落地签证，只是笔者还没有实践过，不方便向读者推荐。通用货币是卢比，一般表记为 RP，汇率一般美元对卢比是 1∶8500 左右。到处都有 MONEY EXCHANGE，但是在酒店或机场换钱一般汇率低一些，在库塔和乌布比例都较高。我们在乌布换的 1∶8650，人民币的兑换比例是 1∶1000，所以最好还是带美元出去合适些。

吃穿住行

去热带旅游，大家都知道穿什么了，鞋子最好穿沙滩鞋，但是一定要带上一套长衣长裤，飞机和旅游车的空调冷气非常充足，有时候会冻得你根本睡不着。在巴厘岛吃饭比较便宜，而且当地食品也跟中餐比较相像，只是多一些咖喱的味道。乌布的脏鸭子餐厅一定要去，一般 2 个人的消费在人民币 100—200 元。我曾经与团友们在脏鸭子餐厅一饱口福，口味确实不错。可以选择住在酒店密集区 Nusa Dua。但是由于此区位于巴厘岛最南端，出行不是很方便，只能包车前往各区域浏览。也可以住 Nusa Dua 2 天左右，然后住在乌布或者库塔。巴厘岛出租车比较贵，而且最好打蓝色的出租车，这是他们唯一正规的出租车。费用为每公里 4 元人民币。如果需要包车的话，可以通过当地的酒店和导游安排，记住，一定要砍价。

出发前需要带的东西

DV + DC + 充电器：必须准备转换插头，因为当地使用的是欧标的插头和插座（两个圆头的那种），跟我们平时使用的有所不同。

防晒霜：女士最好用高倍数的，那里的阳光实在是太过强烈，回来一般脸上都会黑一圈。由于经常需要坐船，因此早上出门，建议在身上涂抹防晒霜再出发，要不然就带上雨伞。当地天气多变，一会儿晴空万里，一会儿又大雨磅礴。

太阳眼镜、游泳衣、牙膏、牙刷、木梳（前面这 3 样一般酒店都不提供，因为习惯问题，与我们国内的酒店有所不同，即使是 5 星级的也一样。但是房间内的拖鞋和睡衣有提供）。

重要景点

圣泉庙（Pura Tirta Empul）

圣泉庙位于 Ubud 北边的 Tampak Siring，寺庙环绕一处圣泉而建，故名圣泉庙。圣泉庙建筑规模宏大、完整，在这里可以看到巴厘岛所有寺庙的特点。相传一位喜欢自夸魔力的 Mayadanawa 王，引来了诸神的挑战。

Mayadanawa 被天神 Indra 击败，变出一处毒泉。许多天神因为喝了泉水或在其中沐浴而死。于是天神 Indra 以宝剑插入大地，引出名为 amerta 的长生不老泉水，使中毒诸神复活。Mayadanawa 为了逃命，幻化为石头。Indra 见状引箭射向石头，Mayadanawa 的鲜血流入了 Petanu 河。自此，人们相信 Petanu 河受到诅咒，不能用以灌溉，否则收割的稻梗会喷出血来。从古人古老的碑文中得知，Tirta Empul 在 962 年就已建造完成。

海神庙（Tanah Lot）

海神庙盖在海边的一块巨岩上，它是巴厘岛最著名的寺庙之一。涨潮时，此庙四周环绕海水，和陆地完全隔离。落潮时方可以相通。海神庙建于 16 世纪，主要用于祭祀海神。巨岩下方对岸岩壁，有一小穴发现几条有毒的海蛇，传说是此寺庙守护神，防止恶魔和其他的入侵者。据说寺庙建成时忽逢巨浪，寺庙岌岌可危，于是寺内和尚解下身上腰带抛入海中，腰带化为两条海蛇，终于镇住风浪。从此海蛇也成为寺庙的守护神。对岸有小亭可以眺望日落景色，成为巴厘岛的一大圣景。庙前两侧有很多商店卖纪念品，更有很多小孩围着游客兜售风景明信片。

情人崖（乌鲁瓦图 Uluwatu）

乌鲁瓦图断崖位于巴厘岛最南端，它有一段凄美的爱情故事。传说当地有对青年男女相恋，两人的爱情没有得到任何祝福，在绝望之下双双投海殉情，为此地平添了离奇色彩。在此品着下午茶、尝尝当地特色的点心，断崖、海洋尽收眼底，让人非常惬意。

神鹰广场

到巴厘岛一定要去神鹰广场，这个苏哈托时代留下的广场虽然还只是一个雏形，但其宏伟壮观仍会让参观者感受到震撼之美。之所以叫神鹰广场是因为这里本来要竖起一座世界上最高大的神鹰铜像，神鹰背上骑着巴厘岛的最高神明“破坏神”。据传一位高僧曾指点苏哈托，这座铜像铸成之后将庇佑印尼国运昌盛、人民幸福平安，可惜铜像只完成“破坏神”的头部、胸部以及神鹰的头部，苏哈托就下台了，这个耗资巨大的宏伟工程也就此搁浅。这座铜像全部用纯铜铸成，据说全部建成后将高达 118 米。虽然没有看到整体的铜像，但已经完成的神明半身像之高大（34 米高）还是让我们大开眼界。在神像之下顿感人之渺小，放眼望去半个巴厘岛尽收眼底，彼时浩瀚无边的印度洋上夕阳如血，美不胜收。

京打玛尼（Kintamani）

京打玛尼著名的巴图尔火山是座活火山，1917 年曾经喷发过，摧毁了无数神社、村庄。但是也同样带来了土地的肥沃，这一带村民的习俗也和普通巴厘岛人不同。他们不进行火葬、土葬，而是天葬。去这里最好在中午，下午 2 点后就乌云密布了。这里常年飘着毛毛雨，气候凉爽。

象窟

巴厘岛并没有大象，象窟名称的由来众说纷纭，有一说是因距离昔日有象河之称的 Sungai Petanu 而得名，有人则认为因入口处守门的恶魔状似象头而得名。姑且不论象窟由来如何，一般学者均认为这里曾经是昔日佛教高僧修行之地，遗址区里还有一大片佛教遗迹，只可惜至今还没有修复，仍是一堆残垣瓦砾。

乌布 ARMR 艺术馆

ARMR 美术馆（Agung Rai Museum of Art）于 1996 年 6 月 9 日正式开放，是乌布艺术中心中众多的博物馆之一，目前的门票是每人 25000Rp。馆藏丰富，主要是由 Agung Rai 夫妇收藏的。

乌布（Ubud）

乌布是许多艺术家念念不忘的地方，也有旅游专著称这里是世界艺术场景的发源地，乌布及邻近的村庄集结了巴厘岛最著名的民间艺术，这里根本不存在没有艺术的角落。乌布也是购物天堂，乌布皇宫对面的市场东西品种多而全，喜欢购物的朋友不能错过。

库塔（kuta）

库塔号称是巴厘岛最美丽的海滩，这里的海滩平坦、沙粒洁白、细腻，是个玩冲浪（浪特别的高）、滑板的乐园。

金巴兰（Jimbanan）

金巴兰海滩以落日美丽以及渔人作业的方式特殊而出名。清晨、黄昏时在海滩慢跑是件乐事。这里的渔人仍然采用古老淳朴的小木舟出海。

阿勇河漂流（泛舟）

巴厘岛自费水上活动首推阿勇河漂流（泛舟）。阿勇河长 11 公里，流经上有 22 处急流点，两岸均是原始森林的变换景象。可以参加漂流公司，漂流公司有很多，漂流时间也各不相同。但是最好选择有保险、有专门水上教练陪同的。一般橡皮艇上乘坐 4—6 人，全程路线不低于 2 小时。整个线路上，迎面而来的景观，忽而是茂盛的树林、忽而是辽阔的田野、忽而是阴森的蝙蝠洞、忽而是美丽的瀑布，变幻无穷，令人赞叹不已。难怪许多游客感慨，到了阿勇河漂流，才知道真正的巴厘岛。

各种价格介绍

包车价格：人民币 240 元左右/天，每天使用大约 10 个小时，多一点时间当地人一般不会计较。

潜水价格：听说最低价格人民币 200 元。也有花了 60 美元的，需要砍价。

阿勇河漂流价格：听说过的最低价格人民币 200 元。与我们一架飞机同行的旅游团的价格为 65 美元/人。所以不要参加旅游团，呵呵。

所有的水上项目都可以砍价，一般照着 4 折砍，我们的浮潜 + 去海龟岛为人民币 250 元/2 人。仅供大家参考。

金巴兰吃海鲜一定要砍价，他们的秤都不标准，要自备一个 500 毫升的水去试验一下，我听说最低价格为 4.5 折。

景点的门票一般都不贵，人民币 10—25 元。

好了，接下来你就可以带着你的好心情出发了。到巴厘岛看海是旅游者来此的主要目的之一。漂亮的海滨风光在这里随处可见，其中最有名的是萨努尔、库塔和努萨都亚三个海滩。

萨努尔海滩位于登巴萨以东 8 公里处，开发较早，海滩上的巴厘海滨大酒店是巴厘岛上最高的建筑物。你可以住在豪华的酒店内，尽情欣赏亮丽的海上日出景观，还可以在柔软的沙滩上漫步。海边有一座马尤尔绘画博物馆。

库塔海滩位于努拉雷机场附近，由于这里的酒店相对价格较低，所以游人如织，尤其是一些年轻的游客往往选择在这里下榻。海边的大街上有不少商店，出售各种饶有意趣的小纪念品。

努萨都亚海滩位于登巴萨南郊 25 公里处，这里风景秀丽，酒店、娱乐设施富丽豪华，是典型的富人度假区。游客在房间内就可观赏日出胜景。

应注意的当地习俗

当地居民都很友好，但旅游者必须注意一些风俗以免引起误会。

- 不要用左手握手。
- 不要用弯曲手指的方式请别人过来。
- 头部是神圣的，千万不要拍别人的头部，即使对方是小孩子。

当地人大多数信奉伊斯兰教，去餐馆进餐前最好还是先看清楚是不是清真餐馆。

其他旅游小提示

• 出入寺庙不得着短裤或短裙，需在寺外租件沙龙及腰带。

• 在祭祀庆典中拍照，不得站在跪拜祈祷的人群前，也不得以闪光灯拍摄祭司。

• 印度教等级制度在巴厘岛虽然并不严格划分，但为避免因等级不明而触犯祭司等级，请勿任意触摸孩童头部。

• 拍摄当地人最好先得到许可，一方面表示尊重，再则也避免事后索取费用的争议。

• 左手被视为不洁，因此与人接触时尽可能使用右手。

• 巴厘岛紫外线甚强，请备妥帽子、太阳眼镜、防晒乳液，且最好多饮水。

• 巴厘岛生水不可直接饮用，不要饮用摊贩的冰块，海鲜请勿生食。

• 当地旅游点的安排都会去参观木雕村、银器、蜡染中心、土产店，虽然是当地的艺术及特产，但如果要购买务必记得应砍价。

• 巴厘岛医药相当缺乏，请备好常用药品，以及个人生理所需之必备药品。

• 洗手间大半没备有卫生纸，记得自行准备。

• 巴厘岛地处热带，蚊蝇甚多，请备妥防蚊液、蚊虫咬药膏。

• 巴厘岛行车、走路均靠左侧，请注意遵守。

第七部分：美丽的加勒比珍珠——巴哈马

美丽的巴哈马位于美国佛罗里达州以东，古巴和加勒比海以北，包含700座岛屿和珊瑚礁。这里是热带岛国的美丽天堂，蔚蓝的海水，白色的沙滩，五彩斑斓的落日云霞，遍布岛上的度假村和赌场，会让你忘却尘世的一切烦恼和忧愁。去巴哈马吧，来到这里你和上帝也就是一步之遥了！

巴哈马安全旅游贴士

1. 如果你有坐水上飞机和螺旋桨飞机的恐惧，如果你看到飞机在海上盘旋，而剧烈的抖动和摇晃会要你的命的话，那最好不要来巴哈马，否则你剧烈跳动的心脏会让你难受到想去见上帝。

2. 不要携带大量现金去赌场碰运气。这里的度假酒店赌场拥有世界一流的发牌员、赌具和各种角子机，让你流连忘返。而当你沉沦酒店的美食和赌场的赌桌之间，你可能会输得一文不名。因此最好消磨时光的方式是带上一本惊险推理小说，躺在海滩的躺椅上面对金色的夕阳。

3. 如果你不会游泳和潜水，千万不要冒险。不要单独去无人值守的海滩游泳，也不要在没有教练和他人的陪伴下，从事危险的水上运动。

4. 不要尝试高速的水上摩托和快艇运动，在速度和激情的掩盖下是致命的危险。

5. 不要在没有采取任何防护措施的情况下就躺在酒店或者海滨的沙滩上晒太阳。如果没有防晒油、毛巾和遮阳伞的保护，这里的太阳和紫外线会啃去你半条命。

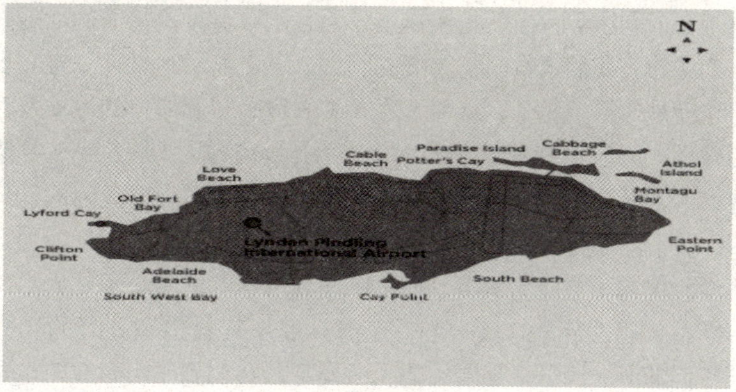

巴哈马地图

一、龙王的邀请

巴哈马可供住宿的选择不多，这里的高级酒店以两家带有赌场的五星级酒店最为有名，一家是 Atlantis Resort，另一家是 Cruise Island Paradise，都位于巴哈马首都拿骚附近。笔者所住的是 Atlantis Resort，该酒店占地 12 英亩，是笔者所见的最为庞大的酒店度假集团，酒店拥有自己的海滩、赌场、游泳池、冲浪滑道、游艇停泊码头、大型会议和宴会中心、海洋生物水族馆、高尔夫球场、网球场、健身和瑜伽设施、电玩游戏厅、电影院、迷你图书馆、餐馆、酒吧、购物商城、海豚表演场、人工海浪泳道和鲨鱼养殖中心等，甚至有一家令人怀念的星巴克咖啡店，坐在店里远眺夕阳下满天的彩色云霞真是人生享受的极致，我敢打赌，100 美元的服务在中国你都找不到如此恬静、甜美和享受自然的地方。如果足不出户，你就会觉得生活在一个独立王国里，这里可以满足你对购物、休闲、运动、美食，一夜致富的贪婪等各种欲望和追求，唯一美中不足的是缺乏一个忏悔和洗涤心灵的教堂。

巴哈马有很多潜水店，你可以自由体验。潜水员甚至可以包租一艘船到达潜水地点，但是要记住，在巴哈马群岛的一些较偏远的地方可能没有为你的潜水或水肺潜水所需要的装备，你可能无法得到你的所需要的氧气罐，为了确保安全，可以租用潜水导游带你在海底探索。

笔者报名参加了酒店安排的两项活动：一项是浮潜，另一项是拥抱鲨鱼，听上去很刺激吧，当然是在水里，而且是看得见摸得着的活鲨鱼，听着就够刺激的。我们来看一下浮潜的刺激。享受浮潜运动，一定需要报名出海，也就是你要上船了，从而远离人类的喧闹和近海岸的污染及对海洋生物的破坏。如果你晕船或者没有基本的游泳技巧，那么就不要参加为好，也许人工海浪泳道更加适合。进入大海后，面对一望无际的蓝天和朵朵白云，我们的心灵深处在享受少有的宁静和放松，扑面而来的海风夹带着大西洋的祝福和湿润的水汽，你可以闻到海水的咸味，那是大海母亲在向你召唤，来吧，亲爱的孩子们，在海神展现其暴怒和狂野的坏脾气之前，让我们拥抱大海母亲那温柔的另一面吧。我们到了当年 007 电影詹姆士·邦德的拍摄外景地，我们的船长抛锚后宣布，可以下水了！游客们一片欢腾。我四周的白人兄弟姐妹们一下子就蹦下去了四个。我整理了一下浮潜装备后，大喊一声：“加勒比海我来了！”就跳入了碧波荡漾的海水。

天哪，由于没有充分检查，一入水，海水就从潜水镜中倒灌进来，不小心喝了一口海水。苦涩的海水呛得我直流眼泪，一阵急咳后差点把胆汁吐出来。恐怖吧，赶快浮出水面，整理好装备之后我又一头扎了下去，这时候感觉到自己就像一个海底揽月的武士，希望把眼前的鱼儿一网打尽，可惜无法如愿。海下的珊瑚礁就像龙宫中的珍宝馆静静地躺在水下供你观赏，五颜六色，错落有致，美不胜收。经常有海马和色彩缤纷的热带鱼在你身边成群游过，好像是对不速之客的探询，在盯着你看了一阵之后又像鱼雷发射一样很快地游走了。由于是浮潜，因此无法深入水下来亲手抚摩那些婀娜多姿的珊瑚，如果要一摸为快的话，那么你就要背上氧气瓶来进行深水运动了，由于上浮和下潜对于肺部的压力你需要一个专业的教练和潜水证书，才能在无人伴随的条件下在水下漫游。

由于太喜爱海面下那五彩斑斓的世界，我开始往下进击，希望可以摸一下白色海床上那红色诱人犹如杜鹃花盛开的海胆。就在此时，在那透明的海水中我的右腿感觉被人抽了一鞭子，然后身体就像被电击一样疼痛难忍，我本能地在海水中蜷缩成一团。我感觉浑身都不舒服，好像有一千只手在瘙痒我一样，无比的难受，而且眼睛也有一点麻烦，眼眶开始有黑视效应，我好像看不清东西了，蔚蓝的海水在我眼前开始变得漆黑一片，我觉得心脏跳动得非常厉害，有一点要窒息的感觉，觉得有一只无形的大手在把我往海洋的深处拽，我是否要在美丽的天堂终结呢，我的潜意识在告诉我：放手吧，你应该休息啦，我不想再挣扎了，头晕得厉害，四肢沉重地像灌了铅。就在我准备放弃的那一刹那，忽然脑海中浮现了父母亲人的影像，他们好像在远处向我呐喊，但是喊什么我一点也听不到。我忽然意识到不能走，如果这么撒手一撤，如何对得起大家。想到这一刻，我开始在水中挣扎，尽管浑身酸痛，没有力气，但我还是拼命往上浮。

幸亏母船离我不远，我浮出了水面，就像一个落水逃难的难民一样，举起了手臂求救，我摘下了呼吸管，希望大声地呼喊救命，但苦涩的海水立刻灌进了我的喉咙，我什么话也说不出来了，只能在海水中咳嗽，有一种窒息的感觉，无法用言语来形容。警惕的船长发现了我的异常，立刻安排水手把我给捞了上去。我被人抬上船后，几乎不省人事，陷入昏迷状态。而后面的故事都是在我苏醒后，船长到医院看望时告诉我的。由于我的腿部被攻击的位置有血痕，而且我的身体有青紫的迹象。船长判断，我可能遭到水母的攻击，幸亏我躲闪及时，因此水母的倒刺没有来得及缠绕在我腿上，从而发射致命的毒液将我送往西天。但由于有血痕以及在海水中挣扎得太久，因此造成了呼吸困难，以及昏迷缺氧的症状。我被紧急送往当地的医院进行抢救。当地医生给我注射了强心剂、抗生素以及稀释毒素的干扰药物，我才能从昏迷中苏醒过来。由于毒素没有侵染血液，没有产生肺水肿和呼吸衰竭的大麻烦。在医院休息了一天后，做了需要的病理检查，我就被送回了酒店。在房间休息了两天后，我大腿的肿胀就基本消退了。我从巴哈马回到美国后，将自己的遭遇告诉了美国的朋友们。大家虽然都替我逃过鬼门关捏了一把汗，但都好心地提醒，如果我有证人的话，可以控告当值船长和水手渎职，明知水下有致命的水母还让游客下水，按照当地的法律，由于对于当事人造成重大危险和伤害，赔偿金可能达到上百万美元。我耸耸肩，那又怎么样呢，我当时没有找证人，能捡回一条命就好了，出去玩又不是为了挣钱，如果真要打官司，那么多举证、问询和出庭的环节，不把人烦死吗？人生在世，快乐就好。不管别人如何议论，我继续在巴哈马冒险，而且显然是受到了阎王邀请函的刺激，开始大把地花钱来享受生活了。当然水下潜泳是不敢玩了，那明显是龙王的地盘，咱们得躲着点。

而与鲨鱼的接触就更加刺激和激动人心了。鲨鱼在人们的印象中总是位于凶猛海洋生物的前列，源于它那排满牙齿和像铡刀一样的大嘴巴，以及幽灵一样灵活的身躯。电影中大白鲨张开锯齿一样的大嘴袭人的影像总是使人不寒而栗。酒店的海洋生物中心养殖的都是些不攻击人的鲨鱼种类，例如虎鲨、须鲨等。因此人们有机会近距离观看甚至抚摩这些使人充满敬畏的生物。在下水潜入人工海底沙滩前，你必须与酒店签署一份免责授权书，宣称本人没有高血压、心脏病和其他急性病，那意思就是如果你可能因为过于激动或者恐惧而出现危险与游乐设施没有任何关系。签署完文件后，就是一些深潜的简单扫盲培训，例如如何指示潜水员你希望上浮、下潜和状态良好、糟糕等。由于有点紧张，笔者在试穿潜水服的时候竟然穿反了，只好狼狈不堪地重新调整。下水之前，潜水员会最后确认你的状态，然后给你戴上沉重的氧气瓶和头盔，在确认呼吸装置正常后，你就可以下水了。下水后，一个惊奇的海底世界就会呈现在你面前，大小各异的鲨鱼在你的面前游来游去，就像鱼缸中的宠物一样触手可及。此时此刻，你完全感觉和蓝色海洋融合在一起，只有你呼吸出的气泡在提醒你，原来人类才是海洋中的访客。

由于时间有限，笔者只在新普罗维登斯岛上待了一个星期，没有来得及去其他的岛屿上转转。为了体验当地的风土人情，我和同事游览了拿骚市区和当地的大型跳蚤市场。由于巴哈马主要接待的是欧美游客，当地的亚洲游客较少，特别是亚洲好玩的日韩客人都很少，更别说中国人了，因此中国游客到了，当地人会感到新鲜。可以采购的礼品有：当地制作精美的手工艺品、编织品、纯正的古巴雪茄、产地为欧洲的香水等（因为价格比香港都便宜），但是不要购买水果和植物，因为美国和加拿大海关都严禁携带入境。由于当地的失业率较高，因此中国游客在当地旅游时要注意安全，最好结伴出行，不要在没有当地人陪同的情况下去陌生的地方游玩，有可能遭遇被盗和抢劫等危及个人财产和生命安全的不测事件。

二、令人窒息的美景

大西洋季风终年不断地吹拂着巴哈马群岛，使这些岛屿的气候温和宜人，几乎没有明显的四季变化。巴哈马最凉爽的季节是每年的 9 月到次年的 5 月，平均气温为 21—24℃。其他时间则较为温暖，平均气温为 27—29℃。巴哈马群岛的气温通常为 27—32℃，夏季天气非常潮湿，冬天的气温为 21—27℃。夜间气温通常要低 5—7℃。位置比较靠北的岛屿大约要比南部岛屿气温低 5℃。海面平均温度在 2 月份为 23℃，8 月份为 29℃。

7 月份的巴哈马日照十分强烈，因此一定要带上防晒霜否则皮肤可能有脱皮的危险，由于不是雨季，因此空气的湿度要低于热带国家，建议去游玩的国人们要多喝水。笔者曾经游览过世界上许多美丽的海滩，例如美国夏威夷的威基基海滩，茂易岛海滩，澳大利亚的黄金海岸，美国佛罗里达州的迈阿密海滩，南卡罗来纳州的默特尔比奇海滩，我国海南三亚的亚龙湾，马来西亚的马六甲海湾，泰国普吉大小 PP 岛，印尼巴厘岛等，但只有巴哈马的海滩所拥有的海水是最清澈的，其清澈透明的程度使人震惊。巴哈马是全世界浮潜和肺潜爱好者的天堂。这里海水的透明度可以达到水下 60 米。由于其独有的美丽风光，巴哈马也是欧美年轻人首屈一指的旅游胜地和蜜月天堂。岛上随处可见结伴而来的欧美年轻人和家庭游客。这里要费一点笔墨来描述一下巴哈马的历史。巴哈马 305000 的居民 70% 住在新普罗维登斯岛上。英语是其官方语言，宗教对这些岛屿的文化形成起了决定性的推动作用，当地的很多社区活动和节日都和教会有关。1973 年 7 月 10 日，巴哈马群岛从英国取得独立地位，7 月 10 日是巴哈马的独立日。作为英联邦的成员国，巴哈马与英国保持着象征性的联系，它的总督由英国王室任命，代表着英国女王。若要观察一下英国对巴哈马政府的影响，最好的办法就是去看警卫的变化。他们经常举行庄重的仪式，皇家巴哈马警察乐队仍然进行表演。这种仪式每两周在拿骚的政府大厦（总督办公及居住的地方）举行一次。巴哈马人引以为荣的是他们国家的光荣历史，没有军队和秘密警察，但是在其260多年的建国历史中没有发生一次军事政变和政治骚乱，这样骄人的纪录在全世界都是不多见的。

许多巴哈马人在艺术方面颇有禀赋，这在他们丰富多彩的绘画、具有感染力的音乐或华丽的舞蹈中可见一斑。当你参观巴哈马时，一定要花些时间看一看当地的艺术作品。你会看到色调明快的艺术品，这没有什么好惊讶的，它们正是那些美丽的岛屿和人民的真实写照。巴哈马的传统音乐是贡贝，是非洲音乐传统和欧洲殖民地风俗相结合的产物。"贡贝"是班图语，是节奏、韵律的意思，也指那种用来演奏这种风格旋律的羊皮鼓。早在奴隶制时期，一些非常简约的乐队就已开始演奏贡贝音乐，因为那时黑人奴隶没有多少材料制作乐器。典型的简约乐队有一架鼓，其实就是一个箍上羊皮的猪肉桶；一把木匠用的锯，由一条金属薄片加工而成；几个沙球、几根鼓槌，还有一把自制的低音小提琴（一个洗衣盆，中间穿上一根三英尺长的木棍，系上一根弦）。传统的简约音乐用来给巴哈马四对方舞和踢踏式波尔卡舞蹈伴奏的，后者也是非洲与欧洲因素融合而成的又一案例。今天的简约乐队除了用锯条和贡贝鼓之外，还用萨克斯、电吉他或其他乐器来演奏。不过，他们仍然保留着最初的简约风格。如果你参加一场贾卡努狂欢节游行，就会听到一种更加响亮、激昂的贡贝音乐。你也会看到游行队伍的"冲锋"表演，这并不像是一种舞蹈，而更像是一种活泼的游行步伐，形式为每前进两步就后退一步。和冲锋步伐一样，跳跃式舞蹈也是源于西部非洲。这种舞蹈由一人领舞，其他人在其周围跳舞，领舞者就在中央单独表演。大家和着舞步拍手、唱歌，有时也击鼓奏乐。几分钟之后，中央的舞者将挑选另一名舞者（通常是异性）代替他或她在中央的位置。这样，大家就能保持高昂的兴致，舞蹈就这样继续下去。巴哈马的宗教音乐有着浓厚的殖民地背景，同时也受到美国文化的影响，有些人认为它们是巴哈马文化最好的体现。宗教赞美诗与保王党时期传入巴哈马的美国黑人奴隶歌曲有些相像。在举行宗教礼拜的场所，常常可以听到当代美国黑人的福音音乐和欧洲的古典音乐和谐地融会在一起。除了那些最严格的教堂，公理会教堂的歌咏活动外都伴有拍手、音乐欣赏和宗教舞蹈活动。

浮潜和潜水

浮潜和潜水在巴哈马是最受欢迎的运动，虽然都很令人振奋，但是却非常不同。两项运动都需要装备，都需要一定的体力，浮潜和水肺潜水的主要区别是人在海洋中的位置。浮潜者经常停留在水面，而主要通过呼吸管潜泳。而潜水员冒险进入大海的深处再用氧气瓶呼吸，由于要进入海洋的深层部分，因此必须有一个潜水员潜水认证。你可以在抵达巴哈马后请一个职业潜水教练来考一个潜水员证书。除了其原始的浮潜和潜水地点，巴哈马也拥有世界上最著名的潜水学校，以及水下教学（NAUI）和水下探险家协会（UNEXSO 协会）。

要在巴哈马找一个最佳潜水和浮潜的地点是一个令人疲惫的体力活，因为巴哈马群岛有数百个潜水地点，度假者可以找到上千个网站的潜水指引。相信你一定能找到，许多酒店和度假村提供特殊的潜水包。

比米尼潜水和浮潜店列表

潜水/浮潜店	联系信息
水肺潜水中心的比米尼	954－524－6090
比尔和 Nowdla 基夫的比米尼海底	800－348－4644 242－347－3089

新普罗维登斯潜水和浮潜店列表

潜水/浮潜店	联系信息
巴哈马潜水有限公司	800－398－3483 242－393－1466
潜水潜水潜水有限公司	800－368－3480 242－362－1143
潜水者的天堂	242－362－1964
哈特利的海底漫步	242－393－8234
拿骚潜水中心	800－805－5485 242－362－1964
斯图尔特湾的潜水南大洋	800－879－9832 242－362－4171

安德罗斯潜水和浮潜店列表

潜水/浮潜店	联系信息
海景酒店	242－369－0342
小霍普湾别墅	800－223－6961 242－368－2013

伊路瑟拉潜水和浮潜店列表

潜水/浮潜店	联系信息
湾伊路瑟拉	800-552-5960 242-335-5142
大红色出租	242-333-2045
福克斯潜水员	242-333-2323
Romora 贝伊克拉布	242-333-2325
情人节的潜水中心	242-333-2309

（注：上述信息可能已经更新，请读者自行斟酌筛选，出版社和作者不负责审核信息的时效性。）

三、海盗船长和夫人们

从1861年到1865年，经济繁荣与萧条交替循环的巴哈马群岛从美国南北战争中大获其利。英国的纺织工业对美国南部的棉花十分依赖，所以站在南部邦联一边。然而，英国的船只无法到达美国南部海港，因为美国北方政府实行了海岸封锁政策。不过，灵活狡猾的快艇可以突破封锁，满载棉花从查尔斯顿航行560英里到达拿骚。在这里，他们与英国的船只碰面，用棉花交换英国船上的货物。快艇随后突破封锁返回查尔斯顿，在那里高价出售他们的货物。美国南北战争结束后，巴哈马群岛的繁荣也就完结了，这种状况一直持续到1919年。当时，美国通过第十四条宪法修正案，禁止人们饮酒，于是这些岛屿又开始了走私活动。苏格兰威士忌是从英国出口到巴哈马群岛的一项重要产品，殖民地政府因此扩建了拿骚的乔治太子港，为贩运酒类的大量船只提供泊位。然而好景不长，美国于1934年废除了禁酒令，给巴哈马带来巨额收入的行当也就陷入萧条。随着禁令的解除，以及几年之后原本繁荣的海绵捕捞行业的崩溃，巴哈马群岛的经济受到严重破坏。因此旅游业成为巴哈马最重要的经济支柱产业，据保守估计，当地人民40%的就业机会与旅游业有关。

巴哈马群岛所在海域水位较浅，700多座岛屿在这里星罗棋布，为掩藏财宝提供了绝佳的场所，海盗们也常常自夸他们所埋藏起来的财富。此外，许多运载着黄金和白银的船只也曾在巴哈马海岸线附近失事沉没。这些关于宝藏的传说为巴哈马群岛增添了几分神秘的色彩，然而，巴哈马真正的宝藏是它风景优美的海滩以及热情好客的居民。历史上，西班牙人曾从中美洲和南美洲掠夺大量黄金和白银，并用大帆船运回国内。它们吃水很深，航速不快，和其他行驶缓慢的商船一样，非常容易成为海盗抢劫的对象。海盗们在劫到货物之后，通常会把它们掩藏在巴哈马群岛密布的石灰石岩洞里，或到其他地方埋藏起来。时至今日，还有传言说巴哈马群岛仍然掩埋着宝藏。比如，卡特岛之所以得名，据说是因为英国海盗威廉·卡特曾在岛上埋藏赃物。此外，亨利·摩根爵士这位富裕的劫掠者特别喜欢安德鲁斯岛，据说他也曾经在巴哈马群岛到处埋藏珍宝。

私掠船和海盗船的区别并不是十分清晰，从某种程度上说，它们所从事的行当一种是合法的，一种是非法的。从理论上讲，私掠船是一种武装民船，在政府的要求之下对敌国的船只进行攻击，并把战利品上缴给他们的君主；海盗船是一种无法无天的组织，任何不幸经过他们海域的船只都可能遭受劫掠。历史上关于海上大盗的描述很多都自相矛盾，通常是传说掩盖真相，很难界定它们的真假。我们这里来介绍几名最著名和凶狠的海盗。

“黑胡子”

“黑胡子”是航海史上最为臭名昭著的海盗之一，原名爱德华·特迪，“黑胡子”是他的绰号。他体型庞大，非常人所能比，他的同伙和受到攻击的船员都很怕他。在打劫之前，爱德华·特迪常常把大麻纤维编织在他长长的黑胡子里，然后点着它们。许多商船一看到海盗船上这位气焰嚣张的凶神恶煞，看到浓烟之下还有那么多刀剑、火枪在挥舞，往往就吓破了胆，一枪不发，赶紧投降。如果他们不战而降，黑胡子就只夺取船上的贵重物品和武器，然后放他们归航，并不伤害他们。不过，船员要是稍有反抗的话，黑胡子就可能大开杀戒，或者把他们放逐，遗弃在荒岛上。黑胡子在拿骚的时候，被同伙推举为他们“劫掠者共和国”的长官。他以自己的风格进行立法和审判，并不断强化。这种情况持续到1718年，直到皇家总督伍兹·罗杰斯来到这里。在黑胡子出海的时候，罗杰斯扫荡了拿骚的所有海盗。此后，黑胡子移居加勒比海的另一个地方，继续从事海盗活动。1718年，黑胡子的海盗船在弗吉尼亚海岸附近的沙洲被一艘英国军舰拦截。他们随即展开了一场血腥的战斗。在激战中，黑胡子“挨了五枪，被刺二十刀”，终于断了气。皇家海军的船长砍下黑胡子的头，悬挂在军舰的旗杆上。黑胡子的海盗生涯不过5年，可是遭到他抢劫的船只却多达40艘。

“白棉布杰克”

“白棉布杰克”原名约翰·莱克汉姆，之所以有这么个绰号是因为他总是穿着条纹长裤和外套。他的出名是由于他的同伙是两个女海盗，安妮·波尼和玛丽·里德。“白棉布杰克”的海盗生涯始于他对查尔斯·韦恩船只的掌控。韦恩是海盗宝藏船的船长，在和一个法国士兵打斗时被挫败。“白棉布杰克”被韦恩的怯懦激怒了，他带领自己的手下进行哗变，把韦恩和他的支持者驱赶进一艘小帆船，放逐了他们。“白棉布杰克”于是由原来的军需官变成了新船长。后来，“白棉布杰克”在新普罗维登斯岛遇见了安妮·波妮。他说服她抛弃了原来的丈夫，然后女扮男装，在他的海盗船上入伙。（玛丽·里德同样是女扮男装，而且早已是“白棉布杰克”的同伙。）1720 年，皇家总督伍兹·罗杰斯的海盗搜捕队攻击“白棉布杰克”的船时，安妮和玛丽当时都在船上。在战斗中，“白棉布杰克”临阵脱逃，和同伙躲藏到货舱里，把安妮和玛丽留在甲板上对抗英军。后来，海盗被打败，“白棉布杰克”被审判，处以绞刑。

亨利·摩根爵士

亨利·摩根是一名威尔士私掠者，以抢劫西班牙船只而闻名。他和自己的手下曾多次得手，获利颇丰。有一次是在 1670 年，他对巴拿马城进行了著名的攻击，之后被授予爵士头衔。几个月后，亨利·摩根移居牙买加的罗亚尔港，担任副总督之职，成为一名富有的蔗糖种植园主。在巴哈马的安德鲁斯岛，当地最高的山崖被命名为“摩根崖”，为的就是纪念这个著名的海盗。据说亨利·摩根曾在那里悬挂一盏油灯，诱使一艘船驶向断崖。该船果然上当并触礁失事，摩根于是坐收渔利。不过，这个故事的真实性颇令人质疑。

拿骚城的海港不论任何天气都可供船只停泊，是海盗和劫掠者钟爱的绝佳藏身之所。1670 年，拿骚被作为一个商业港口建立起来，但不久就被那些无法无天的航海者霸占了。多年以来，拿骚曾是海盗、劫掠者、失事船员的据点，这些人使拿骚臭名昭著。他们常常在断崖上伪造“灯塔”，引诱船只触礁，然后抢劫货物。“黑胡子”、亨利·摩根、“白棉布杰克”等这些海盗曾为害近 40 年，抢劫了大量西班牙帆船。后来，西班牙海军为了复仇，在 1695 年摧毁了拿骚城。两年后，一些居民开始重建拿骚，想把它改造成私掠者的首府。后来，由于英国的民间私掠船只在这里不断抢劫法国和西班牙的商船，法西联合舰队在 1703 年夷平了拿骚，小城再次遭遇灭顶之灾。拿骚附近的航道上经常有满载货物而行驶缓慢的商船，海盗们很难抗拒抢劫它们的欲望，这可是一本万利的买卖。于是，海盗们很快重建了拿骚港。

由于海盗活动猖獗，人们怨声载道。1718 年，英国国王任命伍兹·

罗杰斯为巴哈马总督，前去恢复法纪。罗杰斯以前也是个私掠者，他对那些归降的海盗进行了宽大处理，但那些顽固分子都被绞死，他们的海盗船也被击沉。经过短暂的战斗，罗杰斯的4艘战舰取得了胜利。300多名海盗投降，其余的都逃之夭夭。

有用的旅游和写作信息

1. “巴哈马”名字来源于西班牙语中的“baja mar”，意思是“浅海”。

2. 卢卡伊印第安人是巴哈马的原住民：从900年到1500年，他们一直生活在这些岛屿上。

3. 1492年，克里斯托弗·哥伦布（第一位到访的欧洲人）首次在新大陆的圣萨尔瓦多岛（卢卡伊印第安人将此岛称为‘瓜纳哈尼’）登陆。

4. 伊鲁萨拉岛的首批英国殖民者曾把巴西香木运往波士顿，以感谢马萨诸塞人给他们提供的帮助。这些贵重木材售出之后，所得钱款的一部分被用来给哈佛学院购买土地，该学院后来发展成为哈佛大学。

5. 1684年，新普罗维登斯岛的查尔斯镇被西班牙人烧为平地，不过后来得到重建。1695年，该镇改名为拿骚，以纪念英国国王威廉三世（登基之前为奥伦治－拿骚王子）。

6. 1729年，巴哈马首次正式召开市民代表大会。

7. 1788年，巴哈马向英国出口了450吨棉花。

8. 1898年，《酒店和汽船服务法》出台，拿骚开始正式建设时尚冬季度假胜地。

9. 1973年7月10日，巴哈马群岛成为自由的主权国家，结束了英国在该地长达325年的殖民统治（不过它仍然是英联邦的一员）。

10. 巴哈马的民主制度实行了270多年，是世界上政治最稳定的国家之一。

11. 巴哈马没有军队。

12. 巴哈马没有河流。

13. 巴哈马拥有世界上第三长的堤礁（一种珊瑚礁）。

14. 巴哈马海域的珊瑚种类繁多，世界珊瑚总数的5%都生活在这里。

15. 巴哈马群岛全部由碳素钙构成，主要是由珊瑚礁或珊瑚虫骨骼的沉淀物演变而来。

16. 大巴哈马岛上的卢卡伊国家公园拥有世界已知最长的水下洞穴体系。

17. 巴哈马拥有世界上最为清澈的海水，水下能见深度超过200英尺（合61米）。根据科学探测表明，有一种需要光照才能生存的海藻，在巴哈马海域的生长位置要比世界上任何其他地方的海域都要深。

18. 如果你从巴哈马最北端旅行到最南端，你会发现它和苏格兰的最北端到英格兰的最南端的距离一样长。

19. 安德鲁斯岛（面积为2300平方英里。1平方英里约合2.589平方公里）是加勒比地区的第五大岛屿，但岛上人口只有8000。

20. 猫岛上的艾尔弗尼亚山海拔高度为206英尺（合63米），是巴哈马的最高地。

21. 毕米尼岛距离美国佛罗里达仅40英里（合80公里）。

22. 巴哈马群岛生活着109种鸟类。

23. 1958年，伊克祖马珊瑚礁成立了世界上第一座陆地与海洋公园。

24. 巴哈马拥有120种世界珍稀植物，它们只有在巴哈马才能找到。

25. 茵那瓜岛是鸟类观测者的天堂，这里生活着（超过60000只）西印度火烈鸟，数量之多居世界之最。

26. 巴哈马海域中生活着几种鲸鱼和海豚，包括蓝鲸、驼背鲸和斑点海豚等。

27. 巴哈马的主要出口产品有医药品、水泥、朗姆酒、小龙虾（大螯虾）和精炼石油制品。

28. 旅游业收入占巴哈马国民生产总值的50%，有半数的劳动力直接或间接受雇于旅游业。

人民与文化

29. 根据世界卫生组织的调查结果，在巴哈马只有3%的妇女和19%的男性抽烟。

30. 詹卡努狂欢节（与巴西的里约热内卢狂欢节、美国新奥尔良的马尔迪·格拉斯狂欢节齐名）是巴哈马独特的盛大游行活动，在每年的节礼日和元旦举行。

31. 拿骚当地人被称为“纳苏维亚人”。

32. 巴哈马人口为305000人，他们70%居住在新普罗维登斯岛（巴哈马首都拿骚的所在地），该岛面积在巴哈马仅排第十一位。

体育运动、艺术和娱乐

33. 薛尼·波特爵士（1963年因《桃李满门》而获得奥斯卡最佳男演员奖，并于2002年获得荣誉奖）是巴哈马驻日本大使。他出生在迈阿密，但他是在巴哈马长大的，父母都是巴哈马人。

34. 巴哈马网球运动员马克·诺尔斯曾和加拿大选手丹尼尔·内斯

托一起获得 2002 年澳大利亚网球公开赛男双冠军。

35. 2001 年，巴哈马乐队“巴哈马人”因他们的著名单曲《放狗的人》获得格莱美舞曲大奖。

36. 在 2000 年澳大利亚夏季奥运会上，比赛结果首次根据各国参赛选手的单人平均成绩进行分析。结果显示，巴哈马的选手平均获得两枚奖牌（一金一银），为本届奥运会之最。

37. 在 1996 年美国亚特兰大奥运会上，巴哈马代表队在女子田径 4 × 100 米接力赛上获得一枚银牌；该队在 2000 年悉尼奥运会上获得金牌。

38. 巴哈马是众多著名影片的拍摄地，这些影片包括：《局外人》，《沉默的羔羊》，《魔茧 I & II》，《海豚弗里珀尔》，《007 之霹雳弹》，《美人鱼》，《007 之永不说不》，《吉雅丝和罗克珊》，《大白鲨大报复》和《生死时速 2》。

39. 乔治 · 华盛顿在 18 世纪 60 年代来访巴哈马时，将它称作“六月永驻岛”。

40. 从 1940 年到 1950 年，温莎公爵担任英属巴哈马皇家总督。

41. 伊鲁萨拉岛长达 110 英里，多年来是英国王室一个浪漫而隐蔽的居所。查尔斯王子和前戴安娜王妃曾于 1982 年在这里度假。1999 年，爱德华王子曾在这里向索菲小姐求婚。

42. 巴哈马的一些外围岛屿出产西印度苦香树，树皮可以制成香料，用作堪培利开胃酒和苦艾酒的调味品。

43. 巴哈马不征收个人所得税、公司税、资本收益税或遗产税。

44. 巴哈马实行道路左行驾驶制度，但绝大多数的车辆驾驶位置都在左手位。

45. 格雷克里夫饭店是一座五星级饭店，位于拿骚一座拥有 250 年历史的庄园中。饭店拥有西半球最大的葡萄酒窖藏室，有 20 多万瓶世界一流的美酒，同时拥有自己的雪茄生产工厂。

46. 毕米尼岛是世界大型鱼类猎捕中心，1935—1937 年，厄内斯特 · 海明威曾在此居住。

47. 大茵那瓜岛上火烈鸟和人的数量比例为 61 ∶ 1。

48. 拿骚公共图书馆（一座八角形建筑）最初是一座监狱。

49. 一些岛屿的名字非同寻常，它们是破烂岛、崎岖岛、朗姆酒礁、受精岛、肚脐岛、老农礁和大围巾礁。

50. 天堂岛最初的名字是肥猪岛。

附录　国外车祸事故处理流程图

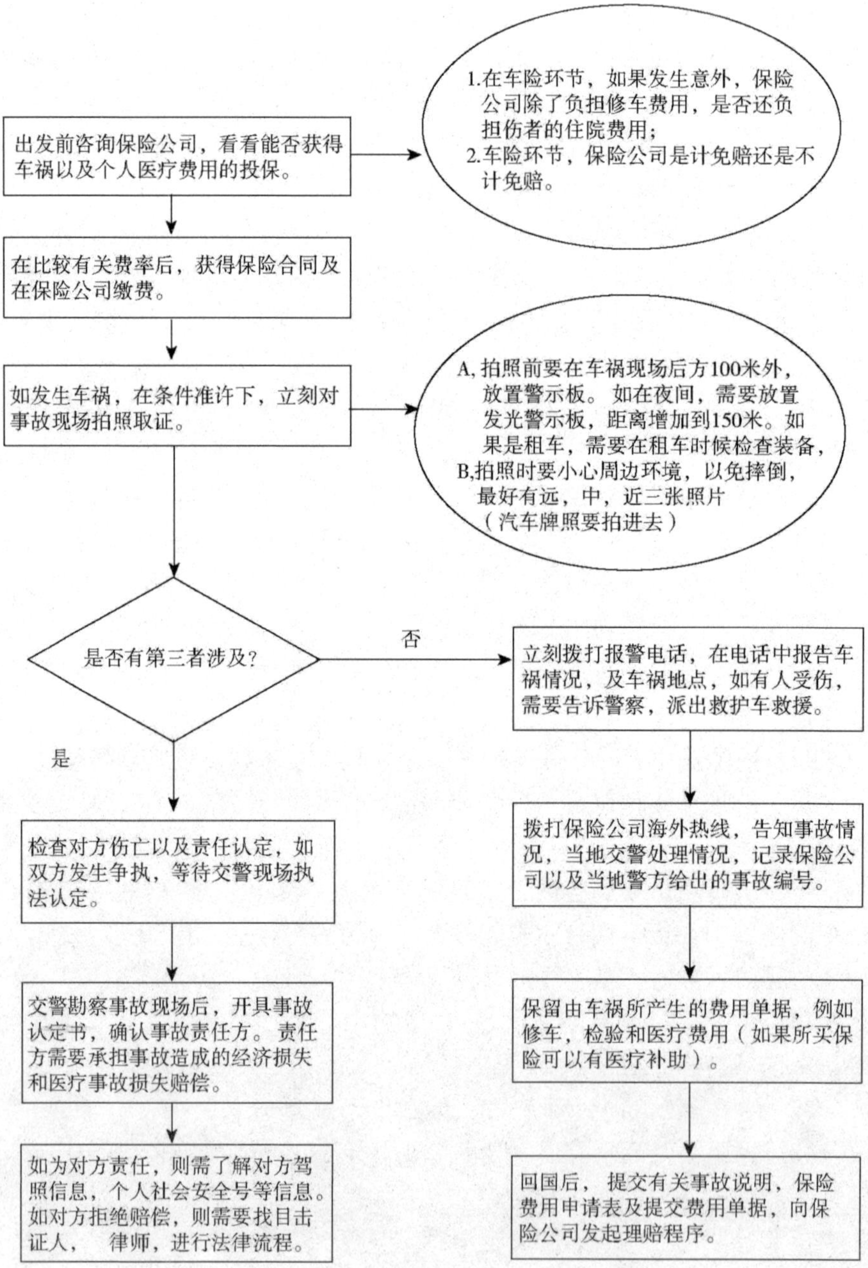

参考文献及资料来源

1. 李落落，琼格．世界军事杂志，2015 年 1 月上．

2. 郭晔雯．苏格兰独立那些事．世界军事杂志，2014 年 11 月下．

3. 陈向阳．美国最血腥的战争．华夏文摘网站文章．

4. 有关日本美食，百度搜索：http：//baike. baidu. com/link？url = sAqSL6A4zL6m9iRGsILY7cLaquzE - gwX1_ Z1rooyA7VMA5lJBjY5Uj6mo8zq6AYKmBHu_ E8_ KABuB20Vx17UXK

5. 有关英国牛津大学，百度搜索：http：//baike. baidu. com/link？url = 1vYeXYg2bI4MKWootBkmx7OHImHUUqzSYP - kD3wTexYZfv - xEEFz9UcxxiCRjb66ej1v0IDExmAEdypgR1Bp9a

后 记

5年多来的笔耕不辍，多少个不眠之夜，终于结束了。我希望每一位读者都能从书中吸取需要的知识和精神营养，并在生活和旅游中加以实践和辨别，欢迎热心的读者在微信和微博平台给予剃刀行者不同的意见和看法。细心的读者也许会发现，笔者在每一章节中都放入了安全贴士来给予大家安全旅行的忠告和策略的建议，为什么呢？我希望传递给读者们一个信仰，我们需要勇敢面对人生的挑战、苦难、欢乐和未知的不确定性，积极地走向世界，来探索大自然和人类繁衍生息的密码。这一切改变世界、改变我们人生轨迹的行动都需要安全来保障。而安全来自于知识的获取，细心的筹谋和规划，以及对于自然界规律和人类文化的敬仰与尊重。

中华文化博大精深。春秋时期的著名政治家管仲的治国策《管子·牧民》提出了“仓廪实而知礼节”，我们伟大的先哲孔子也指出“三人行必有吾师焉”。这里指出的道理就是社会的富足将带来人民道德价值观的提升，以及构建和谐社会的基础：尊重他人的包容精神。在越来越多的国人和中国企业走向世界，席卷全球之时，我们应该如何让其他国家的人民来尊重我们？是看重我们疯狂的扫货，不时冒出的不文明举动，例如个别游客做出的景区刻字、插队、大声喧哗等行为，还是看到了中华文化的包容以及对于对方国家文化、习俗、宗教以及他人尊严的尊重呢？我希望是后者。我们许多人都默默无闻地来到这个世界上，也将默默无闻地离去，没有为人类文明的进化添砖加瓦，但我们真将一事无成地离开这个星球吗？答案是否定的。世界因你而不同，由于你曾经勇敢地走向了陌生的国度，利用你的知识、道德守护了我们世界的平安，你周边的亲友、同事和你所访问的国家、人民都因为你的安全出行考察、留学及生活而受益。

2015年是特别的一年，全世界主要大国都主办各种仪式暨活动来纪念第二次世界大战胜利70周年。想一想另一批人对于世界的影响吧，那就是第二次世界大战的发动者，德国的纳粹。其中最为邪恶的代表就是曾担任第三帝国党卫军首领的希姆莱。这个曾经掌握欧洲人民生杀大权的屠夫，说其杀人如麻、恶贯满盈都太轻了。1939 年，随着纳粹侵占波兰，希姆莱组织了特别行动队来跟随德军扫荡被占领地区的犹太人，执行希特勒的“最后解决”任务。其特别行动队的战绩“辉煌”，其中一支一年就杀害了 22 万多人。1942 年 8 月，希姆莱觉得光看报告的数字都不过瘾了，就带队来到占领区苏联明斯克监狱，提出了 100 个犯人当面杀给他看。希姆莱认为他是钢铁战士，但实际上他什么也不是，也就是一个胆小鬼。因为行刑队的第一排枪就把他吓得半死，差点晕过去，一个原因是他可能见不得放血，另一个原因是两位女犯人竟然没有被打死。希姆莱没有放下屠刀、立地成佛的菩萨心肠，而是命令今后处决妇女和儿童的时候不要用枪了，使用毒气，而且斩草除根，一个不留。这种不尊重他人生命，欺负弱小，任意剥夺他人尊严的道德观及行动为德国带来的是全面的失败，民族的耻辱，社会及国家的毁灭。因此希姆莱们所代表的文化及道德价值观对于我们人类社会的进步没有任何价值，除了满目疮痍的废墟，集中营中的万人坑，还有就是大家一起完蛋的悲剧。希姆莱最后为了苟且偷生，混进了德国战俘营，希望蒙混过关潜回老家，但是被盟军发现，在对其进行体检的时候，为了逃避正义的审判而咬破氰化钾胶囊自杀。我们虽然都是普通的草根民众，却有机会在周游世界的同时，利用我们的价值观来影响我们的世界，那就是尊重自然，尊重他人，尊重生命，同情和帮助弱者，在探索世界奥秘的征途上追求心灵的净化和道德观的启迪。因此我相信，我也宁愿相信，我们的每一位身体力行、行走世界的读者都将在历史的殿堂上拥有希姆莱之流需要仰望和妒忌的位置。我祝愿你们成功，希望聆听你们精彩人生的分享！

2015 年 6 月于北京寓所